「阿Q正伝」の作品研究

冉 秀 著

日本僑報社

推薦の言葉

　本著は魯迅の代表作「阿Q正伝」の作品的意義を魯迅のエッセー「賢人、馬鹿、奴隷」との関連のなかで取り上げるという本研究の基本的視座について述べる。特に、「賢人、馬鹿、奴隷」は三人の登場人物の相互関係を通して、「奴隷」的精神に支配された国民大衆がそこから脱出する見通しを持ち得ない当時の中国社会の絶望的閉塞性を示す。また、「阿Q正伝」に登場する各人物（貧農、女性、地主、知識人等々）の思考、感性、行動が、「賢人、馬鹿、奴隷」における三者に示された各々の人物的特性とその相互関係の具体的展開であることが論証される。即ち本書は、従来の「阿Q正伝」研究を踏まえたうえで、「阿Q正伝」を「賢人、馬鹿、奴隷」と全面的に突合せ、比較検討することで、「阿Q正伝」研究に新しい知見を付け加えるのに成功しており、その学問的意義は明確であるといえる。

　　　　　　　　　　　　　放送大学客員教授・博士
　　　　　　　　　　　　　村上　林造

目　次

序　章 ……………………………………………………………………… 9
  1　本研究の背景と研究目的　9
  2　「阿Q正伝」に関する先行研究　11
  3　本研究の研究方法　12
  4　「賢人、馬鹿、奴隷」の作品的意義　13
  5　本研究の構成　16
  6　本研究に使用したテキスト　17

第1章　「阿Q正伝」作品研究の系譜 …………………………………… 20
  1.1　中国における「阿Q正伝」の研究　20
　　1.1.1　国民性　20
　　1.1.2　阿Qの性格と精神　21
　　1.1.3　阿Qに対する作者の態度をめぐって　25
　　1.1.4　阿Qの階級性および革命性をめぐって　26
　　1.1.5　「阿Q正伝」研究の多様性　29
  1.2　日本における「阿Q正伝」研究の系譜　30
　　1.2.1　「阿Q正伝」の研究開始時期　31
　　1.2.2　作者と人物との関係に焦点を絞った「阿Q正伝」研究　34
　　1.2.3　1980年代からの作品における「個」、「人」への研究　39
　　1.2.4　人物阿Qから広げた多方面の研究　39
　　1.2.5　まとめ　45
  1.3　先行研究の問題点と筆者の研究課題　47

第2章　「阿Q」の名前から伺える「私」の気持ち ……………………… 54
  2.1　はじめに　54
  2.2　阿Qを排除する「私」の気持ち　57

　　　　2.2.1　名づけるパターンに合わないところ　57
　　　　2.2.2　ピンイン規則にない「Quei」から得た情報　59
　　　　2.2.3　不朽の筆と不朽の人　60
　2.3　阿Qは「私」の仲間の人か　61
　2.4　なげやりは阿Qにあるか、「私」にあるか　63
　2.5　おわりに　65

第3章　阿Qにとっての「主人」 67
　　　―「鉄の部屋」を打ち砕く可能性―
　3.1　はじめに　67
　3.2　「主人」の内実　69
　　　　3.2.1　「主人」の性質について　70
　　　　3.2.2　封建的身分制度　71
　　　　3.2.3　封建的男女の別　71
　　　　3.2.4　封建的家父長制　72
　3.3　「主人」の下での阿Qと村民　73
　3.4　「鉄の部屋」の崩れの行方　77
　3.5　おわりに　80

第4章　阿Qにとっての「賢人」 84
　　　―「精神的勝利法」の崩壊の軌跡を考察する―
　4.1　はじめに　84
　4.2　「賢人」の人物像とその効き目　87
　4.3　阿Qの中の「賢人」　89
　　　　4.3.1　自尊心（プライド）　89
　　　　4.3.2　「精神的勝利法」　91
　4.4　「賢人」の変化軌跡　94
　　　　4.4.1　頼りになりきっている「賢人」　94
　　　　4.4.2　「賢人」の効き目に鈍感になる　96
　　　　4.4.3　「賢人」の終焉　99
　4.5　おわりに　103

第5章　封建婚姻制度における阿Qの恋愛悲劇 …… 108

    5.1　はじめに　108

    5.2　「奴隷」と「馬鹿」の人物像　109
        5.2.1　「奴隷」の性格特徴　110
        5.2.2　「馬鹿」の性格特徴　111

    5.3　阿Qの「奴隷」的なところ　112
        5.3.1　「奴隷」的男女道徳観　112
        5.3.2　封建婚姻制度における「奴隷」　115

    5.4　阿Qの「馬鹿」的なところ　116
        5.4.1　「男女道徳観」における「馬鹿」　116
        5.4.2　アニマ像の形成　117

    5.5　阿Qの恋愛悲劇の必然性　119

    5.6　おわりに　121

第6章　「阿Q正伝」における女性像 …… 124
―「奴隷」と「奴隷」の対決から見る女性の悲運―

    6.1　はじめに　124

    6.2　尼さんの「奴隷」的な生き方　127

    6.3　呉媽の「奴隷」的なところ　129
        6.3.1　封建的な女性道徳規範における「奴隷」　130
        6.3.2　封建的身分制度における「奴隷」　130

    6.4　「奴隷」的な反抗　131
        6.4.1　尼さんの抵抗　132
        6.4.2　呉媽の抵抗　134

    6.5　おわりに　139

第7章　「偽毛唐」の営為から見る近代中国知識人 …… 144

    7.1　はじめに　144

    7.2　「偽毛唐」の人物造形とその覚醒　147
        7.2.1　西洋思想と救国の真理を目指して　147
        7.2.2　辮髪を切ること　148

- 7.3 現実による打撃と「偽毛唐」の妥協　149
- 7.4 自己実現の道の探求　153
    - 7.4.1 辛亥革命への応援　153
    - 7.4.2 革命パートナーの選択　154
    - 7.4.3 啓蒙者としての失敗者　156
- 7.5 おわりに　158

第8章　阿Qの革命 —絶望に至る覚醒の道— 161

- 8.1 はじめに　161
- 8.2 革命へのイメージ　163
    - 8.2.1 革命が来る前　163
    - 8.2.2 革命が来たとき　165
    - 8.2.3 「革命者」としての阿Q　166
- 8.3 阿Qの「奴隷」的革命動機　167
    - 8.3.1 「奴隷」的革命動機　167
    - 8.3.2 「三民主義」と啓蒙思想の実質　170
- 8.4 阿Qの「奴隷」的革命行動　171
- 8.5 「大団円」の作品的意義　176
- 8.6 おわりに　178

終　章 183

1. 「阿Q正伝」の新解釈に着目する意義　183
2. 「阿Q正伝」を「賢人、馬鹿、奴隷」との関連における解釈の実現　184
3. 本研究のオリジナリティのところと今後の課題　193

参考文献一覧 196

あとがき 202

序 章

1　本研究の背景と研究目的

　本研究は中国現代作家魯迅の代表作「阿Q正伝」の作品研究である。「阿Q正伝」は、1921年12月から1922年2月にかけて、『晨報』の副刊[1]に掲載された、魯迅の中篇小説である。この作品は世に出て以来、中国国内外の研究者に注目され、研究が蓄積されてきた。「阿Q正伝」は、当時の社会の鏡としてすでに時代を超え、作家を超える力を持ち、読む人々を過去、現在あるいは将来へと行き来させてくれる。時が移り、世が変わり、この作品から受ける人々の感受性にどのような変化が現れるにせよ、作品自体は常に文字通りの意味を開示しつつ、意味の新たな相を開示し続ける。これまでの研究者はそれぞれ自分の志向する解釈によって、その作品との対話を行ってきた。「百人の読者の心に、百種のハムレットがいる」[2]ように、その作品の意義は研究者によって、さまざまに解釈される。それぞれの研究者が自分の人間観、社会観、価値観、社会共同意識および独特なまなざしで作品世界にアプローチしようとする。

　そのような各アプローチは、文学作品の世界に入る有効な手段として研究者に用いられてきた。では、どのようにすれば、「阿Q正伝」の厖大な作品世界に入ることができるのか。「阿Q正伝」は中国近代と現代の交錯する特別な時代において、一体どのような時代的な任務を担っていたのか[3]。それを明らかにするためにはどのように作品世界に入り解釈すべきなのか。このような問題意識のもとに、本研究では、「阿Q正伝」を当時の中国に警鐘を与える時代的課題を担う重要な作品として捉え、「阿Q正伝」に包含されている様々な社会的問題とその表現のされ方について明らかにしたいと考える。なお、これまでの「阿Q正伝」研究は様々な方法を用いて行われており、その研究史を十分踏まえて、本研究では、

「阿Q正伝」における様々な時代的社会的問題が、どのような表現方法によって組み込まれ展開されているのかについて考察し、その様相を具体的に明らかにしていくことになる。

　中国現代文学はその複雑さと特殊性があるために深い魅力を持ち、中日両国の数多くの研究者たちに注目されてきた。特に、中国現代文学の父と称される魯迅は、中国現代文学での重要な位置を占めるがゆえに、その探求は、中国現代文学研究者にとって避けがたい課題とされる。これまで、魯迅文学を研究する研究者たちは、多くの場合必ずと言っていいほど、その代表作の一つ「阿Q正伝」を必須課題としてきた。これまでの「阿Q正伝」の研究は、簡単に言い表せば、主に、以下のような方面から行われてきた。

1) 第一の方面は、「阿Q正伝」に描かれている「国民性」である。そこから「国民性の改造」を提起し、「当時の中国人の生きざま」を反映すること、「沈黙の国民の魂」を呼び醒まして、沈黙の国民に潜む様々な悪い品性を暴露、警鐘を鳴らし注意を促すことなどに焦点を置いて研究を行ってきた。

2) 第二の方面は、主人公「阿Q」の「典型性」、階級属性である。そこから提起される、阿Qの中にある改造されるべき因子の発掘と、「積極的な革命因子がある阿Q」、「典型的な不覚醒の農民」である阿Qを「〈食人社会〉の英雄人物」とし、「〈超人〉の対極に作られた人物」であるという論も出現した。

3) 第三の方面は、「阿Q正伝」における登場人物阿Qの「精神的勝利法」である。

4) 第四の方面は、登場人物阿Qの革命に対する研究などである。

　以上のように、研究者たちは自分自身の研究する時代と社会において、自分なりに、「阿Q正伝」との対話の中で読取った解釈を取り上げた。1920年代始めとは、中国の社会的環境、政治的環境が激しく動揺した時代である。その『吶喊』の時代に書かれた「阿Q正伝」は、当時の中国変革にかかわる諸問題をその中に色濃く映し出している。語り手（作者）は自らの中国変革の思想を文学作品を通して当時の人々に語りかけようとした。すなわち文学を通して、中国人の思想変革を行おうとした。それが語り手の時代的社会的課題であった。無論「阿Q正伝」も、文芸を通しての中国変革の主題を担っている。

　本研究は、以上の研究上の背景を踏まえて、「阿Q正伝」がどのようにして、どのような方面から思想改革の作用を果たすものであるのか、そしてどのような結果を促そうとしたものであるのか、これらの諸問題を追究することを主な研究

課題とする。その場合、「阿Q正伝」が提起する諸問題について、各時代において各研究者がどのようなものとして受けとめたのかを十分踏まえて追究していく。

2 「阿Q正伝」に関する先行研究

　「阿Q正伝」は、その出現以来、中国でも日本でも、様々に解釈されてきた。この作品に対する解釈は時代と社会の動きとともに違ってくる。本稿において、筆者は自分の問題意識（阿Qの精神的営為、阿Qの革命、女性解放等）のもとに、筆者の研究分野と深く関わっている論考を主としてとり上げ、考察する。その際、中国の研究者ばかりではなく、日本の研究者において、「阿Q正伝」に対してどのような関心が持たれたのか、どのような作品解釈が行われてきたのか、それぞれの研究の到達点がどこにあるのかも考察の対象にする。それらは、すべて本研究の第一章「『阿Q正伝』作品研究の系譜」において考察し分析した。ゆえに、ここでは、先行研究の詳しい紹介は略し、ただ概括的に今までの中日両国での研究を紹介することにする。

　第一に、中国における研究について、前世紀の20年代から現在までの100年間近くの間に、各時代に行われた研究を調査してみると、研究者たちの視野や立場は多くの場合、作家魯迅の思想や創作意図に焦点を置いた研究が多かった。即ち、魯迅の国民性の改造思想、封建制度に安住している国民の魂を描き出す思想、国民の覚醒を呼び覚ます思想、辛亥革命を批判する思想、阿Qの不幸を憐れみ、阿Qの不覚醒に憤慨する思想、等々について研究し分析している。また、「阿Q正伝」の作品内部については、阿Qの典型性、阿Qの階級性、阿Qの革命性などに注目が集まっている。阿Qの人物像については、最初に茅盾（沈雁氷、以下同じ）の言う「中国人の品性の結晶」[7]から、のちに西諦（鄭振鐸、以下同じ）の言う「阿Qの人格があたかも二つあるようだ」[8]という論考を経て、30、40年代の「阿Qは農民典型である」[9]という論考、50年代から70年代までの「阿Qは思想典型である」[10]という論、「阿Qの性格は〈共名〉である」[11]論、「阿Qが時代遅れの農民典型」[12]とする論まで、重要な意味を持つ論考が時代の状況をそれぞれ反映して展開された。阿Qの「精神的勝利法」については、最初に「精神的勝利法」の諸表現、そして阿Qの「精神的勝利法」に対する批判などの研究がある。総じて言えば、作家魯迅の視点から行った研究が多かった。近年来、研究者たちの関心

は、「阿Q正伝」における物語論研究、登場人物の精神研究、作品構造研究に向けられ、新しい成果を見ることができるようになった。

　第二に、日本における「阿Q正伝」の研究は、最初に中国の研究と同じように、作品内容に関心を寄せている。主に魯迅作品に体現されている魯迅の思想の研究、作品構造の研究が多かった。後に『吶喊』時期の作品の意味把握を、全体的に〈明〉と〈暗〉とに二分する研究、『吶喊』時期の作品に体現される知識人の「個人的無治主義」や自己犠牲、知識人の自己実現などの論考、「阿Q正伝」における「人」「鬼」構造の論考も出てきた。「精神的勝利法」の物語論的考察も出ている。

3　本研究の研究方法

　これまでの研究者たちは、「阿Q正伝」を研究するとき、多くの場合、作家魯迅の思想や考え方を研究の視野に収めて、「阿Q正伝」に含まれている魯迅の思想や考え方を追究しようとしている。そのとき、中国人研究者たちは、それぞれの時代の特色と社会環境のもとに研究を結合し、研究者の視野にある問題意識を持って「阿Q正伝」を研究した。

　近年来、研究者たちは「阿Q正伝」を研究するとき、主にテクストの中にある特定の部分について、研究者自身の問題意識を持って、テクストに即して作品の意義を探索するようになった。とりわけよく知られるのが、汪暉の著作『阿Q生命的六個瞬間』と汪衛東の論文「阿Q正伝－魯迅国民性批判的小説形態」であり、これらはそのような方法を用いて論じている。特に最近、研究者たちは西洋の文学理論を援用して、「阿Q正伝」の意義を探る傾向にある。

　以上をまとめて言えば、中国人研究者の多くは、それぞれ自分の位置している時代背景と社会環境から出発し、時代の共同的まなざしで魯迅の思想を探究しようとする。それに対して、日本人の研究者たちが関心を集中することは、ほとんどの場合、魯迅が『吶喊』時期に書いた雑文集から、その思想や考え方を抜き出して、「阿Q正伝」の中にある魯迅の思想を検証しようとするものである。この方法は、ほとんどの日本人研究者に用いられた研究方法である。

　本研究は、これまでの『吶喊』の先行研究が主にどのような論点を展開し考察したのかを整理し、到達点を把握する。特に「阿Q正伝」に関連する先行研究を調査して、それらがどのような主題に焦点を絞って論を展開しているのかを明ら

かにする。『吶喊』と関連する「阿Q正伝」の主題、そして「阿Q正伝」においていっそう独自に鮮明にされた主題を確認する。「阿Q正伝」を分析するとき、単一の視野にのみ終始するのではなく、作品構成、登場人物の思想構造、人物の性格、歴史的な変革、社会的問題など様々な視野に基づき考察を行う。そしてそこから明らかになるそれぞれの主題が、如何に「思想変革」に注意を促す目的へと収斂するのかを探ってゆく。

その際、本研究が採用する方法は、「阿Q正伝」における筆者が関心をもつ諸課題の各々について探求を進め、それを「阿Q正伝」の全体的意義をとらえることに繋げようとする。その際、「阿Q正伝」の作品意義を探求するために、「阿Q正伝」に描かれている人物像を、魯迅のエッセイ「賢人、馬鹿、奴隷」(『野草』1925)の作中人物とその役割に照らし合わせることを通じて、「阿Q正伝」の人物像の意義を探ってみる。これまで、「賢人、馬鹿、奴隷」の人物を通じて「阿Q正伝」の人物像を解釈した研究は一つもない。ゆえに、筆者は試みにこの二つの作品を対照しながら、「阿Q正伝」の人物造形や、作品構造を詳しく論証し、それを通じて、「阿Q正伝」の作品意義と時代的意義を明らかにしたい。

4 「賢人、馬鹿、奴隷」の作品的意義

「阿Q正伝」の作品意義を把握する前段階として、ここで、「賢人、馬鹿、奴隷」のそれぞれの人物像と作品の意義を説明し分析しておくことにする。

「賢人」は、「奴隷」が悲しそうに自分の属している「主人」に対する愚痴をこぼすのを聞いてから、すぐに「まったくお気の毒だね[16]」という慰めの言葉を言って、「奴隷」の不満を収める。「奴隷」がさらに「主人」に対する不満をこぼし続けると、「賢人」はまた彼に寄り添う言葉を発しながら、「奴隷」に同情する気持ちを見せる。こうして「奴隷」を今までの生活に安心安住させる。「賢人」が「奴隷」にあたえる精神上での慰めは、「奴隷」の今までの生活に何も実質的な改善がないままで、「奴隷」を安心させて「奴隷」としてあり続けさせ、もっと「主人」に忠実であるようにさせる。「賢人」は、「奴隷」がただ愚痴をこぼすだけで、他人に慰めてもらうことで満足すること、そして「賢人」から慰めをもらった「奴隷」が絶対に「主人」に反抗しないことなどをよく知っている。それゆえ「賢人」の思想と行動は「主人」には何の脅威にもならないし、その「奴隷」

への慰めが「主人」に利益をもたらすことから、「主人」の実質上の支持者、擁護者、補強者であると言える。

　「馬鹿」は、その考え方が非常に単純で、何かを考え付いたら、すぐに行動に移す人間である。何か問題があれば、頭であれこれ思考することなく、すぐに実際的に対応する人である。彼は、「奴隷」の「こぼす」愚痴を聴くと、いきなり「主人」のことを「ばかめ」と怒鳴った。また、自分の部屋に「四方とも窓がありませんし…」という「奴隷」の愚痴を聞くと、「馬鹿」はすぐ不満を現して、「窓を開けてくれと主人に言えんのか」[17]という。「奴隷」の「めっそうもない…」という言葉を聞くと、すぐに「奴隷」のために、「奴隷」の部屋の「泥の壁を外から壊しにかかる」という行動に出る。そして「馬鹿」は、その壊す行動が「主人」に「叱られる」と「奴隷」に言われても、「かまわん」と答える。つまり、「馬鹿」は「主人」から処罰を受けても、「奴隷」を助けたいという気持ちを持っているのである。「馬鹿」のこれらの行動様式は、「賢人」の行動様式と単に異なるというだけでなく、むしろ対極的であると言える。というのは、「馬鹿」は「奴隷」のこぼす愚痴に対して、その厳しい現実をどこまで認識したかは別として、直接に体での行為をし、「奴隷」を圧迫する「主人」に抵抗する行動を行い、実際に「奴隷」を助けようとする。しかし皮肉なことに、「奴隷」を本当に苦境から解放しようとする「馬鹿」の行為は、先ず「奴隷」自身に反対され、「奴隷」に追い払われてしまう。「賢人」の単に気持ちの上の言葉の慰めは、実質的には何にもならないのに、「奴隷」には「救助の手」と感じられ、「奴隷」に支持され擁護される。さらには「奴隷」に自分の恩人として尊敬される。

　「奴隷」とは、一般的に言えば、一身が売買の対象となる商品的存在であり、決して人間的な存在とは見なされない。けれども魯迅の描いたこの「賢人、馬鹿、奴隷」の作品では、「奴隷」は、金で売買される存在として登場するわけではない。にもかかわらず、この小説で「奴隷」という用語がなぜ使われているのだろうか。それは、この「奴隷」が肉体的よりはむしろ精神的な本質において、「奴隷」的性格を持っているということに基づくものだと考える。

　「奴隷」は、「人間並みではない」苦しい生活を送っている。絶望的な境遇に陥っている。「奴隷」は初めに自分の「主人」に不満を持ち、自分の絶望的窮地に愚痴をこぼす人間である。本来なら「奴隷」のこの窮地こそが、「主人」に抵抗する原動力となるはずである。しかし、「賢人」の慰めの言葉は「奴隷」の抵抗精神を麻痺させる麻酔剤となって、「奴隷」に自分の苦しい生活の不満を一時忘

れさせ、「主人」に自ら抵抗し生活を改善する気をなくさせる。「賢人」の精神上での慰めのおかげで、「奴隷」は「主人」に愚痴を持っても、いっさい「主人」に抵抗しないばかりか、「賢人」の言葉だけの慰めによって、「主人」に対する忠実な支持者、擁護者でありつづける。

　「賢人、馬鹿、奴隷」の中の三者は、「主人」を中心とするワンセットになっている。「賢人」はその中で自己保身の考えを持つ人間であると言える。彼はだれとも摩擦を起こさず、だれにも嫌われず、安楽な生活をする人間で、みんなに尊敬されている。けれども、「賢人」がみんなに尊敬されるのは、彼が「主人」を中心とする封建的イデオロギーを安泰に維持する側の人間だからである。つまり「主人」に対して誰よりも実質的に奉仕する人間が「賢人」その人である。「奴隷」は「賢人」の慰めによって、「奴隷」の身分に縛られ、自分の「奴隷」的境遇に不満をもっても、「主人」に抵抗せずに自分の絶望的な身分に安住する。「主人」も「賢人」のおかげで安泰に存在する。「馬鹿」は、その思想上で「奴隷」の絶望的な境遇を認識したわけではないが、しかし彼は「賢人」に否定されても、身体上での行動で「奴隷」の絶望的な窮地を実際的に助けようとする。それゆえ、「馬鹿」こそが、当時の社会において本当に価値がある人間であると言える。

　しかし、社会に対して批判的な態度を含む行動をする人間が、「馬鹿」とよばれ、自分のことしか考えず、自己中心的なエゴイズムのかたまりの寄生虫的人間が、「賢人」と呼ばれる。もっとも自分の「奴隷」的境遇に不満を持ち、「主人」に一番反抗力があるはずの「奴隷」が、「賢人」のために自分の「奴隷」的身分を忠実に守る。以上の、当時の社会に対する痛烈な皮肉をはらんでいる三者関係は、一つの統一的な構造をなし、揺るぎなく社会全体の体制の中に蟠踞し、当時の現実の内実であったと思われる。この三者の関係の有機的な相互関連は、破綻がなく、揺るぎなく、崩れる可能も見えない旧社会の絶望的現実をそのまま反映していると思われる。この絶望的三者関係を崩す唯一の希望は、「馬鹿」による、「主人に窓をひとつ開けてくれとはいわんのか、おまえに窓をひとつあけてやるのさ」という、実際上の行為にあると思われる。

　本研究は以上の「賢人、馬鹿、奴隷」と対照しつつ、七つの側面から「阿Q正伝」の作品全体の意義を考察してみる。それは「阿Q正伝」の中に、「賢人、馬鹿、奴隷」の構造が以上のような形で崩れそうもない関係性を形成していることを明らかにすることになるのである。

5　本研究の構成

　前節までに述べてきた問題意識と研究方法に基づいて、本研究では、七つの課題を中心に研究を進め、それぞれの章に分けて、「阿Q正伝」を独自な視野と研究方法によって読み取っていく。

　本研究の構成は以下のようになる。

序　章：ここでは、本研究の研究背景、研究目的、研究方法、テキストの使用などについて説明する。

第一章：「阿Q正伝」の先行研究の系譜。筆者の問題意識に基づき、中国と日本における先行研究をそれぞれいくつかの段階に分けて紹介する。

第二章：「阿Q」という名前から見る語り手「私」の気持ちの分析。その際、当時の社会を頭で理解し現実に失望している語り手「私」を、作中人物阿Qとの関係にポイントをおき、テキストと結びつけて、考察し分析する。

第三章：阿Qにとっての「主人」——「鉄の部屋」未荘を打ち砕く可能性。本章では「阿Q正伝」における「主人」未荘の働きとその実質を分析する。その際、「主人」と「奴隷」という強固な主従関係の中で、未荘に凝縮する封建的因習（「鉄の部屋」）が崩れる可能性の暗示を考察し分析する。

第四章：阿Qにとっての「賢人」——「精神的勝利法」の崩壊軌跡から考察する。この章では、主人公阿Qの中で、「奴隷」的なところと「賢人」的なところが、一体どのような関連にあるのかに焦点を置いて探求する。

第五章：阿Qの恋愛悲劇について——「馬鹿」と「奴隷」との闘い。恋愛に対する阿Qの「奴隷」的な考えと「馬鹿」的行動との衝突を分析し、阿Qの恋愛悲劇の原因を考察する。

第六章：「阿Q正伝」における女性像——「奴隷」と「奴隷」の対決から見る女性の悲運。この章では、「奴隷」対「奴隷」の関係の中で、尼さんと呉媽の「奴隷」的な悲運を考察する。

第七章：「偽毛唐」の営為から見る近代中国知識人について。「偽毛唐」は「阿Q正伝」における知識人の生き方をしめすものとして描かれている。本章は、「偽毛唐」にある「賢人」的な面と「馬鹿」的な面との関係の中に、近代「知識人」の「人生」を分析する。

第八章：阿Qの革命——「賢人」、「馬鹿」、「奴隷」と「大団円」の意義。この章

では、中国変革をめざした辛亥革命に対して、主人公阿Qが個人として表出する「賢人」的、「馬鹿」的、「奴隷」的、および「主人」的側面という各面を分析する。そして、それらの「阿Q正伝」における意義と、「大団円」のもつ作品的意義を分析する。

終　章：本研究の意義、残される課題などを説明する。

6　本研究に使用したテキスト

　「阿Q正伝」はもともと中国語の白話文で書かれている。本稿の筆者は「阿Q正伝」を研究し執筆する場合、しばしば「阿Q正伝」の文章を引用する。それぞれの引用文は、ほとんどが刊行された日本語訳本の「阿Q正伝」本文である。本稿に引用される日本語の訳本について、以下に説明することにする。

　筆者は、中国人として中国で日本語を学び、日本語を研究し、日本語を教える者の立場から、「阿Q正伝」の日本語版が文学作品として、中国語原文の作品とともに、もう一つの文学作品としての意味を持っていると考える。もちろん、中国語原文と詳細に対比し、その訳文の正確さ妥当性を検討したうえでのことである。筆者は日本語訳本の「阿Q正伝」を主としたテキスト（中国語原文のテキストも十分に検討したうえで）とし、研究を進めることにした。筆者は、十種類のテキストを検討し、その中で、最終的に竹内好の訳本をテキストとして選択した。その理由は、中国における日本語研究、日本語教育において、竹内好の訳本が最も広く流布している事情がある。現に中国の日本語専攻の大学生は、竹内好訳の日本語で魯迅を読んでいる。これは中国語で魯迅を読むのと、また違う読書体験を彼らに提供している。また近年において、竹内好の魯迅研究が中国語に訳され、それが中国の魯迅研究者にとって大きな魅力をともなって受けいれられた。[18]これだけでなく、筆者個人による諸日本語訳本の比較検討によれば、やはり竹内好の訳本が最も優れていると考える。なぜなら、魯迅の中国語原文の文章がその背後に隠している深い意味を、竹内好の日本語訳がそれとして訳出するのに成功していると考えるからである。ゆえに、魯迅の原文テキストを踏まえたうえで、竹内好の日本語訳本「阿Q正伝」を本研究の主としたテキストとして取り上げた。ただし、竹内好の訳本がすべてにわたって完璧だということではない。本稿に引用した訳文の中では、異なる訳者の訳文を採用した箇所もある。また部分によって

は、筆者自身が翻訳した日本語を使用する部分もある。これは訳文の比較検討の中で、個別に判断した結果である。

　以上述べたように、本研究は、魯迅の中国語原文テキストを十分検討したうえで、竹内好の日本語訳本「阿Q正伝」を主としたテキストとして採用し執筆した。これが、本研究のテキスト選定の実際である。

1　副刊は、当時の新聞に特別に挟み込まれて掲載された、文芸文化欄の頁である。『晨報副刊』は、五四時期の有名な四大副刊の一つである。その前身は北京『晨州鍾報』と『晨報』第七面であった。主に、西洋の思想や知識、文化を紹介している。内容は新文化運動に傾斜している。『晨報』の『副刊』は五四前後において、西洋の新思想を宣伝した雑誌『新青年』以外の、もう一つの重要な新文学の陣地であった。
2　英国の文豪シェイクスピアの名言であり、原文は「千人の読者には、千種類のハムレットが読める」という文である。
3　辛亥革命以前、中国を統治する清朝の支配階級は、極めて腐敗し、没落の間際においても、自分の閉鎖的な思想を改めなかった。西洋諸国に侵略されても、自国を文明国として傲り、中国の西洋化に非常に大きな妨げになり、中国を亡国の間際に陥らせた。中華民国建国後、当時の民族ブルジョア階級は中国を強大にさせるために、中国を西洋化させるのに奔走した。特に、思想文化の面において、中国を支配する封建思想を改革し、中国を西洋化することを提唱した。すなわち、思想上においては、中国に蟠踞している封建思想と西洋の新思想とが強烈に衝突している、近代と現代の交錯の時代を指す。
4　当時の作家たちは一方では、中国の伝統文学を激しく攻撃しながら、もう一方では、一面的に西洋文化をまねようとする。しかし、彼らは西洋啓蒙思想や西洋文学を真似すると同時に、彼らの創作は多かれ少なかれ自分の伝統的文化から離れられないでいる。従って、西洋現代文学の創作を模倣しようとしても、中国の伝統小説のスタイルをとっている。これは中国現代文学の複雑性と特殊性の実態である。
5　馮雪峰「論『阿Q正伝』」『馮雪峰論魯迅論文集』第一巻、人民文学出版社、1953年。
6　伊藤虎丸『魯迅と日本人―アジアの近代と「個」の思想』朝日新聞社、1983年、P207-210。
7　茅盾（沈雁冰）「『阿Q正伝』について」『小説月報・「通信」欄』第13巻第2期、1922年。後に、査国華、楊美蘭編『茅盾論魯迅』山東人民出版社発行、1982年。
8　西諦（鄭振鐸）「『阿Q正伝』を論じて」『文学週報』第251期文学研究会機関誌、1923年。後に李何林編『魯迅論』に収録されている。北新書局発行、1930年。
9　1936年に胡風、周揚の間に起こった阿Qの典型論争は、すでに本格的にマルクス主義文芸理論を用い、阿Qが農民階級であると互いに承認した上で、論を戦わせている。胡風は農民典型として阿Qの普遍性を強調している。一方、周揚は農民典型としても阿Q自身が持っている個性、つまり阿Qの特殊性を主張している。注目したいのは、論争の中で阿Q像の階級性は農民であるという点では二人の見解が合致していることである。つまりこの段階では阿Q像の階級性は農民であることと確認されている。
10　馮雪峰「論『阿Q正伝』」1951年、P112。底本は『馮雪峰論魯迅論文集』第一巻、人民文学出版社、1953年。馮雪峰の言う「思想典型」とは、当時の各階級の性格が阿Qに集められ現れる、〈阿Q精神〉のことを指す。特に、「精神的勝利法」によって、自己欺瞞、忘却する考え方である。
11　何其芳の言う〈共名〉とは、現在の時代でも、自分の弱みを正視できず、そしておかしな方法で自分の欠点や弱みを隠そうとする人を、みんな〈阿Q〉と呼べるとする。すなわちそれが〈共名〉である。

12　阿英の論を指す。阿英は主に、阿Qに対して、「中国農村に生活する農民であり、思想上では非常に時代に遅れ、長い間、封建的統治階級の圧迫下において大変貧しい生活をし、封建的支配者の統治に奴隷的に従う農民の典型であるという特徴を指摘した。

13　出典は中井政喜論文「魯迅の「個人的無治主義」に関する一見解」である。『魯迅探索』汲古書院、2006年、P173。中井政喜の言う魯迅の「個人的無治主義とは、一方では、辛亥革命挫折後魯迅の憤激の心情、失意の心情による無政府的厭世的個人主義である。もう一方では、中国変革のために自己犠牲的に行動することを放棄して、むしろ社会問題から遠ざかり、自分なりの幸福を追求しようとする心情が間欠泉のように噴き出す虚無的個人主義とするものである。

14　汪暉『阿Q生命的六個瞬間』華東師範大学出版社、2014年。

15　汪衛東「阿Q正伝―魯迅国民性批判的小説形態」『魯迅研究月刊』、2011年。

16　魯迅「賢人、馬鹿、奴隷」『野草』1925年。原文は「それはほんとうにお気の毒な」である。

17　出典は前掲魯迅のエッセイ「賢人、馬鹿、奴隷」である。原文は「主人に窓をひとつ開けてくれとはいわんのか、おまえに窓をひとつあけてやるのさ」である。

18　中国の魯迅研究者は、魯迅の創作思想や、魯迅の哲学的考えを考察し、分析するとき、竹内好の『魯迅』という著書を参考にする。そして、竹内好によって翻訳された『魯迅全集』を参考書にしている。竹内好は中国で「竹内魯迅」（竹内好によって解読された魯迅、あるいは竹内好によって解読された魯迅作品のことを指す）とまで呼ばれているのである。

第 1 章
「阿Q正伝」作品研究の系譜

「阿Q正伝」は1921、22年に『晨報副刊』に掲載されてから、現在まで100年間近くの間、中国国内外において数多くの研究者に注目されてきた。中国でも日本でも、この作品に対する解釈は時代の動きとともに違ってくる。本稿において、筆者の研究分野と深く関わる論考を主としてとり上げ、考察する。その際、中国の研究者ばかりではなく、日本の研究者において、「阿Q正伝」に対してどのような関心が持たれたのか、どのような作品解釈が行われてきたのかも考察の対象にする。そのため本稿は、「阿Q正伝」に対する中国と日本の先行研究を整理し、そのうえで考察を進める。

1.1 中国における「阿Q正伝」の研究

中国における「阿Q正伝」の研究について、筆者の問題意識の下で、すなわち「阿Q正伝」に含まれている国民性の改造、阿Qの性格、阿Qの「精神的勝利法」、阿Qの革命性と階級属性、および「阿Q正伝」の構造などに焦点を絞って、先行研究を整理し考察していくことにする。

1.1.1 国民性

「阿Q正伝」は、『晨報副刊』に掲載された後、1923年に魯迅の小説集『吶喊』に収録され出版された。この小説が世に出たばかりのころから、「阿Q正伝」の主題と意義に対する論争が絶えなかった。茅盾（沈雁冰）は「『阿Q正伝』について」[1]で、「阿Q正伝」の主題的意義が「国民の悪い品性を暴露する」ことにあると指摘した。続いて茅盾は1923年に「『吶喊』を読む」[2]で、阿Qを「中国人の国民性の結晶」であるとする。この論が、その後「国民性の悪を改造する」

論の濫觴とされ、さまざまに検討されることになる。茅盾の論を見てみよう。

　小説を読むうちに、阿Ｑというこの人物がどこかで見たことがあるという思いを持っている。それはわが中国人の品性の結晶であろうと思う。……そして、阿Ｑが代表する品性は、中国の中上層の社会階層の品性（国民性のこと）でもある。[3]

茅盾は「阿Ｑ正伝」の人物性格に対して、「旧中国に生きる灰色人生の写実である」と把握する。また「必ずしも中国民族に特有の特質でなく、人類における普遍的な弱点でもあるようだ」、と言う。

茅盾は初めて阿Ｑを「阿Ｑ相」として提出した。そして「阿Ｑ相」が代表している精髄を「阿Ｑ相」（《"阿Ｑ相"》）[4] という論文で、次のように詳しく述べた。

　阿Ｑは、いつも事実上での失敗と劣勢から目をそらし、その失敗と劣勢状態を精神上での勝利に転嫁することによって、自分をごまかしている。そして阿Ｑは、自分より強いものには屈服し、有力者の圧迫と打撃に無抵抗である。他方では、自分より弱いものには自分の力を振るって、威張ろうとする。阿Ｑのこのような性格が阿Ｑ相であると言える。

茅盾の論は、今日に至っても、研究者たちに引き続いて検討されている。この指摘は、現代という時代の中でもますます大切な意味を持って来ていると思われる。

西諦（鄭振鐸）[5] は、直接的に「阿Ｑ正伝」における阿Ｑの人物造形が「納得できない」と指摘し、さらに、「阿Ｑのような人物が、最後に革命党になろうとし、とうとうあのような大団円の結末に遭う」ところに、不満を持った。阿Ｑのような不覚醒の農民を革命に参加させ、そして、処刑されることを設定するのは、不適当である、と指摘した。[6] さらには、阿Ｑは、二重人格（農民の阿Ｑと革命の阿Ｑを指す）を持っている、と作品の全体から把握している。西諦の以上の基調的な論も、多くの研究者に引き継がれている。

1.1.2　阿Ｑの性格と精神

阿Ｑの性格と「精神的勝利法」を巡る研究はずっと「阿Ｑ正伝」研究の焦点で

あった。

　まず、魯迅研究者の汪暉[7]は、阿Ｑの「精神的勝利法」と「精神的勝利法」を突破する契機について分析した。汪暉論文によれば、魯迅の創作目的は国民に反省させることである。国民に反省させる道は阿Ｑの「精神的勝利法」がその効き目が失う点にあると考えられる。そして、阿Ｑの「精神的勝利法」による生活は「秩序ある歴史」であり、阿Ｑの生命中の本能的な六つの瞬間は「本能的非歴史」、あるいは「非歴史的瞬間」であると言える。その「本能的非歴史」こそが、阿Ｑに属する歴史であると言う。阿Ｑがその「秩序ある歴史」から脱出できたなら、その「本能的非歴史」に入ることができる。それは「意識の中断」あるいは「本能の回復」を意味している。つまり、阿Ｑが「秩序ある歴史」から「本能的非歴史」に入る契機は、阿Ｑの生命中の「欲望、直覚及び潜在意識」の中に孕んでいる動力、阿Ｑを革命に参加させる動力であると言える、と汪暉は考える。つまり、汪暉論文の核心的な部分は、阿Ｑの生命中の本能的な瞬間が阿Ｑを革命に参加させる因子であり、また、それらの瞬間が阿Ｑの「精神的勝利法」の効き目を失わせる瞬間でもあり、阿Ｑをその「秩序ある歴史」の中から脱出させる契機でもあると述べた。

　以上の汪暉論と近い論を銭理群も論述した。銭理群[8]は『心霊的探尋』で魯迅の「否定（破壊）と肯定（創造）との弁証法」を発見した。銭理群によれば、「魯迅は全体から、彼のいる時代とそれまでの時代の社会制度と文化システムを否定」することによって、「最大限に重たい歴史的重荷を外すことができ、創造への自由度」[9]を得た。銭理群の論によれば、作家魯迅は、当時の中国での封建制度および封建的文化システム、時代遅れの思想体系などをその根底から否定し、そして、人間の思想をその根底から改変してほしいという思想を持っているからこそ、魯迅はその作品の中に、旧社会に対して縦横無尽に攻撃をし、各方面から人間の思想を啓蒙しようとしている、といったのである。銭理群は後で「阿Ｑ正伝」に即してその論を具体的に論じた。概括的に言えば、阿Ｑの「精神的勝利法」を人類学の枠組みの中で、その合理性と否定性を語った。阿Ｑという「個体生命」[10]としての存在は、ほとんど人間の生存においての窮地に直面した。例えば、基本的生存欲求が満たされない生きることの困難、拠り所のない窮地、死亡に対する恐怖に遭った。そして、彼（阿Ｑ）が行った「現実に対するすべての努力と抵抗は絶望の循環であることをまぬがれなかった。そのため彼は自分自身に帰るより仕方がなく、妄想した勝利の精神世界で日々を生きる」[11]しかないと言った。

同じように、張夢陽も『阿Q新論―阿Q与世界文学中的精神典型問題』で、精神現象学の角度から、阿Qという人物は人類精神現象上での「病態的精神典型」であるという論を提出した。張夢陽はその論を主に「精神と物質、主観と客観、幻想と現実」の二元関係中において分析した。「病態的精神典型」とは、人間が実際に存在する現実を前にして、個々の角度から精神上で現実をゆがめた各種の状態を幻想しているものである。そして、その幻想する精神が現実への錯覚と誤差の状態にあるのが、精神病態である考えられる。この精神的病態に罹った人物は倫理上から見れば、人柄が善良で人間に同情を持たせるような人物であるからこそ、読者に精神的啓蒙の働きがあると考えられる。阿Qの精神的病態といえば、「内心に退縮する精神的病態」であり、「消極的で、諷諭性がある精神的典型」であるとする。

　彭定安も、主観客観という二元的見解で阿Qの精神を分析した。それは「登場人物の精神世界（主観）の描写を通して、阿Qの「精神的勝利法」をもたらした客観的世界の病態を暴露するに至った。これこそ魯迅の創作意図である。つまり、「病態社会の病状を掲示し、人々に治療の注意を促し、ひいては今までの人生を改良し、当時の社会環境を改造するようになり、最後にその社会制度を変革するようになる」とした。彭定安によれば、これこそが「阿Q正伝」が読者を感動させる表現力であると述べた。この点は筆者の博論に非常に啓発的意義を持っていると考える。

　陳則光は、阿Qの「性格本質説」という新たな解釈を出した。「阿Q性格本質説」とは、阿Qを農民の典型としてとらえ、農民とは必ず農村の無産階級ならではの本質的なものを備えるという階級理論から、阿Q思想の全体を、阿Qの中の本質的な部分と非本質的な部分に分けて分析する方法である。その方法で分析しえた阿Qの中にある本質的性格は、三つにまとめられた。すなわち、一、阿Qは貧しい雇農であり、貧雇農の農民の本質である階級的本質がある。二、阿Qは封建地主階級と一切の反動派を恨み、終始貧雇農民としての固有の階級意識を保持している。三、阿Qが最初に革命を理解できない状態から革命に強烈にあこがれるようになることは、彼の属する階級本質よって生じたものである。以上の三つが阿Q性格本質説である、阿Qのそのほかの「精神的勝利法」などは、阿Qの「非本質的」なものとされる。阿Qの中には、この「本質的な」性格と「非本質的」なものが起伏消長していて、阿Qの性格の複雑性をなしているとする。

　21世紀に入って、阿Qの性格をめぐって研究を行った汪衛東は、「阿Q正伝―

魯迅国民性批判的小説形態」(『魯迅研究月刊』2011年11月)で、阿Qを「国民の悪い品性の典型」とし、阿Qに表現された国民性の悪い品性を十種類に分けた。そして、阿Qの「精神的勝利法」を「阿Qの弱勢生存策略」として分析した。その生存策略は「自己軽蔑」、「自己慰安及び自己をごまかす」、「強者には屈服、弱者には横暴」などである。汪衛東論文によれば、魯迅が国民性を批判する内在ロジック的システムによって、阿Q典型の内包を解読すると、読み手の整合的視野が得られ、かつ一つの統一的なテクスト視野もあらわれる。即ち、阿Qが代表する国民性は一般に言う「性格の羅列」ではなく、一つの「人格システム」なのである。それは、洞察と集結の思想成果でもあると言う。汪衛東は、阿Qの「性格システム」も、阿Qの「精神的勝利法」もいずれも「その場しのぎで生きる」環境下で演出されたと考える。具体的に言えば、「阿Q正伝」の前の三章は阿Qが「その場しのぎで生きる」環境を提示した、後の六章はさらに進んで阿Qの「その場しのぎで生きる」環境を提示するが、最も重要なのは、「私欲中心」という「性格システム」の「原点」あるいは、国民性の悪い品性の本質を提示したと考えられる。「その場しのぎで生きる」といえば、阿Qが未荘の最低層に位置し、自尊心を維持したいができないという状態が、当該小説が阿Qに提供した「その場しのぎで生きる」社会環境である、と汪衛東は説明する。汪衛東論文は、先人の諸論文と一致するところといえば、国民性の悪い品性に対する暴露を創作の目的とする魯迅の立場に立っていることである。汪衛東は魯迅の批判する国民性が一つのシステムであり、あるいは「性格システム」であると見なした。このシステムを一本の線に喩えたら、その線の発端はいろいろな悪い品性の表現であり、それからその順番に、阿Qの弱者的生存策略の表現(「精神的勝利法」の表現)につながり、それから阿Qの「その場しのぎで生きる」社会環境、最後にその思想の原点「私欲中心」につながっていると説明した。つまり、汪衛東論文の特徴は、「魯迅の批判の最終的目的地が『私欲中心』という性格原点である」とする点にある。汪衛東論文は魯迅研究界で大きく論争された。論争の最大の焦点は「私欲中心」という言い方である。この定義の合理性が疑われた。筆者の博士論文に対する汪衛東論文の啓発的な意義といえば、阿Qの性格を「国民性の悪い品性の典型」とする点であり、また「阿Q正伝」を全体から分析することを重視し、そのテクストの整合性と統一性を分析したところであると思われる。筆者はその研究方法に賛成で、筆者の博論の参考になると思われる。

　以上のように、「阿Q正伝」の研究は、一つの焦点が阿Qの生き方の研究であ

った。当時の社会において、阿Qのような社会の下層の人間の生き方に対して、研究者たちはそれぞれの視点と価値観によって、阿Qの性格と精神を解読した。辛亥革命前後を生きた阿Qの、その性格と「精神的勝利法」は、研究者たちの説によれば、いずれもゆがめられているものであり、批判すべきものであったと言う。研究者たちが、阿Qを批判しながら、それぞれの時代の影響から離れて、阿Qの中の積極的因子を掘り下げる研究の傾向が見えてくる。

1.1.3　阿Qに対する作者の態度をめぐって

「阿Q正伝」における登場人物の設定や、人物と語り手（作者）との関係あるいは語り手が登場人物に注いだ態度についての研究も「阿Q正伝」作品研究の重要な点である。この点に対する研究は、「阿Q正伝」早期研究の主流であった。

1941年、作家張天翼が発表した「阿Q正伝を論じて」（論「阿Q正伝」）[20]は、当時評論界に一石を投じ、研究者たちから注目を集めた。張天翼は次のように説明している。

> 魯迅の創作意図は阿Qによって私達に自分の阿Q病を発見させることで、それで私たち自身の魂を洗い清めるのである。これが作者の偉大なところである。阿Qはなぜ私たちに嫌われる阿Qとなっているのか。それは、彼が自ら愚昧と卑怯から抜け出すことができないからである。だから、私達は必ずや勇気を出して私達自身の欠点を正視し、必ずや私達の魂を清らかにしなければならない。事実上、この阿Qが創造されてから、私たち民族のたくさんの良心的芸術家は、みな大きな熱情をもって、不断に魂を洗浄するという仕事をしている。（中略）換言すれば、私たち中国の現在の多くの作品は、「阿Q正伝」を再び書き続けていると言える。[21]

上記の論から明らかなように、張天翼は魯迅が批判している国民性の悪が具体的にどのようなものであるか、について分析する。そして、作中人物に対する作家魯迅の態度も分析の対象に入れている。

艾蕪[22]も「阿Q正伝」における魯迅の創作意図について、「作者は中国国民の罹る欠点を描き出すことによって、人々に警戒させ、速やかに治療をうながした」ものであるといった。艾蕪によれば、阿Qは、「磨かれて光る鏡」であり、「中国人の〈精神的勝利法〉の欠点を、鮮明に照らし出し、ごく小さなものまで明るみ[23]

に出した」とも論じた。欧陽凡海の「『阿Q正伝』を論じて」(「論『阿Q正伝』」、『魯迅的書』、1942)も「阿Q正伝」に対する魯迅の意図と人物阿Qの性格、作品の構成などから展開した。その論は、当時の文壇で研究者の注目を集めた。欧陽凡海は、「阿Q正伝」は『吶喊』に収録されたそれ以前の他の小説とはかなり違っていると指摘した。その違いは、魯迅の思想がちょうどその時点で大きく転回し、「阿Q正伝」を書く前までの思想とは「目的意識的な変化」が起こり、そこで「阿Q正伝」を書いたからであるという。故に、「阿Q正伝」の主題は、「魯迅が阿Qの中から革命の種子を見出す」ことであると述べる。目的意識的な変化が発生したために、魯迅は「阿Q相」を通して、「中国革命の種子を見出す」志向も持つようになる。しかし、実際に描いた阿Qは、その麻痺、愚昧、未覚醒のために、中国を変革する革命者とは大きな距離がある。それゆえに、それが魯迅創作の「破綻」の一つとなったという。そのあとの研究者陳涌も欧陽凡海の論旨と一致して、阿Qの封建的思想を清算しなければならないと論を述べた。

　金宏達は「『阿Q正伝』研究に関する疑義」(「关于『阿Q正传』研究的质疑」)で魯迅の不足を指摘した。金宏達によれば、「阿Q正伝」の革命部分の描写から見れば、魯迅は中国革命が一体誰によって指導されるのかについて明確に答えられなかった。故に、「農民が革命の原動力であることについて、魯迅は認識が不足している」から、民衆の「思想上での改革を闘争の唯一の手段としている」のである。言い換えれば、魯迅は当時の農民が持っているはずの積極性を描き出せなかった。魯迅が、農民のマイナス的な一面だけを見出して、農民の積極性の一面を見出せなかったと、批判した。

1.1.4　阿Qの階級性および革命性をめぐって

　阿Qの革命性に対しては、研究者たちの多くは、主に阿Qの階級属性の分析から、阿Qの革命性を展開している。西諦(鄭振鐸)は、まず阿Qの革命に対して、自分の不満をはきだした。阿Qの革命性に対して、西諦は次の論を述べた。

> 本篇が衆目を引くのもいわれないことではない。だが何点か検討すべきことがある。例えば最後の「大団円」の一幕は『晨報』で初めて見たときは納得できなかったし、今もそうである。作者は阿Qの終局を余りに急いだようだ。もう書き続けたくなくなり、かくも随意に「大団円」を与えてしまった。阿Qのような人間が、革命党になり、あのような大団円の結末を迎えるのは、作者自

身(「阿Q正伝」を)書き始めた時に思いもよらなかったようだ。少なくとも人格的に分裂してしまったようだ。[27]

　西諦の、阿Qが革命しても、阿Q式の革命でしかなかったという論は、阿Qの革命性を研究した最初の論文である。そして、阿Qの革命論の基礎的な論とされた。
　馮雪峰[28]は「論『阿Q正伝』[29]」で、作家魯迅は、阿Qの性格を終始社会の階級対立的な関係におき、阿Qにその階級特性を持たせるようにしたとする。魯迅には早くから、中国の「革命問題は農民の身の上にあり、農民が覚醒してそして立ち上がるかどうかにある。」という自覚があった。そのため、当時の典型的社会環境における典型的人物阿Q[30]を批判し、阿Q主義を鞭打つことによって、中国革命の道を見出そうとした、とする。
　阿Qは、当時の各階級にも存在する「阿Q主義」(悪の品性を集中している阿Q精神)を一身に集めている。そして阿Qの階級属性は、当時の封建地主階級の対立面にあった農民階級であった。農民階級に属している阿Qは、その性格が典型化された性格であり、その思想も農民階級の思想典型であると指摘した。
　その後何其芳[31]も、「阿Q正伝」における阿Qの階級属性、阿Qの典型性、阿Qの革命性について、その論文を展開した。

　　現在の時代でも、自分の弱みを正視できず、そしておかしな方法で自分の欠点や弱みを隠そうとする人間は、みんな「阿Q」と呼べる。そこで我々は彼を「阿Q」と呼び、彼は恥じる。我々は自分の欠点に気が付くが、それを認める勇気がなく、それを克服する勇気がないばかりか、その欠陥を粉飾する気持ちを思い浮かべるとき、阿Qのことに思い至り、恥ずかしく思う。[32]

　何其芳の論文をまとめて言えば、阿Qの階級属性は農民階級で、階級社会での貧しい農民の典型である。阿Qの革命性といえば、何其芳は、西諦の「阿Qの人格があたかも二つがあるようである」という論を否定した。というのは、「西諦は阿Qの阿Q精神を見つめるだけで、阿Qが一人の日雇い農民の身分であることを見失ったからである」と、指摘した。何其芳の考えでは、阿Qの性格は「発展があるが、初めから最後まで統一している」と言う。「阿Qには、時代遅れの因子があるとしても、農民特有の反抗性と革命性がある」と論じた。阿Qとその文

学的典型はいつの時代においても時代遅れとは言えないし、その警告、現代においても、常に読者を感動させつつ、つくづくと感じさせるという働きは時代の流れとともに発展していくとするところが、何其芳論文の特徴であると思われる。

彭定安はその著作『魯迅評伝』[33]の中で「阿Q正伝」[34]の主題意義について論[35]を発表した。彭定安によれば、魯迅は早く前から、農民が中国の民衆の主体であり、早急に彼らの精神状態を変革することが当時の中国での大きな課題であるという認識を得ていた。魯迅は明白に「農民が中国革命の主な原動力である」と提出しなかったけれども、真っ先に農民の運命を変えねばならないという主張を打ち出した。

陳則光は、魯迅が当時の革命に対して、「革命が誰によって指導されるかということが、革命の成否にとっての重要なポイントである」ということを、読者に教えようとしたとする。それは、中国革命がプロレタリア階級の指導による、新民主主義へと転化していくという歴史的趨勢を示しているものとする。したがって、「阿Qが最初に革命を理解できない状態から革命に強烈にあこがれるようになることは、彼の属する階級本質よって生じたものである。」という論[36]を出した。

汪暉は「阿Qが革命党になれる可能性」について、『阿Q生命中の6つの瞬間』から阿Qの革命党になれる因子を発掘した。汪暉によれば、阿Qはその生命を営むとき、「失敗した悲しさを感じる瞬間」、「拠り所がない感じ」、「つまらない感じ」、「異様な感じ」「恐怖感」及び「自我を喪失した瞬間」などの6つの瞬間が小説のあちこちに書かれたという。そして、これらの瞬間は、実は、阿Qが革命党になれる潜在的意識を示していると指摘する。それらの瞬間の描写は、「むしろ、この『精神的勝利法』を突破する契機を提示したといったほうが適当」であると考えられ、それらの契機こそが「無数の阿Qのような人間を革命党に参加させる契機でもある」と語った。

李長之が嘗て『魯迅批判』の中で、「魯迅の思想が『人間は生存が第一なこと』という枠組みの中にある」という論を提出した。汪暉は、また李長之の論をさらに発展させて、魯迅の「生命主義」という概念を提出した。汪によれば、「生命主義の前提は死を意識したことであり、革命も常に死亡を意味している。少なくとも阿Qの革命も彼の死亡をもたらした。しかし阿Qの死亡があったからこそ、彼にその生命意識を促したのではないか」、と言った。汪は、阿Qの生命中の六つの瞬間が彼の生命を意識する契機であると考えている。ここで、汪の話を引用しておこう。

「阿Ｑ正伝」では、阿Ｑの生命に存在しているそれらの契機がいずれも動力を含んでいる。しかし、死亡の恐怖下においても、阿Ｑはその本能的生命意識である「助けてくれ」とは叫ばなかった。阿Ｑの生命中のこれらの瞬間と、彼の「吶喊」の間には依然として一定の距離がある。この距離は、阿Ｑの外部にある条件と阿Ｑの内在的動力を同時に共振させることができる別の動力によってのみ埋められる。私はそれを「生命の政治化」と言う。誇張して言えば、それこそ、魯迅がその小説の中で探索しいるものであり、しかしまだ未完成の目標である。[37]

1.1.5 「阿Ｑ正伝」研究の多様性

「阿Ｑ正伝」の小説構造について、前の西諦が「阿Ｑのような人間が、革命党になり、あのような大団円の結末を迎えるのは、作者自身（「阿Ｑ正伝」を）書き始めた時に思いもよらなかったようだ。少なくとも人格的に分裂してしまったようだ。[38]」という、作品構造の破綻を指摘した。それに対して、魯迅も「阿Ｑ正伝の成因」で、「阿Ｑ正伝」の構造に対する解釈を述べた。魯迅によれば、阿Ｑの人物造形は初めから最後まで一貫し、破綻がないと説明した。魯迅の文を見てみよう。

　　「阿Ｑ正伝」の「大団円」は心の中に蔵しつつあり、阿Ｑはだんだん死路を歩み出していた。最後の一章になって、もし伏園（『晨報副刊』の編集者、孫伏園のこと。以下同じ）がいたら、多分圧力をかけて、もう数週間は生かしておけと要求しただろう。（中略）実は「大団円」は"随意"に与えたわけじゃない。少なくとも書き始めた頃に、構想していたかとなると疑問だ。記憶ではどうやら「想定していなかった」。だが、これも仕方のないことで、誰がハナから他人の大団円を想定できようか？　阿Ｑだけでなく自分の将来の大団円すら、いったいどうなるのか知らない。[39]

そのほかに、李怡等が編集する『魯迅研究』[40]、張夢陽の『魯迅の科学思惟―張夢陽論魯迅』[41]、李欧梵の『鉄屋中的吶喊』[42]、李林栄の『犁与剣―魯迅文体与思想再認識』[43]などの論があった。

以上のように、中国における「阿Ｑ正伝」の研究史を検討してみた。「阿Ｑ正伝」は前世紀の20年代から現在までの100年間近くの間に、数多くの研究者に

よって研究がなされてきた。各時代に行われた研究をまとめてみると、研究者たちの視野や立場は多くの場合、作家魯迅の思想や創作意図に焦点を置いた研究が多かった。即ち、「阿Q正伝」に即して、多くの研究者はその中に体現された魯迅の「国民性の改造」思想、「封建制度に安住している国民の魂を描き出す」思想、「国民の覚醒を呼び覚ます」思想、「辛亥革命を批判する」思想、「阿Qの不幸を憐れみ、阿Qの不覚醒に憤慨する」思想、等々について研究し分析している。また、「阿Q正伝」の作品内部については、阿Qの典型性、阿Qの階級性、阿Qの革命性などに注目が集まっている。

こうしたいずれの研究も、それぞれの時代における動き、課題が、それぞれの形で銘記され反映されていると言える。

1.2　日本における「阿Q正伝」研究の系譜

日本における「阿Q正伝」研究を取りあげてみると、当然のことながら、中国での研究と違っている。日本での魯迅研究はその作品の翻訳と並行して作品を解読したことが一つの基本的特徴である。日本の研究者の出発点、関心を持つ問題、また直面する時代的社会的環境などにおいて、中国研究者と相当大きな相違があった。そのことから、問題意識の在り方もずいぶん違っている。また、日本の研究者たちにとっては、背景としての中国や中国語、中国文化を理解するということも、大変重要な課題であった。従って「阿Q正伝」の研究は「阿Q正伝」を和訳すると同時に、作品理解と作品把握が進められたと言える。日本での先行している「阿Q正伝」研究の考察は、便宜によって、年代順によって考察してみることにする。

1920年代30年代の日本社会の環境は、同時代の中国の半封建半植民地的状態と比べものにならないほど正反対の状況、高度に発達した資本主義国、帝国主義の立場にあった。特に、1945年前まではそうであると思われる。第二次世界大戦後には、日本は迅速にその敗戦の廃墟から立ち直り、1960年代の高度経済成長期に入り、短い20数年間の間に、経済レベルを向上させ、アメリカに次いで第二の経済大国になった。そして、1990年代のバブル経済期に入り、その後現在の比較的平穏な時期にたどり着くようになった。文芸領域での研究動向もずいぶん中国と違っている。いわば、日本では客観的な高見の立場から中国現代文

学を見詰めている。まず「人」の自由という角度から見れば、中国では、まず「人」としての自由を得るために刻苦奮闘している。それに対して、日本では、自由の「人」であることを前提にして、「いかに理想的な人間になれるか」という課題を取りあげる。そして、1950年代以降、中国では、どのようにすれば、理想な「人」になれるかをめぐって問題とするが故に、「人」の置かれた階層制や階級制などを論争している。それと引き換え、日本では、絶対的理想的な「人」にはなれないという絶望を経て、理想的な「人」よりも、幸せな「人」になることの探索を進めた。そして1980年代以降、中国では、「人」としての思想上での全面的解放を求めるように努力しつつある。それに対して日本では、前の時代と同じように、引き続いて、時代の流れとともに、いかに努力して、幸せな人間になれるかの問題の探索を深めている。従って、日本人研究者にとって、魯迅は日本で七年間勉強し、日本文化をある程度深く理解した作家であると考えられた。それゆえに、日本人研究者は魯迅の描いた作品の中に、日本人の考えているもの、日本人の関心を寄せるものがあり、魯迅が「時代を超える」課題、ひいては「国を超える」人類共通の課題を洞察できた希有の作家であると見なしている。そのゆえに、これまで日本人研究者は魯迅を熱心に研究していると思われる。

　筆者は、「阿Q正伝」の日本での研究史は、最初の、魯迅のまだ健在であった研究開始時期と、1950年代から80年代の開花期と、それから現在までの魯迅研究の安定した研究時期とに分けられると考える。

1.2.1　「阿Q正伝」の研究開始時期

　日本での「阿Q正伝」研究は、魯迅の作品が日本に紹介されるにしたがって、その研究が行われ始めた。最初の時期は、魯迅がまだ健在である間の研究であり、そこから着目したい。というのは、この時期の「阿Q正伝」研究は、ある程度魯迅本人が確認したうえでの研究も含まれ、そのためこうした研究内容もそれなりの意義を持っていると思われる。

　「阿Q正伝」は、最初に1928年に井上紅梅によって日本語に翻訳され、1929年に日本の雑誌『グロテスク』に掲載された。それは日本で公開された最初の「阿Q正伝」である。僅かであるけれども、井上は「阿Q正伝」作品説明のところに、「阿Q正伝」について以下のように述べる。

魯迅氏の「阿Q正伝」は支那文芸復興期の代表作として欧米に宣伝され、すでに数ヶ国語に訳されている。が、邦訳はまだないようである。ここに題目を支那革命奇人伝と改め本誌の余白を借りて全訳する。取材は革命の犠牲になる哀れなる一農民の全生涯にあり、第一革命当時の社会状況を魯迅氏一流の皮肉な観察をもって表現したものである。こういう犠牲者は彼国の国情として現代の訓政時期にも必ず多くあることと思われる。奇人伝物の実は真の自然人であるところに本伝の妙味がある。[49]

井上の「阿Q正伝」の作品把握ついて、のちに丸山昇は「こういう形であったことは、記憶されるべきであろう」と評する。魯迅本人も、「ざっと開いてみたら、誤訳は甚だ多いし、実にひどいやり方だと思います。」と、「同氏（井上紅梅）と僕とは道が違います。併し訳したのだから仕方がありません」という評をしており、あまり井上の論は日本人に注意されなかった。しかし井上が「阿Q正伝」を「当時の社会を皮肉に表現した」とするところは否定できないと思われる。
　そして山上正義（林守仁と署名）は、1931年に「阿Q正伝」を翻訳し解説した。山上の解釈は魯迅本人の協力の下で完成したものなので、「魯迅との合作によってできた記念すべき結晶」と言われている。山上は訳本の前言の「魯迅とその作品について」で、「阿Q正伝」の作品説明をした。それは山上の「阿Q正伝」に対する理解と言える。その前言の中で、山上は次のように語った。

「阿Q正伝」は何を書いたものか。阿Qは無智蒙昧な一個の農民である。筋は浙江省紹興府近く（作者魯迅の郷里）の農村における辛亥革命当時の一事実をモデルにしたものらしい。（中略）これは一寒村において「民国革命」なる一運動が、いかに伝統の力によって打ち負かされ、いかに妥協され、欺瞞されて結局実質上何等の変革をももたらし得ずに失敗したかを、そしてこの「革命」においてさえ律するものは結局誰であるかを、其の「革命」に於いてさえ、失う者は、奪われるものは真に誰であるかを語っているのである。[50]

山上の論は、「阿Q正伝」の筋を叙述しながら、「阿Q正伝」の反映する中国社会の階級的変化を指摘しているばかりでなく、同時にこの小説の表す「革命」に対する意義をも指摘している。そして、阿Qの性格を「無智蒙昧」な農民として捉え、辛亥革命を「伝統の力」に打ち負かされたものとし、その妥協ぶり、実質

のなさを批判した。結果として、山上は「今中国共産党の指導する紅軍が江西、湖北、福建、広東の農村で革命を進め、進軍の高まりの中にある」とし、もちろん、第二の「阿Q正伝」の作者が魯迅であるとは限らないが、しかし誰の手になろうとも「阿Q正伝」の第二部が阿Qの蒙昧の歴史、失敗の歴史ではなくて、阿Qの覚醒の歴史、革命の成功の歴史であることは間違いあるまい、と述べた。山上の論は「阿Q正伝」の実質的な内容を捉え、阿Qの性格の肝心なところを指摘し、辛亥革命の不足をも的確に批判していると思われ、丸山昇はそれについて、「しっかりと要点を掴んで、先駆的な評価だ」と評する。

　魯迅が逝去する前に、彼自ら親しく協力し指導したもう一人の日本人研究者は増田渉である。従って、増田渉の研究はある程度において、魯迅本人の思想の理解に最も接近できた可能性があると言える。そして魯迅の指導下で増田渉も「阿Q正伝」を翻訳した。訳本の後ろに、増田渉の作品の解釈と評価の文章が付いている。増田渉の「阿Q正伝」論によれば、「阿Q正伝」は魯迅の「作家的存在を文学史に大きく位置づけ、またしっかりと定着させた代表作」である。「阿Q正伝」では最も集約的に、最も典型的に国民のマイナス面を描き出した。増田渉はまた小説の全体性に触れて自分の理解を語った。それは、魯迅の創作意図を多くの病態社会の不幸な人たちの「病苦を掲げ示して、治療の注意を喚起するにあった」とするものである。上記の引用と同じになるが、小説の構造について増田渉は次のように言った。

　　書き出しの部分などが滑稽な調子で、ふざけたような筆づかいが見える。しかしいつのまにか作者の生地が出てきて、民族的マイナス面への悲しみを込めた叱咤になってゆく。この幾分ふざけた調子も、作者のいう病態社会に対する風刺の度合いをいっそう効果的にしていると思うが、その中であやつられ、うごめく民族的なマイナス面として典型化された阿Qも、一片の同情を禁じ得ない人間像として我々に印象づけられる。[51]

そして、増田渉は作品のもう一面の意味として「作者（魯迅）が辛亥革命を批判する筆遣いも読み取り見る」ことができたと指摘する。増田の論によれば、「阿Q正伝」は「作者が身をもって経験し、青春の情熱を注ぎこんだいわゆる辛亥革命の内臓を痛烈に暴き、その失敗を教訓として再び新しい民族的決意を促すという主題が強く貫かれている。国民的なマイナス面を手ひどく突いたのは、つ

まり次の段階への啓示としてであった」と述べる。増田渉は「阿Q正伝」の主旨を「民族のマイナス面を掲げ示す」ことと、「辛亥革命を痛烈に暴く」ことであると語った。増田渉の評価は、的確で、かつ作品構造の破綻説を日本での基礎的な論となしていると思われる。

　日本における初期の「阿Q正伝」研究は、増田渉等により、いくつかの研究分野を開拓したと思われる。この時期の研究は一言で言い表わせば、主に「阿Q正伝」が何を表現したかを分析したと言える。丸山昇はそれに対して、「初期研究はそのあとで、〈国民性のマイナス面〉と〈辛亥革命の分析〉という二つの流れに分けられてきた」と言ったが、しかし、三人の論を集約してみれば、丸山昇のいう「二つ」ではなく、少なくとも三つの方面で、日本での「阿Q正伝」研究の基礎分野の開拓がはじまったと思われる。前の二つは確かに丸山のいう通りであるが、三つ目の分野は、「阿Q正伝」構成破綻説であり、これもこの時期から始まったのではないだろうか。

1.2.2　作者と人物との関係に焦点を絞った「阿Q正伝」研究

　1950年代以降に、日本の「阿Q正伝」研究は白熱化する時期を迎えたと思われる。この時期、魯迅研究によって中国にも名が知られる日本人研究者が多くなった。前の増田渉を継いだのは、竹内好であろう。竹内好は『魯迅選集』全13巻（岩波書店、1956）の翻訳に取り組んだだけでなく、魯迅の思想研究、作品研究にも広範に取り組んだ。その後、中国で「竹内魯迅」といわれるほど注目された。続いて1920年代生まれの世代であり、1950年代に魯迅研究で活躍したのは尾上兼英（1922）と木山英雄（1927）、伊藤虎丸（1927）であろう。30年代生まれの世代で「魯迅研究」によって成果を上げたのは、丸山昇（1931）、丸尾常喜（1937）である。40年代生れ世代は中井政喜（1946）であろう。無論以上の諸氏以外にも、数多くの研究者が自分の視野から卓見を提出し、それぞれ中国に紹介され名が知られた。ここでは、筆者の問題意識と研究視野に基づき、以上に列挙した諸氏の論文を主として紹介し分析することにする。

　まず、竹内好の研究を見てみよう。竹内好は「阿Q正伝」を翻訳し、また訳本の後ろに、「阿Q正伝」に対する簡単な解説をつけている。この解説で、竹内好は人物阿Qを「おそらくこれ以下はあるまい最下層の人間」[52]とし、そして、この人物を「縦横無尽に活躍させることによって、巧みな布置の中に農村社会（ひいては全体社会）のさまざまな人間タイプの思考や行動の様式を、浮き彫りにして

いる。[53]」と言った。同時に「阿Q正伝」の構造に対して、前の増田渉の論と同様に、「最初の書き出しの部分と、後の方の部分とでは、かなり筆調がちがっている[54]」という作品構造の破綻を指摘した。概して言えば、竹内好は「阿Q正伝」の作品の輪郭を自分なりの理解によって指摘している。後に、竹内好は「『阿Q正伝』」（「作品の展開」）[55]において、以上の論をさらに進めて補完し分析している。竹内好も、最初に、魯迅と人物阿Qの関係について詳しく論述した。竹内好は作家魯迅が阿Qという人物を通して、自分を解剖したと言う。続いて、竹内好は次のように語る。

　それ〔阿Q〕は人間の悪徳を代表する一般者であり、そのようなものとして万人の胸に共感する。（中略）それは憎むものとして、魯迅のなかから魯迅によって取り出された。その憎むものに打撃を加えるために、彼〔魯迅〕はそれをみずから取り出した。阿Qが嘲笑され、殴られるときに、痛むのは魯迅の肉体である。打撃を加えるために存在をあたえたにしても、それは彼の生身であってみれば、それを彼は愛さずにいられない。[56]

最後の時、阿Qを何も知らないまま死なせることは、魯迅にとって、「たまらない苦痛であ」った、と竹内好は捉える。作品全体の意味から見れば、竹内好は阿Qを魯迅とし、魯迅は阿Qであると考えている。故に、最後の時、阿Qが処刑されるときの引き回しの場面で、完全に阿Qを魯迅に入れ替えて分析をした。つまり、阿Qの目（魯迅の目）に映った群衆の目は、「狼の目」になった。あらゆる憎悪を投げつけられてきた阿Qが、魯迅を通して、「その憎悪を一挙に見物人に投げ返」した。銃殺される瞬間に阿Qは勝利者になり、人間として救われた。反対に、彼を殺したもの、殺すことを防がなかったものが、逆に指弾されるようになった。このように、作品世界が現実の世界へ直結していくことで、「阿Q正伝」は作品として完結する[57]、と竹内好は論述した。
　竹内好の論の優れているところは、作家魯迅と阿Qとの関係について周到詳細に論じたところにあると思われる。竹内好によれば、作者は人物阿Qと一体化し、阿Qの目を通して、周りのあらゆる物事を痛烈に批判した。処刑された最後の瞬間、阿Qは本当の勝利者になった。竹内好は、そこに作品の「完結的な」意義が表れていると論じている。
　次に尾上兼英も「阿Q正伝」の最終章「大団円」を詳しく分析している。尾上

兼英は、竹内好の論を受け継ぎ、第九章「大団円」における作品の意義について論述した。尾上は、中国の西諦の「阿Ｑのような人間が、最後に革命党になろうとし、結局あんな大団円の結果になったのは、作者自身も最初に書き出した時に思いも及ばなかったようだ。少なくとも人格には、二つのものがあるようだ」という不満を紹介する。尾上は、西諦の指摘が逆に「魯迅が追いつめられて、阿Ｑと魯迅の距離（言いかえれば、作者としての余裕）が全く無くなったことを証明するもの」と考えている。阿Ｑを見つめる狼の目に対して、尾上は竹内好の言う「かれを無智にとじこめていた一切の人類の目」という説に賛成している。そのうえで、尾上兼英は次のように語る。

　限りない愛情をこめて連れてきた魯迅が「無智にとじこめてきた人類」に阿Ｑを引渡すであろうか。この場の阿Ｑは魯迅である。阿Ｑを突き抜けた場所へ魯迅は出ようともがく。（中略）〔阿Ｑの〕「救命……」という叫びに私〔尾上兼英〕は魯迅の悲鳴を聞く。（中略）無智な阿Ｑを見る無智な民衆の眼と重なって現れる狼の眼に、魯迅は大きな責任を強いるものの眼を見ていたのではないか。

　尾上は続いて、阿Ｑを「無智にとじこめてきた人類」は魯迅にとって当面の敵であると考え、そして、その敵の目と対決して阿Ｑを殺すということは、「敵に屈服することではあるまい」とする。また、尾上は、「敵の正体が阿Ｑである」論にも賛成しなかった。尾上兼英によれば、阿Ｑの死は、「辛亥革命当時の貧農（中略）に姿を借りた阿Ｑに典型化された古い悪徳と訣別することではなかろうか」、と捉える。尾上は続いて、「阿Ｑを殺すことで問題が解決するわけではない」と言い、「阿Ｑから脱却しようと作者魯迅が『挣扎』〈渾身の力でもがく〉ことによって新しい視界が開かれたことに意味がある」とする。
　このように、尾上は竹内より一歩進めて、作者と人物との関係を詳しく論述した。尾上は竹内の言う「阿Ｑは本当の勝利者になった」という論をさらに一歩進めて、魯迅が阿Ｑに典型化した「悪徳と決別する」という読みをする。この見方は卓見であると思われる。ともあれ、竹内も尾上もその関心を寄せ解読するところは、魯迅と人物阿Ｑとを一体化し、阿Ｑの思想の動きを作者に移して、「大団円」の意味を詳細に分析したところにある。そして、「阿Ｑ正伝」の独特の作品把握もそこから出てくると思われる。

そのあと、1957年に、著名な研究者木山英雄は「阿Q正伝について」[61]で、さらに魯迅と登場人物阿Qの関係について分析した。但し、木山論文の出発点は前の両氏と違っていると思われる。木山はまず阿Qの性格から分析し、阿Qの性格が「殆ど一貫して、侮辱－被侮辱、支配－被支配の焦点のところで描かれ続けている事実に注目するほうが大事である」とする。そして、作者魯迅は自分の「孤独」の気持ちを阿Qに吹き込んで、阿Qを民衆から隔離させ、阿Qを孤独にさせる意図があった。また、この「孤独」にされた根本的な原因が「精神的勝利法」にこそあると読者に理解させる意図もあった。木山によれば、「精神的勝利法」は人間と人間とを切り離し、互いに傷つけあわせる、「人を食う」世界の原理のようなものだとする。[62]木山の論をもっと詳しく言えば、「精神的勝利法」は代々の人間を自分の世界に閉じこめ、自分の想像している世界に拉致する働きをもっている。したがって、「精神的勝利法」は人間を他人や外界と切り離しながら、冷酷で麻痺している世界に閉じ込める。この状態が代々流れていき、人間の中の冷酷さ、麻痺さを継続的に存在させるのである。それ（「精神的勝利法」）は人間に他人への情けを失わせ、代々の人間の精神世界を禁圧しているから、それが「人を食う」世界の基本原理となったと思われる。木山論文の第二点には、阿Qと辛亥革命との関係に対する論述である。木山は、「魯迅はこの時〔阿Q正伝〕を書いたころ〕率先して新しい革命を宣伝するような位置にはすでに立っていないが、中国の革命という心棒を絶対に外してはいない」[63]とし、「阿Qと辛亥革命とは、単なる時代的、社会的背景と人物との関係以上の関係がある」ことを述べた。木山論文によれば、阿Qが革命に「ふわふわ」している境地は「作者の阿Qに対する否定的批判の枠をはみ出したもの」であるとする。そして、阿Qが偽毛唐に革命を禁止された末に、彼がつぶやくくだりがある。[64]木山から見れば、このくだりが、「それ自体、革命を食い殺す言葉である。阿Qは革命のゴマカシ（中略）に対する憤懣を、革命とは決して相容れぬ言葉でぶちまけるのである」と考える。ここに醜悪、卑劣な阿Qの像を刻みだそうと全身の力を傾ける情熱となって表れ、そして、「そこに一個の人間として立派に読むものの心をとらえる阿Qが結果する」と捉える。木山は「ここが小説を理解する鍵である」と述べた。論文の最後のところで、木山はもう一度魯迅と阿Qとの関係に戻る。「魯迅が並みの人間には耐えられもしないし、またそうする必要があると思っているのではないような苦闘を代償として得た地点に立って、彼を恐怖させ続けてきた中国の下層の民衆の中に、結局人間を、人間の魂を見たということである、かつて魯迅は

中国の民衆を恐れたばかりか、軽蔑もし、嘲けりもしたであろうが、その恐怖、軽蔑、嘲りを、新しい事実によって毫も慰められ、緩められることなしに、だから、彼らを恐怖し、軽蔑し、嘲けった魯迅の方の〈位置の崩壊〉によって、しかも、その崩壊の底で尚もがき続け、戦い続けたことによって、このような、作者と作中人物の関係にたどり着いた」のである。最後の「助けてくれ」という声にたいして、木山によれば、「それは作者個人とか、阿Ｑひとりとかを超えて、古い社会の闇の隅々に沁みとおる叫びを聞く」思いがすると言った。「寂寞」を忘れきれぬ魯迅は、このときその「寂寞」を洗いざらい投げ出して「人を食う」世界に対した。これが木山の結論であると思われる。

　そして、昭和40年（1965年）に、丸山昇も専門的に「『吶喊』の世界」という論文を発表した。丸山は魯迅の思想に即して「阿Ｑ正伝」の総体的意義を語った。丸山によれば、「従来は、旧社会、民衆のありかたの一断面をとらえ、それを描き出すことが、魯迅の仕事の主たる内容を構成して来たのだったし、それが当時の状況全体の中で内的にも外的にも意味を持ったのだが、今やそれだけでは不十分となった。現実の重みを一人で支えるだけの重みを持ったものが、魯迅の内部に形作られねばならなかった。旧社会の人間関係について、民衆について、辛亥革命について、そしてそれらをひっくるめた、中国旧社会について、その全体像を自らの内部に構成すべく、彼はもう一度これらに立ち向かわねばならなかったのである。」とする。丸山の言う作品外的構成は、すでに前に述べたように、作者魯迅がその時期の思想を「阿Ｑ正伝」の作品構成に持ち込んだのである。言い換えれば、「阿Ｑ正伝」の作品外部から漂っている意味から魯迅の思想を読み取ることができる、と丸山は考えている。一方、「阿Ｑ正伝」の作品内的意味は、丸山によれば、作品人物関係に焦点をおいているところにあると捉えられる。具体的に言えば、作中人物趙旦那と阿Ｑの間では、支配と被支配、圧迫と被圧迫、革命と被革命、封建道徳の施行と被束縛の関係にあると考えられる。阿Ｑはまったく趙旦那に左右される封建制度の犠牲者である。こうした関係が作品内在的世界であると丸山昇は捉える。この点から見れば、丸山論文は当時の「阿Ｑ正伝」研究の継承発展の論であると思われる。つまり、作者と人物との関係の枠からはみ出て、作品内部の人物関係にまで分析しようと工夫していると思われる。

1.2.3　1980年代からの作品における「個」、「人」への研究

　1980年代から、日本での「阿Q正伝」研究は一方で、作家魯迅の「啓蒙思想」や「個の思想」へ注意を向ける傾向が見える。まず、伊藤虎丸は阿Qを、「〈食人社会〉の英雄人物」と「〈超人〉の対極に作られた人物[68]」であるという論を提出した。伊藤虎丸論文の特徴は、この「対極的構造」にあると思われる。例えば、最後に阿Qが処刑されるときに「村人の眼」にさらされ、阿Qは「はじめて恐怖にかられ、助けてくれ」と叫ぼうとするが、何もわからずに死んでしまった。これは、結局阿Qの覚醒しなかったことを示すと考えられる。伊藤虎丸の話を借りれば、次のようである。

　「狂人」はその眼の恐怖を知って「覚醒」し、そこから出発して暗黒の構造を明らかにしていったが、阿Qはその恐怖を知ったところで死ぬ。彼〔阿Q〕はついに「覚醒」を経験しなかった。阿Qが「人」になる機会は作品中で二度与えられているように見える。恋愛と革命と。だが、阿Qは二度とも「放心収む能わず」になり、「ふわりふわり」という心理状態になったと書かれている。これは「狂人」の発狂が「めがさめたような気持」と書かれているのと対応している。阿Qはまさしく「狂人」（超人）の対極に作られた人物である。そこには、「戦士」の「心の声」と「朴素の民」の「迷信」という対極構造が相変わらず持続されている。

　伊藤虎丸論文の解釈から筆者が得られた啓発は二点ある。一つは、作品構造に対する「対極的構造」という啓発的な言い方である。もう一つは、阿Qの最後の「助けてくれ」と叫びそうになったことに対する分析である。伊藤虎丸のこの二つの論に特に異議を持つものではないが、しかし最後の阿Qの「助けてくれ」と叫びそうになったこと、「覚醒を経験していなかった」という伊藤虎丸論文の解釈については、筆者には自分の独自の考えがある。筆者は、阿Qが「村人の眼」にさらされた瞬間、彼が恐怖を知った瞬間、彼は思想上での覚醒が見えないとしても、身体上での抵抗が見えるのではないかと考える。この点について、本論において詳しく論じるつもりである。すなわち、伊藤の論からさらに発展できるところがあると考える。

1.2.4　人物阿Qから広げた多方面の研究
１）中井政喜の「明」「暗」という二項対立論

　1970年代、80年代における論考の中で、作家の立場から、魯迅の作品について広く論を展開させたのは魯迅研究者の中井政喜であろう。中井政喜の論考の特徴といえば、それ以前の純粋な作家論でもなく、完全に作品論の枠内でもない立場に立っている点である。言い換えれば、作家論とも言えるし、作品論とも言える。魯迅の「文学活動」と「文学思想」が彼の諸作品とどのような関係にあるのか、或いは諸作品における人物思想がどのようなものか、を広範に的確に探ろうと試みている。ここでは、ただ筆者の博論にかかわって参考にできる部分について取りあげる。

　1970年代から、中井政喜は魯迅作品に対する一連の論考を発表した。中井政喜が最初に魯迅作品に関心を持ったのは、「中国を変革」する思想が作品にどのように体現されているか、という点である。「中国を変革」するという主題の中で、中井政喜は二つの時期において作品思想を「明」と「暗」とに分けて考察している。今までの研究者と違って、中井政喜はこの二つの時期においても、「明」[69]と「暗」との二要素が起伏消長していると指摘する。例えば、初期の文学作品の中（「文化偏至論」や「摩羅詩力説」）には、「中国変革」に自信あふれる作品の意味を読み取ることができると述べた。一方でその時期の作品集の外部では、その時期の民衆に対する隔絶感、民衆に応援してもらえない「寂寞」の淵に浮かんでいるところが捉えられる[71]。この最初の〈明〉〈暗〉という二元対立的意味は、中井によれば、作家魯迅の思想に貫いているとともに、作品内部にも貫いているとする。特に、作家の持っている〈明〉〈暗〉という思想が、魯迅の「中国変革」の思想と相伴って、『吶喊』時期の諸作品（「阿Q正伝」を含む）の内部に体現されていると言う。中井政喜の論を引用すれば次のようである。

　　中国旧社会という「鉄の部屋」を打ち破ることの不可能性を自分なりに「確信」していた魯迅にとって、必ずしも絶望から脱却した、もしくは脱却しようとしたことを意味するのではない。（中略）絶望の中で、自己および自己の願望を麻痺しきれなかったことを、根本的な理由としてあげなければならない。[73]

　中井政喜の論によれば、『吶喊』時期の作品は魯迅にとっては、二番目の〈明〉〈暗〉の時期に属していると言う。その時期の作品に対して、「魯迅は心の基底に

暗い絶望を抱きながらも、中国人に語りかけたい思想を先覚者としてもち、またそれは中国変革に重要なものだ、と自覚していた」のである。魯迅は「暗黒を少し削除し、少し喜びの様子を取り入れ、若干の明るい色を作品に少し表した[74]」。それ故に、「中国変革への打開の道を改めて探る」ことをも思うようになった。魯迅が考えたのは、中国の民衆が「一人一人の内曜（内なる輝き）を輝かせ、彼ら一人一人が人間として自立してこそ、中国の根源的再興が可能となる。（中略）そのため民衆の人間的エネルギーが解放されることが必要[75]」である。それゆえに、作品では、〈明〉として民衆・知識人に伝えていきたい気持ちがあった。中井政喜の論考をまとめて言えば、「阿Q正伝」などの作品に〈明〉と〈暗〉との二つの要素が読み取られると言った。ただこの二つの関係は『彷徨』の時期においては、「〔『吶喊』の時期の〕相互に排除し合うことなく、交互に表出されたとの印象を受けるのとは異なる。むしろそれは、強大な暗さに抗うものとしての明るさであり、絶望に徹し切れないが故の希望という内面的葛藤に充ちたもの[76]」と考えられる。辛亥革命に対する批判について、中井政喜はその作品に即して次のように言う。「改革者と、その救済の対象である不幸な者たちとの悲劇的隔絶が描きだされているにもかかわらず、魯迅はこの隔絶を埋める可能性のあるものをロシア人民の中に見出していた。（中略）しかし、魯迅は、その同じものを中国人の中に見出すのは容易ではない、奴隷根性に満ちた卑屈な人間と肉欲の塊のような人間以外は。」とする。それを見いだせない魯迅が、「いかに中国人に対して失望していたか、その深さを物語る[77]」。この時期の「阿Q正伝」などの作品は、魯迅が自分の心情や思想を対象化し、分析し、「中国の現実に根付いた形で描き出すことに成功した[78]」と考えられる。ただし、中井政喜は、『吶喊』時期における〈明〉の作品思想が主に、その時期の雑感文に体現されているのに対して、その〈暗〉の作品思想が主に、その時期の小説集に体現されているとする。

　また、『吶喊』時期の作品における、「知識人の問題」つまり改革者の問題、「女性解放」の問題に対しても、中井政喜は直接に作品に即して分析し、参考することができる見解を提出した。例えば、「知識人の問題」に対して、中井政喜は「魯迅の諸作品〔特に『吶喊』時期の「狂人日記」「阿Q正伝」「端午の節句」に当たる〕の読者として予想されたのは当時の知識人である」とする。彼らは「中国の指導者であり、また将来の指導者たることを期待され」ていたが、現実から打撃をうけると、「憤激の心情」や「失意の心情」に陥ることを表現している。中井政喜の説では、それは「個人的無治主義」という「消極」的心情である

とする。彼ら（知識人、魯迅を含めて）は、一方では「旧社会を攻撃し、封建制度を暴き、国民性の悪とも言うべきものを切り分けながら、他方では自らの絶望の中味を断ち割って露呈」することがあった。[79]

　女性解放について、中井政喜は直接に「阿Q正伝」に即して論じていないが、にもかかわらず魯迅作品中に、問題の関連性があるがゆえに、中井論文が言及する女性解放の問題も「阿Q正伝」に即して解読できると考える。中井政喜の女性論を概略的に言うと、中国旧社会の女性は生れながら、「閉鎖的な社会」に生きるものである。彼女らにとって、伝統的な習俗と、封建的階層関係が厳存し、改革の思想は旧社会のなかに浸透しにくく、旧社会の女性観はなかなか変化しなかった。また封建的な男女道徳観念の深い影響を受けて、女性が再婚するとか、男性と平等に社会に進出するなどは、不可能に近いことであった。彼女らは、封建的迷信思想に囲まれて、自己の運命をなかなか掌握できない。周りの人間関係においても、いつも冷酷にあつかわれる。彼女らの「人間としての正当な欲望、願望がみんな迷信や道学によって窒息させられる。」そのため、彼女らはいつも災難に見舞われている。「祝福」の祥林嫂や「阿Q正伝」の女中呉媽は、みんなそういう運命に覆われている。彼女らは当時のいろいろな厳しい社会環境、厳しい人間環境の下で、犠牲者にならざるを得なかった。彼女らの悲しい運命に対して、人々は旧社会の慣習の中で、他人の苦しみ悲しみを理解しなかった。魯迅は、彼らの人間関係が、苦しむ者と苦しめられる者の連珠のように連なる関係にあると考えた。それは社会学的と言うより、人間の生な感性に近い理解の仕方であった。[80]

　筆者の考えでは、中井政喜はこれ以前の研究者と違って、新しい視野で魯迅作品を、二元対立という読解の方法を創造的に提出したと思われる。例えば、『吶喊』の作品に対する〈明〉と〈暗〉、「主観と客観」という二項対立方法で読み取り解釈するところが前の研究者たちより一歩を進んだところである。そして、作中人物の性格を、「批判と発展」する視野で読み取るところもそのあとの研究者に啓示があると思われる。筆者の博論では、中井政喜の論考の方向に沿って、さらに前に進めることができると予測している。まとめて言えば、中井政喜は少なくとも三つの領域で魯迅の作品研究において見るべき見解があると思われる。それは、「中国変革」という思想が作品にどのように体現したか、知識人の自己実現が作品にどのように表現されたか、および「女性」の自立や解放の可能性がどのように作品の中に体現されているか、である。

2）丸尾常喜の「阿Q正伝」論

　1980年代以降、魯迅研究で著名な研究者丸尾常喜は、専門的に「阿Q正伝」論を著した。丸尾常喜はその著作『魯迅〈人〉〈鬼〉の葛藤』（岩波書店.1993.12.22）で、「阿Q正伝」における魯迅の創作意図と阿Qの造形、そして作品構造の三つの方面から詳しく考察を行った。まず、「阿Q正伝」に体現されている魯迅の創作意図について、次のような叙述がある。

　　魯迅は、主として劇化や翻訳にさいしての発言として、「阿Q正伝」に関する文章を比較的多くのこしている。これらの発言を要約すれば、この作品は、「滑稽」や「哀憐」を目的としたものではなく、「国民の魂」を模索し、それを描き、「国民性の弱点」を明らかにすることによって、読者のために「反省の路」を開こうとしたものであった。[81]

　以上のように魯迅は、作品外部に上のような創作意図を持っていた。それゆえに丸尾常喜は、魯迅が彼の心情を吹き込んで人物阿Qをどのように作り上げたのか、を論じる。

　人物阿Qの造形に対して、丸尾常喜はその重要な持論「阿Q＝阿鬼」を提出した。丸尾常喜の「阿Q＝阿鬼」説は三つの方面から考察されている。丸尾常喜は、まず第一に、阿Qの名前の「Quei」が、中国浙江地方の「鬼」の発音「kui」と同じようであるところから、阿「Quei」が阿「kui」で、その略称「阿Q」とは「阿鬼」であると推測した。[82]第二の点は、阿Qの衣食住の行為から、彼が「鬼」であることを推測した。例えば、阿Qの住む「未荘の地蔵堂」が、丸尾常喜によれば、中国民俗に言う「鬼」がいるところであるとして、故に阿Qは「鬼」であると推断した。また、偽毛唐や秀才の胸に着けた「銀の桃の実」勲章が、その「避邪の霊力を持つもの」であるゆえに、「鬼」を退ける「桃」であることが寓されている。「革命」を許されない阿Qの姿が、「桃符」に妨げられて門外にさまよう「鬼」の影と重なっていると考えられる。故に、「趙白眼」や、「趙司晨」、偽毛唐や秀才がすべて「鬼」の仇であったのである。第三点は、丸尾の言葉を引用しておく。「阿Qはきわめてリアルな描写を加えられながら、その行動と心理に作者の民族認識が直接きわめて大胆に、そして自在に重ねられるという寓意性の高い人物である」[83]、と指摘した。魯迅が国民の「魂」を描こうとしたとき、「国民のなかに今なお存在し、跳梁する過去の亡霊」があった。それらの亡霊は丸尾に

よれば、「古代の〈聖賢〉によって説かれた等級観念と、その観念に深く浸透された国民の意識にもとめられていることは、『阿Q正伝』を読むための重要な注釈を提供して」いる。「ともかく、〈国民性〉の〈病根〉として、国民の現在を規定している過去の遺伝子、ときに〈種業〉の語によって呼ばれたもの、これが魯迅における〈鬼〉であった」と言う。さらに阿Qの「精神的勝利法」も、鬼として操るものであると考えられる。

　丸尾論文によれば、阿Qはその名前から、その「行状」及びその思想がみんな「鬼」であるべき現象であるから、阿Qは人間の反対面「鬼」の存在として描かれていた。しかし、最後阿Qが処刑される間際に、阿Qはやっと「鬼から人間に転換するところを完成し」たとする。一言でいえば、丸尾論文は「阿Q正伝」の人物阿Qがいかに「鬼」から「人間」に転化するかを論じていると思われる。この分析方法は特別なもので、魯迅の進化論思想を「阿Q正伝」のこうした解釈に適用し、説得力のあるものとしている論考だと思われる。そして、丸尾の、「阿Q正伝」における人物阿Qその一生が鬼である営為であり、「鬼」から「人間」になるという論は、増田渉や竹内好の「阿Q正伝」の作品「構造破綻説」に強力に反駁したと思われる。

3）下出鉄男の「阿Q正伝」論

　「阿Q正伝」を魯迅の進化論思想から論じた研究者の下出鉄男は1995年に、「阿Qの生について──置き去りにされた〈現在〉」で、人物阿Qの造形の意義を分析した。下出は、当時の啓蒙的意義をもつ雑誌《新青年》掲載の「敬告青年」において提言された項目、「自主的而非奴隷的」に則して、その分析を発展させた。まず、下出の考えでは、「近代中国の知識人が民族の滅亡の危機と共に活路をもそこに見出した〈進化論〉も、人類社会の進歩への信仰と一体化した目的論的な性格を刻印されていた。進化が未来に目的を持つ過程だとすれば、人間は、集団も個人も、過去、現在、将来への隷従を拒否し常に更新を求めるほかに活路はありえない」。それゆえに、「他人に盲従隷属する」奴隷精神から脱却して「自主自由の人格」を獲得することを新時代の青年に対する第一の提言だ、と下出は考える。だから、「所与の現実に隷属することを是としてきた〈多数〉に、中国の進化を促す内発的な力など求む」ことはできなかった。そのために、彼らにバイロンのような「強靭な意志と犠牲的な精神を喚起することを措いてほかになかった」。魯迅の言う「覚醒」とは、「自己の生存に関する新たな価値・真実を見い

だし、現状を超えようとする営為の謂であるとすれば、〈覚醒〉した人間を励ますものは、〈将来の希望〉以外に」はない。だから、「最良の処方箋は、いわゆる〈将来に希望を託す〉ということのなる」、と魯迅は考える。この魯迅の考えに基づき、下出論文は次のような論点を提出した。

> 「将来に希望を託す」ことは、「過去を懐かしむ」ことより、積極的かもしれないが、「現在」という問題に「白紙答案」しか出せず、専ら「将来に希望を託す」だけならば、結局「現在」は置き去りにされるほかない。[87]

つまり、下出論文によれば、人物阿Ｑの「生の現在の営為」は、未覚醒の群衆のために、「置き去りにされるしかない」と言う。魯迅は阿Ｑを「生涯的飢餓病患者」にならせたことによって、すなわち彼を「進化論」上の犠牲者にならせることによって、そのあとの未覚醒の群衆を覚醒させる目的をも語った。このところが下出論文の根幹的な部分であると思われる。

その後、加藤慧は2002年に「阿Ｑ正伝」を物語論から考察した。加藤慧論文の「阿Ｑ正伝」論は、主に「阿Ｑ正伝」の時間構造、プロット構造の物語を考察した。特に「阿Ｑ正伝」における人物阿Ｑの主な精神特徴である「精神的勝利法」の物語方法を考察したところに啓発的な意義があると思われる。阿Ｑの「精神的勝利法」自体が崩壊した論は、それ以前の研究者も提出したが、しかし加藤論文の独自なところは、語りから「精神的勝利法」の物語特徴を考察したところである。加藤論文によれば、語り手は、「いろいろな古語の引用」と「阿Ｑの感覚上の鈍麻」に着目している。そして、阿Ｑの営為を語るとき、「精神的勝利法」自体が崩壊する軌跡がうかがえると指摘した。語り手は大量の「仿佛……似的」（なんだか……のようである）の文型を使って、阿Ｑの五官上での鈍麻を語っている。[88]加藤論文は、最後に、「阿Ｑらしい」阿Ｑ（鬼）から「阿Ｑらしくない」阿Ｑへの転換ができた、という丸尾常喜の論を引用して、阿Ｑは最後に「人」となりえたと論じた。加藤論文が、阿Ｑの「精神的勝利法」をこの視点で分析することについて、筆者の博論の参考にすることができると思われる。

1.2.5 まとめ

日本での「阿Ｑ正伝」研究を全体的に言えば、中国での研究と比べて、早期の研究は中国の研究と同じように、作品内容に関心を寄せている。竹内好の時代に

おいては、研究者たちは主に、魯迅作品に体現されている魯迅の思想を考察するほうが多かった。そして、作品構造に対する注目も比較的に多かった。1980年代以来、日本における「阿Q正伝」研究は多種多様に進んできた。中井政喜は初めて『吶喊』時期の作品の意味把握を、全体的に〈明〉と〈暗〉と二分した。こうした作品意義を弁証法的に分析する方法は有意義であると思われる。残念なのは、中井政喜には「阿Q正伝」に即した分析が少ない点である。そして、中井政喜の論じる〈明〉〈暗〉について、特に〈暗〉の作品思想が主として小説に多く表現され、〈明〉の作品思想が主に雑感文に体現されているとする点について、筆者は異なる意見を持っている。筆者の考えでは、〈明〉〈暗〉ともに、『吶喊』時期の小説に読み取ることができると考える。ゆえに、筆者の考えでは、中井政喜の〈明〉、〈暗〉という論を踏まえて、「阿Q正伝」の全体的意義をさらに詳細に論じ発展させることができると思われる。そして、中井政喜の言及した『吶喊』作品の「鉄の部屋」構造も「阿Q正伝」に即して、もっと詳細緻密に展開できると思われる。それから、中井政喜の「〈祝福〉論」における女性解放論も、「阿Q正伝」の登場人物呉媽と尼さんにも当てはめることができる。そうした女性のいずれも、封建社会における様々な制度や道徳規範に束縛され、非人間的な生活を送る悲惨な運命を持っている。したがって、中井政喜の女性論を踏まえて、「阿Q正伝」における女性論、婚姻観念などをさらに展開して論じることができる。また、中井政喜は直接に「阿Q正伝」に即していないが、それにもかかわらず、『吶喊』時期の作品に体現される知識人の「個人的無治主義」や自己犠牲、知識人の自己実現などに対する論考も、啓発的な意味がある。筆者の考えでは、「阿Q正伝」の人物偽毛唐にまつわる問題も中井政喜の論を踏まえて、さらに一歩前に発展させることができると考える。

　丸尾常喜の、「阿Q正伝」における「人」「鬼」構造の分析も啓発的な意義があると思われる。残念なことに、丸尾論文の大部分は阿Qが民俗上の「鬼」であるという語りの考証に集中している。ただ、最後の阿Qが、「鬼」から「人」へ転化する「鬼の系譜構造」は、のちの研究者に啓発的な意味を与えた。そして、加藤慧論文の提出した「精神的勝利法」の物語論的分析に関して、阿Qの「精神的勝利法」の崩壊軌跡、その表現の仕方などをさらに明晰に追跡し、いっそう論理的に弁証法的に論じる必要があると思われる。

1.3　先行研究の問題点と筆者の研究課題

　以上、中国と日本での「阿Q正伝」研究を整理してみた。研究者たちは「阿Q正伝」を解釈するとき、主に、人物阿Qの性格をめぐって、研究を展開したと思われる。（１）人物阿Qに対する作者の創作意図、（２）人物阿Qの生存策略の「精神的勝利法」、（３）人物阿Qの恋愛観、（４）人物阿Qの革命観、（５）「阿Q正伝」の女性の登場人物の生き方、（６）女性の解放、（７）登場人物偽毛唐などの方面である。次に、これらの方面から研究者たちのそれぞれの注目点と問題点を説明してみることにする。

　阿Qの人物像については、1920年代に、最初に茅盾の言う「中国人の品性の結晶」から、のちに西諦の言う「阿Qの人格があたかも二つあるようだ」という論考を経て、30、40年代の研究者が指摘する「阿Qは農民典型である」[89]という論考があった。50年代から70年代までの参考とすべき論考には、馮雪峰の指摘する「阿Qは思想典型である」[90]という論、何其芳の言う「阿Qの性格は〈共名〉である」[91]論、また胡風と周揚の言う「阿Qが時代遅れの農民典型」であるとする論まで、重要な意味を持つ論考が時代の状況をそれぞれ反映して展開された。

　阿Qの「精神的勝利法」については、最初に「精神的勝利法」の諸表現に研究者の注目が集まり、そして阿Qの「精神的勝利法」に対して批判する研究がずっと現在まで続けられてきた。しかし総じて言えば、作家魯迅の視点から行った研究が多かった。1980年代以降、「阿Q正伝」の研究は多様化し、視野も広がってきた。特に近年来、研究者たちの焦点は、「阿Q正伝」における物語研究、登場人物の精神研究、作品構造研究に置かれ、新しい成果を見ることができるようになった。それらの研究は現在まだあまり多くはないが、しかし今後ますます広い範囲に展開すると思われる。以上に言及した論考の中で、筆者が特に参考とすべきと考える論文は、汪暉の「阿Q生命中の六つの瞬間」という論考である。

　筆者はこうした優れた研究を踏まえて、筆者の独自な問題意識に基づき、すなわち語り手「私」の存在、阿Qの人格構造、「鉄の部屋」を打ち砕く可能性、「精神的勝利法」の崩壊過程、阿Qの恋愛の悲劇、「阿Q正伝」に見られる女性解放の道、知識人の自己実現の可能性という諸課題に基づいて、こうした個々の課題自体の研究を進めると同時に、「阿Q正伝」の全体的総合的意味を追究する。言い換えれば、第一に、各課題自体の中で、自分なりの研究を追究し、新しい論点

の発見を目指す。第二に、新しい発見を生かしながら、諸課題が網目のように結びつき組織している「阿Q正伝」の構造的組織的な意味を、分析し把握することを目標とする。

　そして小説の全体から見れば、当時の厳しい社会の現実を前にして、その中で劣勢状態にある阿Qは、客観的現実においていつも失敗をしていた。阿Qは、仮想的な主観世界において、この失敗を精神上での勝利に転化し、仮想での自己満足を得た。本当の自分自身の失敗的身分を無に帰して、客観上での失敗を歪めてしまい、その結果、本当の劣勢状態にいる自分から眼をそらしたままでいられた。しかし阿Qは、自分の銃殺されるのを見物に来た観衆の目から、「精神的勝利法」の防禦を失って、やむを得ず目の前の現実を正視して、本当の人間であるような「自分」によって現実に向き合うようになった。処刑の間際において、当時の厳しい現実に向かい合い、今の現実に恐怖していると感じて、初めて「助けてくれ」という抵抗の声をだそうとすることに転じた。阿Qの「助けてくれ」と叫ぼうとしたことは、彼の思想上での抵抗ではなく、裸で現実と向きあう身体上での抵抗であり、「現実での自己」に戻ることであったと思われる。彼の中の「精神的勝利法」が完全に効かなくなるにつれて、彼は理屈ではなく、身体上から「人」として立ち上がることができるようになり始めたと思われる。「阿Q正伝」において、阿Qのそれぞれの生き方と思想は、いずれも、当時の厳しい社会環境から生みだされたものである。言い換えれば、辛亥革命前後の中国では、そこに生きる支配階級の趙旦那にしても、知識人の偽毛唐も、および被支配階級の阿Q、女性の呉媽と尼さんにしても、みんな自分なりの生き方をとってその社会を生きている。それぞれの生き方はすべて彼らの客観的現実に対するそれぞれの生き方である。彼らの生き方と当時の厳しい現実との結びつき方の描写によって、「阿Q正伝」はその作品の意義を提示している。「阿Q正伝」というこの小説は字数から見れば、中篇であるが、その作品世界には、当時の中国の各種の人生の生きざまと各種の社会環境、および、当時の絶望的社会体制が描き出されている。そしてそのいずれの角度からも、当時の社会の実在している客観的現実を描き出している。

　魯迅の書いた「賢人、馬鹿、奴隷」（『野草』）は、数百字ぐらいの短篇で、寓言のような作品である。筆者は、「賢人、馬鹿、奴隷」に書かれている寓意の角度からも、「阿Q正伝」の作品世界をさらに深く探ってみることにする。筆者は、「賢人、馬鹿、奴隷」のそれぞれの登場人物の性格特徴に基づき、「阿Q正伝」に

おける「賢人」的、「馬鹿」的、「奴隷」的および「主人」的なところを見出し分析し、「阿Q正伝」の作品世界に映された社会の実況を、より深く読み取ることを意図する。「阿Q正伝」におけるそれぞれの人間の在り方を、この角度から具体的に本研究の各章に分けて詳しく分析する。

1　茅盾「『阿Q正伝』について」『小説月報』第13巻第1期、1922年。
2　出典は茅盾論文「『阿Q正伝』について」の続きであり、「『吶喊』を読む」という論文である。1923年10月文学週報第91期。
3　前掲茅盾「『吶喊』を読む」。原文は「《晨報附刊》所登巴人先生的《阿Q正伝》虽只登到第四章、但以我看来、実是一部杰作。你先生以为是一部讽刺小説、実未为至论。阿Q这人、要在现社会中去实指出来、是办不到的；但是我读这篇小説的时候、总觉得阿Q这人很是面熟、是呵、他是中国人品性的结晶呀！……而且阿Q所代表的中国人的品性、又是中国上中社会阶级的品性！」である。日本語訳文は筆者による拙訳。
4　茅盾「阿Q相」、査国華、楊美蘭編『茅盾論魯迅』（山東人民出版社発行、1982年）収録、P38。原文は「事实上失败或屈服的时候、便有精神上的胜利来聊以安慰。于是反败为胜；当赵老爷和假洋鬼子打来的时候、它是不抵抗、但是在比自己地位低的小等人面前、阿Q便要拿身份、甚至想建立他的权威了。这就是阿Q相」である。日本語訳文は筆者による要約。
5　西諦は前掲文学家評論家鄭振鐸のことを指す。
6　ここでは、西諦（鄭振鐸）は詳しく展開して論じていないが、とにかく、「不覚醒の農民」阿Qを革命に参加させることが革命の進み方に合わないという西諦（鄭振鐸）の考えが推測できる。そして、一旦革命に参加させたら、勝手に処刑されるまで行かせるのは中国革命（のちに起こした人民革命）に悲観しすぎたという西諦の考えも推測できる。
7　汪暉『阿Q生命的六個瞬間』華東師範大学出版社、2014年。
8　銭理群『心霊的探尋』生活・読書・新知三聯書店、2014年。
9　同上。
10　前掲銭理群『心霊的探尋』、P36-37。原文は「这里（指鲁迅的思想）已经涉及到一个重要问题、否定（破坏）与肯定（创造）的辩证关系。事实正是如此、恰恰是怀疑主义的否定的思维使鲁迅得以真正从『过去式』的思维方式中解脱出来、根本打破了前述『过去式封闭内向循环』。鲁迅从总体上否定了过去与现存的社会制度、文化系统。（中略）他就最大限度地卸去了沉重的历史包袱、（中略）获得了『创造』的相对自由。」である。日本語訳は筆者による要約。
11　銭理群、温儒敏、呉福輝『中国現代文学三十年』北京大学出版社、2014年。中には「語り切れない阿Q」（P37-38）という題の文を書いた。P8を参照。原文は「阿Q作为一个〈个体生命〉的存在、几乎面临人的一切生存困境、比如既不能生存欲求、无家可归、对死亡的恐惧等。而他所做的一切努力挣扎都不免是一次绝望的轮回。所以人只能无可奈何地返回自身、在妄想的胜利的精神世界里艰难地度日」である。
12　張夢陽『魯迅の科学思惟－張夢陽論魯迅』漓江出版社、2014年、P130-152。
13　前掲張夢陽『阿Q与世界文学中的精神典型問題』、P130-152。
14　彭安定『魯迅評伝』湖南人民出版社、1992年。
15　前掲彭安定『魯迅評伝』、P151-152。原文は、「阿Q属于精神典型。精神与物质、主观与客观、幻想与现实的关系问题、是每个人都面临的根本性的哲学问题、精神典型主要从各个不同角度反映了人们在精神幻觉与物质实境之间的种种状态。处于错觉为误差状态的、是一种哲理性精神病态。患有这种精神病态的主人公、从伦理上说也是善良、引人同情的、只有这样才能达到精神启蒙的效果。同时哲理性精神病态、阿Q属于内心退缩型精神病态。这类病态人物是消极性、讽喻性精神典型。（中略）然而这种在精神与物质关系上所表现的人类普遍

精神、在不同时代、不同条件、不同民族不同阶级的不同人物身上、又会有千差万别多种多样的不同表现」である。本文は筆者による要約である。

16 陳則光『阿Q典型形象及其歴史意義』『魯迅研究』1、上海文艺出版社、1980年。
17 前掲陳則光『阿Q典型形象及其歷史意義』、P201。原文は「鲁迅在『阿Q正传』中对于阿Q活动的环境和周围人们的刻画，正是揭示出这种外界势力，是造成阿Q精神胜利法的根源。而作品的力量也正表现在这里：通过人物的精神世界，揭示了造成这种主观世界的客观世界的弊病。这正是鲁迅的创作目的：要揭示出病态社会的弊病，引起疗救的注意，以改良这人生、改造这社会环境、改变这个社会制度。」である。
18 汪衛東「阿Q正伝－魯迅国民性批判的小説形態」『魯迅研究月刊』、2011年。
19 前掲汪衛東「阿Q正伝－魯迅国民性批判的小説形態」。原文は「我们不能忽视阿Q性格的另一方面：他要反抗。他之所以需要精神胜利法，正反映了他对于自尊的维护、对于自卫的坚持和对于自强的追求。只因为他是一个弱者，所以采取了歪曲的表现形式。」である。本文の内容は筆者による要約である。
20 張天翼「論阿Q正伝」『文芸陣地』第6卷第1期、1941年。
21 前掲張天翼「論阿Q正伝」。原文は「鲁迅的创作目的是用阿Q来让我们发现自己的阿Q病、以洗涤我们自己的灵魂，这是作家的伟大之处。阿Q正传不但将阿Q忌讳缺点的毛病示众了，还将阿Q忌讳缺点这一缺点也示了众，叫那些患了这毛病的人无处躲出去、无法遮掩他的真面目。我如果要不再和阿Q那样糊里糊涂做人、我只有去见未生文化的圈子里跳出去、不再怀着我不知其然的那些成见，并且要不再自欺自的想出一些话来安慰自己、而勇于正视自己的毛病。"阿Q之所以成为阿Q、就是不能从他的糊涂和怯懦中自拔。"（中略）假使你〔阿Q〕不是生活在那个强吃弱、大压小的未庄世界、而你能够被人爱、被人帮助、而你会去爱人、帮助人、那你才是真正做了一个"人"。你要是真正做一个"人"的话、（中略）那么第一就要你挣脱得出未庄文化的籠子、能够立直起来。（中略）那么——我们一定要勇于正视我们自身上的缺点和毛病、一定要洗涤我们的灵魂。而事实上、自从你这个阿Q被创造出来之后、我们民族许多有良心的艺术家、都是怀着极大热情、在不断地做这些洗涤灵魂的工作。这也可以说、我们中国现在的许多作品、是在重写着《阿Q正传》。」である。訳は筆者による要約である。
22 艾蕪「阿Qを論じて」1941年3月10日『自由中国』（副刊）『文芸研究』第1期。
23 前掲艾蕪「阿Qを論じて」。原文は「鲁迅创作的阿Q、也即是被帝国主义打败、借是以封建文明自夸的国民精神。（中略）作者是有意要写出中国人的毛病、使人警惕、赶快疗救的。（中略）〔阿Q这一典型〕、可算是一面磨得亮的镜子。将中国人精神胜利的毛病、照得非常鲜明、丝毫毕露的了。」である。
24 欧陽凡海「『阿Q正伝』を論じて」『魯迅的書』、文献出版社、1942年。
25 陳涌「『阿Q正伝』はどのような作品であるか」『中国青年』第6期、1949年。
26 金宏達「『阿Q正伝』研究に関する疑義」（『关于〈阿Q正传〉研究的質疑』）、『華中師範学院学報』、1980年。
27 前掲鄭振鐸「『吶喊』について」。原文は「『阿Q正传』给读者难以磨灭的印象。现在差不多没有一个爱好文艺的青年口里不曾说过『阿Q』这两个字。我们几乎到处应用这两个字、在接触灰色人物的时候、或听得了他们的什么"故事"的时候、《阿Q正传》里的片段的图画、便浮现在脑前了。我们不断的在社会的各方面遇见『阿Q相』的人物：我们有时自己反省、常常疑惑自己身中也免不了带着一些『阿Q相』的分子。但或者是由于『解减饰非』的心理、我又觉得『阿Q相』未必全然是中国民族所特具、似乎这也是人类的普通弱点的一种。至少、在"色厉而内荏"这一点上、作者写出了人性的普遍弱点来了。」である。
28 馮雪峰「論『阿Q正伝』」『馮雪峰論魯迅論文集』第1卷、人民文学出版社、1953年。
29 前掲馮雪峰「論『阿Q正伝』」。原文は「阿Q这典型、（中略）是一种精神的性格化和典型化。（中略）是阿Q主义或阿Q精神的寄植者、这是一个集合体、〔他的〕身上集合着各个阶级的各色各样的阿Q主义。〔作者〕通过人物和环境的性格化以完成人物和环境的典型化。（中略）而且使性格始终生活在社会的阶级对立的关系中。（中略）〔所以〕具有阶级的特征。」で

第 1 章 「阿Q正伝」作品研究の系譜　51

ある。」
30　前掲馮雪峰「論『阿Q正伝』」、P115。原文は「人民要知道自己的战斗的传统和胜利的前途、但也要知道自己的弱点、这是启蒙主义者的鲁迅所以要批判阿Q和鞭打他的阿Q主义的根据。（中略）〔采取阿作为人物务典型、〕是和鲁迅的革命思想以及他的启蒙主义的方向就有很密切的关系。（中略）他敏感到当时革命的问题主要在于农民身上、在于农民是否觉悟和发动起来。」である。
31　何其芳「阿Qを論じて」、『文学芸術的春天』作家出版社、1964年。
32　前掲何其芳「阿Qを論じて」。原文は「凡是见到这样的人、他不能正视他的弱点、而且用可耻笑的说法来加以掩饰、我们就叫他『阿Q』、于是他就羞慚了。凡是我们感到了自己的弱点、而又没有勇气去承认、去克服、有时还浮起了掩饰它的念头、我们就想到了阿Q、于是我们就羞慚了。文学上的典型都是这样的、他们流行在生活中并且起着作用的常常并不是他的全部性格、而是他们的性格上的最突出的特点。」である。
33　前掲彭定安『魯迅評伝』のことを指す。
34　前掲彭定安『魯迅評伝』、P195-204。
35　前掲彭定安『魯迅評伝』、P196。
36　陳則光「『阿Q正伝』二題」、『魯迅作品教学初探』、天津人民出版社、1979年。
37　前掲汪暉『阿Q生命の六個瞬間』。原文は「在『阿Q正伝』中、存在于阿Q生命中的上述契机（六個瞬間）蕴含着能量、但即便在死亡恐惧之下、阿Q也没有喊出他本能地将要喊出的'救命'来、在阿Q生命中的这些瞬间与'呐喊'之间仍然有一个距离、这个距离只能通过一个能够让外部条件与内在动力同时共振的能量来加以填补。我把这个能量称之为〈生命主义的政治化〉、夸张一点地说、这是鲁迅在小说中试图探索但并未完成的目标。」である。
38　前掲鄭振鐸「『吶喊』について」。原文は「《阿Q正传》给读者难以磨灭的印象。现在差不多没有一个爱好文艺的青年口里不曾说过『阿Q』这两个字。我们几乎到处应用这两个字、在接触灰色人物的时候、或听得了他们什么"故事"的时候、『阿Q正传』里的片段的图画、便浮现在脑前了。我们不断的在社会的各方面遇见『阿Q相』的人物：我们有时自己反省、常常疑惑自己身中也免不了带着一些『阿Q相』的分子。但或者是由于『解减饰非』的心理、我又觉得『阿Q相』未必全然是中国民族所特具、似乎这也是人类的普通弱点的一种。至少、在『色厉而内荏』这一点上、作者写出了人性的普遍弱点来了。」である。
39　魯迅「阿Q正伝の成因」。初出は『華蓋集続編的続編』『魯迅全集』人民文学出版社、1981年。
40　李怡、鄭家建等編集『魯迅研究』高等教育出版社、2010年。
41　張夢陽『魯迅的科学思惟―張夢陽論魯迅』漓江出版社、2014年。
42　李欧梵著、尹慧珉訳『鉄屋中的吶喊』人民文学出版社、2010年。
43　李林栄『犁与剣―魯迅文体与思想再認識』漓江出版社、2014年。
44　研究者をめぐる理想的な人間とは、自分の価値観を実現するために、自分の思うとおりに行動し、人間として価値と利益を最大化しようとすることを目指す。戦争の紛争から離れて、平和な世界で思う存分に生きることである。
45　人間が自由を得てから、如何にして、お互いの貧富の差がなく、階級階層の差別がなく、みんな平等で、自分の労働によって、自分の求める生活を創造することである。
46　人間はその欲望にはきりがなく、いつまでも自分の欲望を満足させるのに苦しんでいる。したがって幸せな人間の在り方とは、如何にして、他人の利益を損なわず、自分の人生の価値を実現するかということである。
47　人間は、既存の思想枠組みの束縛を抜け出て、より広く世界を認識することを目指し、人間性をより広く発揮させることを求める。すなわち、既存の思想から解放され、人間の内心に従い、時代の流れに伴って成長することを求める。
48　物質生活が非常に豊かな時代に、人間は精神上においてどのようなものを追求したら、内面での満足を得ることができるかを追究する。
49　井上紅梅「支那革命畸人伝」『グロテスク』、1929年。

50 林守仁（山上正義）訳『支那小説集阿Q正伝 国際プロレタリア叢書』四六書院、1931年。原文は「『阿Q正伝』は何を書いたものか。阿Qは無智蒙昧な一個の農民である。筋は浙江省紹興府近く（作者魯迅の郷里）の農村における辛亥革命当時の一事実をモデルにしたものらしい。その阿Qなる農民を中心にして支那の農村を、農民を、伝統を、土豪を、劣紳を描いたものである。ことにこれらのものと辛亥革命の関係を描写し、畢竟するに革命なるものの正体がなんであるかを描破したものである。描かれたる革命は今日より二十年前の革命である。その革命の波が浙江省の一寒村にまで波及し、いかに経過し、いかに結果したかを語っている。併しながらこれはまた、ある時代の日本のいわゆるプロ小説のごとく、ヒロイックな闘争記録でもなければ、華やかなる争議体験記でもない。これは一寒村において〈民国革命〉なる一運動が、いかに伝統の力によって打ち負かされ、いかに妥協され、欺瞞されて結局実質上何等の変革をももたらし得ずに失敗したかを、そしてこの〈革命〉においてさえ律するものは結局誰であるかを、其の〈革命〉に於いてさえ、失う者は、奪われるものは真に誰であるかを語っているのである。」である。

51 増田渉訳『阿Q正伝』角川文庫、1961年、P196-197。

52 竹内好訳『阿Q正伝・狂人日記・他十二編（吶喊）』岩波文庫、2000年。

53 前掲竹内好訳『阿Q正伝・狂人日記・他十二編（吶喊）』、P245。

54 同上。

55 竹内好「作品の展開－阿Q正伝」初出は『魯迅入門』東洋書館、1953年。後に『竹内好全集』第二巻に収録されている。筑摩書房、1981年、P139-149。

56 前掲竹内好『竹内好全集』第二巻、P147。

57 前掲竹内好『竹内好全集』第二巻、P147。

58 尾上兼英「『彷彿思想裏有鬼似的』から―『阿Q正伝』の理会について」。初出は『魯迅研究』第五号、1953年。のちに『魯迅私論』に収録されている。汲古書院、1988年、P23。

59 前掲尾上兼英「『彷彿思想裏有鬼似的』から―『阿Q正伝』の理会について」、P24。

60 前掲尾上兼英『魯迅私論』、P29。

61 木山英雄「阿Q正伝について」『東大中文学会会報』第12号、1957年、P1-8。

62 前掲木山英雄「阿Q正伝について」、P5。

63 同上。

64 前掲竹内好訳『阿Q正伝・狂人日記・他十二編（吶喊）』、P47。

65 前掲木山英雄「阿Q正伝について」、P8。

66 丸山昇『魯迅―その文学と革命』平凡社、1965年、「阿Q正伝」の分析部分はP158-168。

67 前掲丸山昇『魯迅―その文学と革命』、P160。

68 伊藤虎丸『魯迅と日本人―アジアの近代と「個」の思想』朝日新聞社、1983年、P207-210。

69 中井政喜の言う「明」とは、当時の暗黒の中にある中国を変革する一切の積極的要素と言える。例えば、知識人の指導による変革が可能なこと、中国を必ずや暗黒の中から救うことの可能なことなどを指す。

70 中井政喜の言う「暗」とは、当時の中国変革に妨げになることを指す。例えば、民衆の不覚醒、愚昧、鈍感さなどを指す。

71 中井政喜「魯迅の〈明〉について」初出は『名古屋大学中国語学文学論集』第一集、名古屋大学中国語文学部文学研究室、1976年。後に『魯迅探索』（汲古書院、2006年）に収録されている。

72 前掲中井政喜『魯迅探索』、P23。

73 前掲中井政喜『魯迅探索』、P24。

74 前掲中井政喜『魯迅探索』、P64-65。

75 前掲中井政喜『魯迅探索』、P137。

76 前掲中井政喜『魯迅探索』、P219。

77 前掲中井政喜『魯迅探索』、P228。

78 前掲中井政喜『魯迅探索』、P241。

79 前掲中井政喜『魯迅探索』、P180。
80 中井政喜「魯迅『祝福』についてのノート（一）―魯迅の民衆観から見る」『中国文化の伝統と現代―南腔北調論集』山田敬三先生古稀記念論集、魯迅篇、東方書店、2007年、P1057-1058。
81 丸尾常喜『魯迅「人」「鬼」の葛藤』岩波書店、1993年、P119。
82 前掲丸尾常喜『魯迅「人」「鬼」の葛藤』、P119、122-128。
83 前掲丸尾常喜『魯迅「人」「鬼」の葛藤』、P119、189-190。
84 陳独秀は『青年雑誌』（後に『新青年』と改称）の創刊号（1915）に発表した「敬告青年」で、「自主的而非奴隷的、進歩的而非保守的、進去的而非退隠的、世界的而非鎖国的、実利的而非虚文的、科学的而非想象的」という六項目を提言した。
85 下出鉄男「阿Ｑの生について―置き去りにされた〈現在〉―」『東京女子大学日本文学』第83号、1995年、P73。
86 前掲下出鉄男「阿Ｑの生について―置き去りにされた〈現在〉―」、P73-74。
87 前掲下出鉄男「阿Ｑの生について―置き去りにされた〈現在〉―」、P75-79。
88 加藤慧『魯迅小説の物語論的研究：『吶喊』から『故事新編』へ』『博士論文集』一橋大学社会文化研究科、2002年、P53-65。
89 序章注9と同じ。
90 第1章注29と同じ。
91 序章注11と同じ。

第 2 章
「阿Q」の名前から伺える 「私」の気持ち

2.1 はじめに

　「阿Q正伝」の主人公阿Qに対する魯迅の態度についての研究には、主に二つの考えがある。一つは、阿Qのような最底辺の農民を置き去りにした辛亥革命への批判であり、そして辛亥革命の挫折への痛恨から生まれた魯迅の「寂寞」である。[1] もう一つは、阿Qの精神を問題にする。ある研究者は阿Qの精神が中華民族だけに特有なものというより、人類共通の弱点であるとする。ある研究者は阿Qの精神が中華民族の骨髄中に潜む退歩の性格であると言う。[2] 日本人研究者の「阿Q正伝」にたいする研究と中国人研究者のそれを比べると、共通した意識もあれば、相違点もあることに気が付く。最初に、批判意識を持った魯迅研究者として中国人研究者李長之と日本人研究者の竹内好が挙げられる。
　李長之は、阿Qの人物に対する魯迅の気持ちについて、以下のように説明する。

　　当時の世の中は、阿Qに対して残酷過ぎ、冷たすぎて、少しも同情を与えていなかった。阿Qが生まれる時もそうで、生まれた後もそうであった。（中略）あらゆる人は阿Qに対して同情がなかった。（中略）それはまさしく阿Qに対する作者魯迅の無限の同情を示している。（中略）魯迅の冷たくて、無関心な、そして落ち着いた筆遣いは、彼の心の底に流れている最も熱烈な、最も憤慨し、最も激高する、そして同情心が極点に達した感情を伝えている。（中略）要するに、阿Qは魯迅が愛着している人物である。[3]

　李長之は初めて「阿Q正伝」について、阿Qに対する世間の人間の目と作家魯迅の目を対照的に、相反するものとして分析した。李長之の論を借りると、魯迅

の気持ちは「そのように明白な対照の中に」示されてある。李長之のこの分析は、後の研究者にあまり注目されてこなかった。

　李長之の「作家の登場人物への『同情』の愛が表れている」という論考に、研究者張天翼、日本人の魯迅研究者竹内好も、李長之と類似した論点を提出した。竹内好は李長之の論をもう一歩進めて、魯迅が「阿Q」に吹き込む心情を具象化し、分析した。竹内好は、魯迅の作中人物に対する気持ちについて、ゴーゴリの話を借りて次のように述べた。

　　私〔魯迅に置き換えて〕は私の作中人物に自分の醜悪を分配し始めた。（中略）私は自分の欠点を取り出して、それを異った位置の、異った事情の下に置き、自分に最も苦痛な侮辱を与えたモータルな敵として、現そうと努めた。そして、彼を増悪と嘲笑とその他凡ゆる手段で攻めつけた。[4]

　竹内好は、初めて、魯迅と人物阿Qの関係について詳しく論述した。竹内好は作家魯迅が阿Qという人物を通して、自分を解剖したと言う。続いて、竹内好は次のように語る。

　　それ〔阿Q〕は人間の悪徳を代表する一般者であり、そのようなものとして万人の胸に共感する。（中略）それは憎むものとして、魯迅のなかから魯迅によって取り出された。その憎むものに打撃を加えるために、彼〔魯迅〕はそれをみずから取り出した。阿Qが嘲笑され、殴られるときに、痛むのは魯迅の肉体である。打撃を加えるために存在をあたえたにしても、それは彼の生身であってみれば、それを彼は愛さずにいられない。[5]

　以上のように、李長之と竹内好の両者による阿Q像についての分析は、作家魯迅の角度から分析したものである。両者とも作中人物の語り手「私」のところにはあまり触れなかった。特に、第一章のところの語り手「私」に含まれている情報に気付かなかったと思われる。

　1980年代に、日本人研究者の伊藤虎丸は「阿Q正伝」の登場人物阿Qのイメージを論じた。伊藤は、阿Qが食人社会の英雄人物「『狂人』（超人）の対極に作られた人物[6]」と述べた。そして、魯迅はこの人物に対して、「無知、感覚鈍痲、卑怯その他の性格の、意識的積極的に誇大化されている点」があるとする。阿Q

に否定的な魯迅の態度、「絶望」と、阿Qの生を持続させようとする魯迅の意志との「せめぎあい」だったという論を提出した。

　そして、阿Qの名前「Q」に対する研究を行った研究者もいた。その中で目立っているのが日本人研究者丸尾常喜の論であると思われる。丸尾常喜はその論文「阿Q人名考補遺（六則）」とその著書『魯迅―「人」「鬼」の葛藤』の中で、阿Qの人名「Q」に対して詳しく考察した。丸尾論文の核心的内容は「阿Q＝阿鬼」という仮説であろう。丸尾常喜は二つの点から、「阿Q＝阿鬼」という仮説を立て、小説の中から関係する文章と結合して彼の仮説の検証を行った。丸尾の依拠した点の一つが、阿Qの名前の「Q」の発音[Quei]が「鬼」の発音「KUI」の偕音であることである。そこから、「阿Q」が「鬼」である仮説の根拠とした。もう一つの点は、第一章の語り「仿佛心里有鬼似的」（なんだか心の中には落ち着かない感じがあるようだ）の中に「作者の中には、阿Qの亡霊がとりついている」と理解したゆえに、これを「阿Q」が「阿鬼」である仮説の根拠とした。

　まとめて言えば、これまでの研究ではおおむね、魯迅が阿Qに対して同情を払いながら、その痴愚に怒りを燃やしたとする。しかし語り手の「私」を問題として取りあげる研究はなかった。

　魯迅の阿Qに対する態度については所謂「哀其不幸、怒其不争」（その不幸を悲しみながらも、その無抵抗を怒った）と論じられてきた。つまり、戦わないことに対する「怒りに燃えた気持ち」とその不幸を悲しむ「温かい気持ち」である。その「怒りに燃えた気持ち」の方は理解でき納得できる。しかし日本人研究者の「温かい気持ち」は根拠が何処にあるのだろうか。日本人研究者の考えている「温かい気持ち」は、日常に言われる同情心であろうか。そうした疑問を持ちながら、筆者は何回も原作の中国語「阿Q正伝」と竹内好訳の「阿Q正伝」を熟読した。そのうちに、「阿Q正伝」の第一章のところに数多くの語り手「私」の情報が含まれていることに気が付いた。今までの研究者が重視していなかったことが、第一章のところに隠されている。筆者の考えでは、この点を追究すれば、以上に述べた「怒りに燃えた気持ち」と「温かい気持ち」という論や、「阿Q」の「Q」という名づけに対する語り手の「私」の気持ちが明らかになるし、前の丸尾常喜の論よりもいっそう研究を先に進められるところがあると考える。いったいどこを、どのように進めるのかについて、具体的に考察してみたい。そして、丸尾常喜の阿Qの人名に対する論については、「阿鬼」である阿Qの名前が一体どのような意味を持っているのか、語り手がわざわざ西洋文字である「Q」を阿

Qに用いる気持ちが一体どこにあるのか、に関して、詳しく追究する。その点は丸尾論文が触れていないことである。

2.2 阿Qを排除する「私」の気持ち

2.2.1 名づけるパターンに合わないところ

　作中人物の阿Qに「Q」という名前をつけるところから見れば、先ず中国人の名前の付け方のならわしと相容れない。そのため阿Qという名は読者に信頼できないイメージを与える。

　ある国の人々の生活や考え方を隅々まで支配しているその国の文化というものは、そこに生まれ育った人々にとっては、空気のような存在と同じく、元来自覚されにくいものである。人々にとって、自分の国のすべてのことは、当たり前なことであり、それ以外の在り方、やり方などが、あるはずもないという思いを大部分の人は持ちながら、その一生を過ごすのである。確かに、揺るぎない基盤である伝統文学に対して、はっきりと抵抗するのには、それ相当の力がないとなかなかできない、と語り手「私」は考えている。言い換えれば、伝統に対して異質なものを個人の内部から排除する気持ちは、だれにでもある。語り手「私」はその類に属するのではないか。なぜかというと、下記のような考えがあるがためである。これについて論じることにする。

　「阿Q正伝」の発表後しばらくして、すでに前述した評論がある。それは茅盾の「『吶喊』を読む」と題する書評であり、次のように言及している。

> 「阿Q正伝」は読者に消しがたい印象を与えた。今日およそ文芸を愛好する青年で、「阿Q」の二文字を口にしたことのないものはまずない。私たちはほとんどいたるところにこの二文字を応用し、灰色の人物に接触したりする。[12]

　確かに茅盾の述べた通り、阿Qとは特殊な名前である。中国では、人の名前というと、漢民族の場合、漢字で書けないような名前は、まともな名前でない。何しろ、五万字もある文字で書き表せないようなものは、その存在自体がいかがわしいのである。一つの国では、固有名詞特に人名などは、一定のパターンを持っている。具体的に言えば、所謂氏名には所属する言語のパターンがある。さらに

重要なのは、それぞれの社会に特有の人の名のシステムと呼ぶべきパターンがある。中国には昔ながらの氏名に対するならわしがあり、そしてそれをかたく守っている。しかし、語り手「私」は、そのようなパターンやシステムを無視して、紛れもない阿Qのような、時代遅れの、西洋化するものが何であるかもわからない人物に漢字の名前をつけることがなかった。その結果、阿Qに「Q」を付けることは、中国本来の名前と似ても似つかない感じを読者にもたせたであろう。英語流のQと名付ける語り手「私」には、何か特別な気持ちがあったのか。語り手「私」の心はこのような人物をどのように位置づけようとするのか。語り手「私」には、人為的に中国の底辺階層に属している阿Qから距離を隔てようという気持ちがあると考えられる。本来、中国の田舎に生活している農民であれば、その代々が封建制度の下で、考え方も伝統的社会システムに従っているがゆえに、伝統的氏名があるのが当たり前だとされている。しかし阿Qに苗字は別にしても、なぜ名前も持たせないのだろうか。語り手「私」は阿Qをよりどころもない阿Qにならせようとするのだろうか。このような疑問が出てくる。語り手「私」が、改めて英語流に従って英字の「Q」を阿Qの名前にしたことは、西洋風の文字を提唱した「西学中用」という呼びかけに順応した傾向がうかがえる。ここには「伝統排除」という語り手「私」の態度があると思われる。小説には、それについて次のように述べる。

　　そのときの結論によると、陳独秀が『新青年』を発行して西洋文字を提唱したために、国粋が滅んで、調べがつかなくなった、ということであった。おそらく注音符号（一種のカナ）はまだ一般に通用しまいから、やむを得ず「西洋文字」を用い、英国流の綴り方で阿Quei と書き、略して阿Qとする。[13]

以上の文章から見れば、中国の国粋が滅んだため、英語流に従って、英字の「Q」を引用したとする。このことから、語り手「私」には中国の国粋を排除し、中国が西洋化してほしいという気持ちがあると読み取ることができる。さらに踏みこんで言えば、語り手「私」には、阿Qのような中国の田舎に生活している、時代遅れの農民の代表である人物に対して、二つの気持ちがあると伺える。一つは、農民の代表阿Qが早く封建制度のいろいろの束縛や抑圧を自覚し、ひいては自ら進んで進歩することを希望する気持ちである。もう一つは、阿Qを含む中国人の覚醒によって、当時の「内憂外患」に陥っている中国が早く封建制度から抜

き出し、自国を西洋化することによって、強大な国になることを望む気持ちである。

2.2.2　ピンイン規則にない「Quei」から得た情報

　封建社会の土台によって培われた貧しい農民が体現するものは、あげればきりがないほど多いであろう。阿Qにも未荘という封建的農村社会に根付いたものが多く潜んでいる。たとえば、言語形式、行動形式、思考形式などの方面がそうである。当時の人々は封建的思想や社会的ルールにしっかりと従っている。漢字の成り立ち規則とピンインの組み立ての規則によって漢字が生み出された。だから、個人が勝手に造字することはできないし、必ずピンインの仕組みの原則を厳守しなければならない。

　漢字はピンインの規則に従い、声母に一つか二つの韻母が付くという決まった組み合わせがある。原則としては、一文字の発音は声母（頭子音）と韻母（頭子音を除いた残りの部分）からなっている。一文字には二つの単音韻母が連続して出現する場合があるが、声母が付く場合、三音韻母が連続するケースはiao、uaiの場合以外にはない。語り手「私」の聞いている阿Qの名前の呼びかたである「Quei」の表記は漢語のピンインの表記規則に違反している。U、E、Iの三音韻母が声母と一緒に連続して表記されることはない。もし強いてQueiという四つの音を一緒に表記したら、どうしても二文字の漢字が出てくる。しかも「Quei」に当たる表記は二文字の漢字の「去诶」になる。「去诶」は一つの漢字ではなく、「去る」という動詞を中心とした動詞の連語である。または主語がない一つの文とも言える。意味は「去っていけ」、「離れて行ってください」などで、明らかに名詞の名称と関係がない。故に、原文中の「英国流の綴り方で阿Queiと書き、略して阿Qとする。」の文には、「去っていけ」、「離れて行ってください」などの意味が隠されている。これこそ語り手「私」の阿Qに対する気持ちなのではないだろうか。つまり、「私」のなかでは、阿Qが象徴している封建社会のいろいろなものを、「私」のいる時代から離れてほしい気持ち、排除する気持ちが明らかに表れていると思う。ここに隠されている情報は、たぶん「阿Q正伝」を研究する研究者たちが誰も見つけられなかった故に、今までこれについて見解を提出した人は一人もいない。

　語り手「私」のこの気持に気づく人はいないだろう、と語り手「私」自身も信じていたかもしれない。証拠としては、第一章の後ろのところに、「私」の「こ

の考え」にかかわる内容が記述されている。

　さいわい『歴史癖と考証癖』を有する胡適先生の門人たちが、将来あるいは数多くの新事実を発見されんことを希望するだけである。もっとも、私のこの「阿Q正伝」は、その頃には消滅しているかもしれない。[14]

　この文章から、「私」の気持が次のようにうかがえる。語り手「私」の心には、旧社会の旧思想を一身に集める阿Qを描いた「阿Q正伝」が、ただ旧社会の一枚の鏡として当時の社会にのみ有効であってほしい。いつか新しい時代が来たら、この「鏡」が映したものはもう過ぎ去った過去のものでしかないことになってほしい。そのときになったら、「私」の書いた「阿Q正伝」がその歴史的な使命を完了し、歴史の「過去」になってほしいという気持ちもうかがえる。

2.2.3　不朽の筆と不朽の人

　小説の始まりのところに、「私が阿Qのために正伝を書こうという気になったのは、もう一年や二年のことではない。しかし、書こう書こうと思いながら、つい気が迷うのである。」という内容がある。この文には、二つの意味が含まれている。一つは、語り手「私」が他人に伝を作ることができる知識人の身分であることを示している。確かに、封建社会の当時、伝が書けることはかなりの高度な知識人ならではの作業であると思われる。もう一つの意味は、この「書こう書こうと思いながら」の言い方から出てきた意味である。もともとの中国語「但一面要做、一面又往回想」の意味からも、日本語訳の「書こう書こうと思いながら」の意味からも、その後ろにつく内容が否定的であると連想する。語り手「私」の心には、阿Qという、封建社会下の時代遅れの貧しい農民で、痴愚な目覚めない人物をうまく描き出せるかどうかという心配があった。そして、このような人物を描いて、当時の社会への警鐘とすることができるかどうかにも自信がない、という意味も示唆する。つまり、語り手「私」には、書こうという気持ちと尻込みの気持ちの矛盾の心理がある。阿Qのために伝を創りたいが、しかし心の中にはこのことを斥けたい気持ちが表れている。その斥ける気持ちは、さらに後ろの文章に露骨に書かれている。それは「私」が心理上から「阿Q」を排除するもう一つの証拠であると思われる。次の文章にも、語り手「私」の以上のような矛盾した気持を読み取れる。

昔から不朽の筆は不朽の人の伝をすべきものと決まっている。さればこそ人は文によって伝わり、文は人によって伝わる——というわけだが、そうなると一体、誰が誰によって伝わるのかが、だんだんわからなくなってくる。

　ここの「不朽」の筆は「伝」を創る語り手「私」の筆のことを指している。「不朽」の筆は「不朽」の偉い人のために使うことが決まっている。ところが、阿Qに使うのはどう理解できるのだろうか。語り手「私」は、阿Qの中にある思想が数千年にわたる旧思想の頑固な不朽の思想であり、この不朽の思想が永遠に阿Qのような人間に付きまとっていると考える。だからこそ、阿Qのような人間はいつの時代にも存在する「不朽」の人間になってしまうと思っている。ゆえに、語り手「私」の中には、「二面」的な矛盾する気持がみられる。一方では、「不朽」の筆が「不朽」の文字になるなら、すなわち「不朽の筆」が数千年の古い伝統思想を体現する人物阿Qを描き出したとしたら、阿Qが永遠に持続していく心配がある。他方では、語り手「私」の主観上では、このような人物阿Qを永遠に歴史上の「過去」にさせようとする気持もあると読み取れる。

　伝の中で、阿Qを不朽な人物にならせるか、或いは腐朽した人物にさせるか、語り手「私」の伝はいずれにも当てはまらない。しいて言えば、阿Qは封建社会の制度や思想に腐蝕されてしまった痴愚な人物に他ならない。語り手「私」には、阿Qがただ朽木のような腐朽した人物にすぎないのに、この腐朽した彼が長期間に社会に存在するのに不満があった。したがって、阿Qのような人物に伝を作る「私」に排除の心理があるのは当たり前だと思われる。この「不朽の筆」が阿Qを描き、ついに「不朽の阿Q」描き出すことにおいて「私」の矛盾する気持ちがあると思われる。

2.3　阿Qは「私」の仲間の人か

　前の部分では、登場人物の阿Qの名づけ方を通して、「私」の阿Qに対する排除の心理を分析してみた。しかし、語り手「私」はこの排除の心理をもちながらも、阿Qの伝を創り終わった。筆者の考えを述べるならば、この排除の態度の反対側に、「私」がある程度において阿Qを受け入れる態度を読むことができる。その受け入れの気持ちは、文章の第一章のところにも示されている。まずその内容を見てみる。

いささかみずから慰めうる点は、片方の「阿」の字だけは、極めて正確なことである。これだけは断じて附会や仮借の欠点がない。どんな大家に叱正を乞うても大丈夫である。その他の諸点に至っては、すべて浅学のよく究明するところではない。

　なぜ「阿」の字が正確だと断言したのだろうか。「阿」の字がいったいどのような意味を持つか、そして、なぜこの「阿」の字が「私」を安心させるのか、という疑問が湧いてくる。実は、ここの「阿」の字こそ、「阿Qを排除する」気持ちの反対側にある、阿Qに対する「なかま」意識の態度であると言うのが筆者の考えである。
　中国人が人を呼称する習慣から分析しよう。中国人の間で人を呼称する時、正式の場合においては、正式の漢字の名前を（たとえば姓と名と一緒に）呼称するのが一般的である。そうでない場合には、直接に名前だけや、名前の前に「阿」や「老」の字をつけて呼称する場合もある。直接に氏名を呼称するのと、名前の前に「阿」の字をつけて呼称するのとでは、後者の方が親しい人に対してよく使われる。これは日本人の「ちゃん」や「ぼう」の呼び方と同じ意味である。つまり、慣れ親しんだ人には、その人を呼ぶ時、姓と一緒にでなくて、ただ名前の前に「阿」や「老」という漢字をつけて呼ぶのである。
　したがって、西洋風の「Q」の名前に「阿」の字をつけることによって、語り手「私」と阿Qとの関係がいっそう近づくような感じがする。それよりもさらに、阿Qという人物を語り手「私」の仲間の位置に置くような感じもするだろう。第一章には、「阿」についての語り手「私」の気持を表す文章があり、それを抜き出して分析する。

　　　いささかみずから慰めうる点は、片方の「阿」の字だけは、極めて正確なことである。これだけは断じて附会や仮借の欠点がない。どんな大家に叱正を乞うても大丈夫である。

　文中の語り手「私」が言う「大丈夫」は、この「阿」の字に関する安心感ではないだろうか。読者から見ると、語り手「私」が阿Qのことを「私」の味方あるいは仲間の人と位置付けて、そのあとで阿Q像を生き生きと描き出したと読める。このことを裏付ける証拠の文が、「阿Q正伝」に書いてある。第四章のはじめの

ところを見てみる。

　ある種の勝利者は、敵が虎や鷹であってはじめて勝利の喜びを感じるので、敵が羊や鶏のひなだと逆に勝利のむなしさを感じるそうだ。また、ある種の勝利者は、征服の完成によって、死ぬものは死に、降伏するものは降伏して、みんな「恐れ多くもお上に言上」式の臣下となり、もはや敵も競争者も友もなく、ひとり、ぽつねんと、さびしく、自分だけ上位に取り残されると勝利の悲哀を感じるそうだ。しかし、わが阿Qは、そんな弱虫ではない。彼はいつだって意気軒昂である。これまた、中国の精神文明が世界に冠たる一証かもしれない。[18]

　以上の文章の「わが阿Q」という文は、原文では「我们阿Q」である。それは「われわれの阿Q」などの意味である。語り手「私」はこの「わが阿Q」という言い方を使い、そのことで阿Qがもう「私」の仲間に入っていることを言う。そのため、自然に「わが阿Q」と述べたのである。語り手「私」は直接に阿Qのその名で述べても何の問題もないのに、どうしてわざわざ「わが阿Q」という言い方で阿Qのことを述べるのだろうか。どうして自分の味方や仲間の人のように「わが阿Q」を用いたのだろうか。阿Qはすでに語り手「私」の中の「他」なる阿Q、仲間の阿Qになったと思われる。このところから、語り手「私」が阿Qを「味方や仲間」の人に位置づけていることが明らかである。このような「仲間」的な関係があるからこそ、時代遅れの阿Qが変わってほしいという「私」の気持ちが伺えるのだろうと思われる。

2.4　なげやりは阿Qにあるか、「私」にあるか

　日本人の魯迅研究者である片山智行は著書「魯迅―阿Q中国の革命」の中で、「馬馬虎虎」という性格が阿Qにおいて、もっとも典型的に見出される、という解釈を述べた。[19]もともと、「馬馬虎虎」は中国語の成語で、「どうでもいい」や、「不真面目」及び「いい加減」などの意味である。つまり、語り手「私」に描かれた阿Qは、大した思考も決断もなく、ただ己の鬱憤（うっぷん）を晴らすために、一生に一度あるかないかの重大な決定をいとも簡単にやってのける。阿Qはまさしく「馬馬虎虎」の「化身というにふさわしい人物」であろう。[20]このなげやりは阿Qのみならず、民衆も目覚めぬまま「馬馬虎虎」に生きている。[21]筆者は片山の論考の観点に賛成である。確かに、阿Qだけでなく、一般の民衆も目覚めな

いまま、ぼんやりと生きている。しかし片山は、語り手「私」の存在には触れていない。

確かに、登場人物阿Qにしろ、小説における阿Qと同じ低い身分を持っている人物にしろ、彼らは自分の被圧迫的な身分に何の抵抗もせずに、「どうでもいい」という投げやりの姿勢をみせている。言い換えれば、彼らは、「奴隷」とされても、支配階級の旦那に怒鳴られても、自分の窮地を未覚醒のままに「どうでもいい」とする人生観を持っている。このような絶望的な人生観を持っている人間に対して、「私」の気持ちはどうだろう。

実のところ、語り手「私」によって描かれる阿Qのなげやりは、阿Qを代表とする民衆にだけではなく、語り手「私」にまで広がっている。さらにいうと、「馬馬虎虎」の性格は、すでに語り手「私」のような知識人の形容にも通用する。ただし、語り手「私」にある「馬馬虎虎」は、「どうでもいい」という投げやりの気持ちであるよりも、むしろ一つの「未確定」な心情であろうと思われる。というのは、語り手「私」の抱えている「中国を変革」する希望が本当に、中国民衆の大部分を占める、農民の代表である阿Qのような人物に期待できるであろうか。語り手「私」には、阿Qのような未覚醒の民衆の思想を変えるのに「未確定」な気持ち、彼らによって「中国を変革」するのに「不信」な気持ち、ひいてはこのような人物に「伝を作る」のに確信のなさなど、いろいろな気持ちが混じりこんでいると思われる。この点は小説の中に明確に書いてある。語り手「私」のこの「馬馬虎虎」という気持ちは、小説の第一章に書かれてある。たとえば、第一章の最後のところの内容を見てみよう。中国語は、「以上可以算是序」と言う。日本語に訳すと、「以上で序文ということになるだろう」[22]。以上の文から見れば、語り手「私」はその言う意味を曖昧にしている。語り手「私」から見れば、「他の者はどう言うかわからないが、ともかく、自分は以上をもって序文ということになると推測する」、とする。つまりここで語り手「私」は、高い立場から当時の中国の絶望的な現実を認識し、また中国に存在する阿Qのような民衆が未覚醒であることも自覚している。にもかかわらず、「私」の中には、一方では、「中国が変わってほしい」という気持ち、「中国の民衆に覚醒してほしい」という気持ちも現れているだろう。他方では、阿Qのような民衆が「中国を変革」する主力軍となることに「未確定」である「私」の気持ちも伺える。だからこそ、以上の「どうでもいい」という投げやりの態度が、語り手「私」にも伺われると思われる。(面白いことに、この文の理解に、十人近くの日本人翻訳者が違う訳を

している。筆者はただ原文の意味に一番似ている小田嶽夫の訳を採用して、訳文とする。)

2.5　おわりに

　以上は阿Qの氏名の名づけを巡って、語り手「私」の矛盾する気持を分析した。すなわちこれまで、主人公阿Qに対する態度についての先行研究では、ほとんど作家魯迅の態度をめぐって論じられてきた。そして魯迅の態度を、主に「寂寞」や、「怒りに燃えた気持ち」及び「温かい気持ち」と捉えて解釈した。本章は、以上の論を踏まえながら、さらに前に進めようとした。つまり、語り手「私」の阿Qに対する態度を取りあげ、詳細に考察してみた。阿Qは当時の中国の大衆のひとりであり、彼ら（阿Qのような大衆）の中に、いろいろな矛盾しあう性格が存在した。そして、彼らは自分の「奴隷」的身分に未覚醒である。それに対して、語り手「私」にも多くの矛盾した心理が混じっている。一方では、語り手「私」の阿Qに対する排除する気持ちが読み取られる。他方では、作中人物阿Qをあくまでも語り手「私」自身の身内にあるような人、あるいは語り手「私」の仲間の中に入れる位置づけがなされている、と文中からうかがえる。文面に隠されている語り手「私」の両面の矛盾心理が、「阿Q」という名づけ方によって、外在化されている。言い換えれば、阿Qの名前の内実と文字での外部表示との不可避的な矛盾が表面化している。

　すなわち「阿Q正伝」における語り手「私」には、当時の社会に存在する阿Qのような、未覚醒で「奴隷」的人間を主観上で排除しようとし、そのような人物を早く歴史上の「過去」にしたいとする気持ちが伺える。しかし他方で、語り手「私」がいつまでも阿Qのような「素朴な民」を「私」自身の仲間のうちに受け入れて対処しようとする気持も伺える。ゆえに、単なる主人公阿Qの氏名からも、不可避的な矛盾的要素が示されている。「阿Q」という人物に対して、「私」は高みから凝視している。阿Qは社会の最低層に位置しているが、それにもかかわらず彼は、当時の民衆がみんな抱えている共通の矛盾する性格（例えば、「賢人」的、「主人」的、「馬鹿」的、「奴隷」的性格）を持ち込んでいる。それらの一つ一つがどのような性格を持つかは、以下の各章で詳しく分析することにする。阿Qはそうした矛盾する性格を持つがゆえに、彼自身を未覚醒の状態のままに存在させている。語り手「私」は、こういう未覚醒の阿Qを改変しえぬ自分の無力さを洞察し、こうした有様に対する絶望な気持ちを「阿Q」という名前に転嫁させ、

「阿Q」という人物が速く「腐朽」することを望み、「Quei」にこの気持ち（去っていけ）をこめて表している、と考える。さらにまた、このような目覚めぬ阿Qを培った「腐朽」した封建的土台をも速く破滅させたいという、語り手「私」の気持ちを推測できる。それとは逆に、語り手「私」にはまた、阿Qがやがて目覚めて人間らしくなることを望み、目覚めた彼のような民衆が成長し、中国の変革を担うという「不朽」の信念があることも読み取ることができる。

1　銭理群、温儒敏等『中国現代文学三十年』北京大学出版社、1998年、P29-37。
2　王富仁『中国反封建的思想革命的一面鏡子』北京師範大学出版社、1986年、P21-31。
3　李長之「阿Q正伝の芸術価値の再評価」『魯迅批判』北新書局、1936年、P93-100。原文は「社会対阿Q是那么残酷、冰冷、丝毫同情没有、生时如彼、生后亦如彼。（中略）一切人是対阿Q没有同情的、（中略）却正是显示作者鲁迅対阿Q无限的同情。（中略）鲁迅那种冷冷的、漠不关心的、从容的笔、却是传达了他那最热烈、最愤慨、最激昂、而同情心到了极点的感情。（中略）总之、是爱着的人物。」である。日本語訳は筆者による拙訳。
4　竹内好『魯迅』[M]、株式会社未来社、1977年、P110。
5　竹内好「作品の展開―阿Q正伝」、初出は『魯迅入門』、東洋書館、1953年、（実際にこの「阿Q正伝」論は1948年ごろに完成しただろう）。のちに『竹内好全集』第二巻に収録されている。筑摩書房、1981年、P147。
6　伊藤虎丸『魯迅と日本人』[M] 朝日新聞社朝日選書、1983年、P206、212。
7　伊藤虎丸『魯迅と日本人』朝日新聞社朝日選書、1983年、P206-212。
8　丸尾常喜「阿Q人名考補遺（六則）」、『野草』第43号、中国文芸研究会、1989年。
9　丸尾常喜「国民性と民俗―阿Q＝阿鬼の説」『魯迅「人」「鬼」の葛藤』岩波書店、1993年、P103-202。
10　伊藤虎丸『魯迅と日本人』、朝日新聞社朝日選書、1983年、P206-212。
11　鈴木孝夫『ことばと文化』、岩波新書、2011年、P13。
12　前掲茅盾「『吶喊』を読む」。
13　前掲竹内好訳『阿Q正伝、狂人日記・他十二篇』、P104。
14　同上。
15　前掲竹内好訳『阿Q正伝、狂人日記・他十二篇』、P100-101。
16　同上。
17　前掲竹内好訳『阿Q正伝、狂人日記・他十二篇』、P104。
18　前掲竹内好訳『阿Q正伝、狂人日記・他十二篇』、P116。
19　片山智行『魯迅―阿Q中国の革命』、中央公論社、1996年、P150。
20　前掲片山智行『魯迅―阿Q中国の革命』、P150。
21　前掲片山智行著『魯迅―阿Q中国の革命』、P136。
22　小田嶽夫『阿Q正伝・故郷』偕成社、1990年、P16。

第 3 章
阿Qにとっての「主人」
―「鉄の部屋」を打ち砕く可能性―

3.1　はじめに

　「阿Q正伝」の作品創作は、作家魯迅自身の言葉を借りれば、人々の「病苦を描き出し、治療の注意を促すことを」[1]目指しているという。

　『吶喊』所収の作品の構造について、魯迅の最初の構図は、魯迅と銭玄同との対話から伺える。(前述のように、本稿における「阿Q正伝」の引用文は、竹内好の日本語訳本を参照した。なお、それ以外の本文中の引用文の日本語訳はすべて筆者の拙訳である。)

　　「君はこんなもの[2]を写して、なんの役に立つのかね？」
　　「なんの役にも立たんさ。」
　　「じゃ、何のつもりで写すんだ？」
　　「何のつもりもない。」
　　「どうだい、文章でも書いて……」
　　　（中略）
　　「仮に、鉄の部屋があるとする、窓は一つもないし、壊すことは絶対にできんのだ。中には熟睡している人間が大勢いる。間もなく窒息して、みんな死んでしまうだろう。だが、昏睡状態からそのまま死へ移行するのだから、死ぬ前の悲しみは感じないんだ。今君が大声を出して、やや意識のはっきりしている数人の者を起こしたとすると、この不幸な少数の者に、どうせ助かりっこない臨終の苦しみを与えることになるが、それでも君は彼らに済まぬと思わぬか。」
　　　……
　　「しかし、数人が起きたとすれば、その鉄の部屋を壊す希望が、絶対にない

とは言えないじゃないか。³」

　以上の対話から、「鉄の部屋」の中に熟睡している人々の無自覚に対する、魯迅の強い懸念が伺えるだろう。しかし創作に当たり、どのように書けば、当時の中国の人々をとり囲む厳しい現実を描くことができるのかということは、当時の魯迅の課題であったと思われる。

　魯迅のこの話をヒントに、作品研究をスタートさせた研究者李欧梵は、『吶喊』の各作品が魯迅のそれぞれの「鉄の部屋の中」の吶喊であるという論を提出した。李欧梵によれば、当時の二つの異なる新旧文化が交替する厳しい時期に、封建社会の正統な思想と衝突する西洋近代の思想を持っている魯迅のような人たちは、民衆に異端者とされた。彼らは時代の動きや社会の発展を正確に判断でき、社会に奉仕しようと考えるが、かえって社会から隔離され、排除された。このような人たちは、魯迅によって『吶喊』所収の作品中の登場人物として創作され、それぞれの作品中で活躍した。結局、彼らは「例外なしに失敗の運命から逃れない⁴」であろう。李欧梵はその論を立証するために、『吶喊』作品の作中人物を例にしてその分析を行った。李欧梵は、『吶喊』作品の作中人物があたかも魯迅自身のことで、魯迅は当時の現実を「鉄の部屋」とし、その「鉄の部屋」の厳しさ、救いようのなさに吶喊していると捉えた。そして、作家魯迅は「鉄の部屋の中の吶喊」をするために、それぞれの作品の中で様々な表現によって吶喊したと述べた。例えば、魯迅は新体詩の使用、新文体の創作、アイロニーの運用、比喩（暗喩、諷喩）の実践など、当時の社会で真新しいものとされていた新文芸の創作を実践して、封建社会の正統な文化、思想と闘うことによって吶喊した。李欧梵は魯迅のそれらの実践行動を「鉄の部屋の中の吶喊」として捉え、以上のような優れた論を提出した。

　また、「阿Q正伝」の作品構造について、日本人研究者丸尾常喜も詳しく分析と論証を展開した。丸尾常喜の「阿Q＝阿鬼」⁵が研究者たちの注目を集めた。氏の論を簡単に言えば、次のようである。「阿Q正伝」の主人公阿Qは「寓意性が高い⁶」人物で、一人の「鬼（亡霊）」であり、阿Qの一生の営為は「亡霊」によって演じられていると言う。氏は阿Qを「過去」を象徴するものとし、阿Qを死んだ人間の「亡霊」と喩えて、阿Qの思想、阿Qの行動などを「過去」の「亡霊」であるという論を提出した。実際、阿Qが短い一生で行っているいろいろな考えや行動は、数千年にわたる中国人の考えと思想を代表できるものである。丸

尾常喜が「阿Q正伝」の構造について、あくまでも、「〈人〉と〈鬼〉との葛藤」構造であるとする論は、「阿Q正伝」の作品構造研究で、新しい一歩を踏み出している。

　中井政喜はその著書『魯迅探索』の中で、作家魯迅の立場から、魯迅の「鉄の部屋」思想の由来を分析してみた。中井政喜の論によれば、『吶喊』作品群は魯迅当時の中国変革に対する絶望、また魯迅の「暗的」思想の表出であると思われる。中井氏は進んで、「魯迅は五四運動を推進する人々の中にさえ存在する、弱い者には凶暴で強いものには従順な一つの伝統的国民性の悪、奴隷精神を見逃さなかったから、『鉄の部屋』に閉じこめられている阿Q達も救われようがなかったという魯迅の絶望的思想が『阿Q正伝』にも潜んでいる」と論じた。

　以上の三氏はそれぞれ自分の視点から参考になる論を提出した。李欧梵は旧中国のいろいろな制度を一つの「鉄の部屋」として捉え、作家魯迅が啓蒙者として古い中国に生きる人々に吶喊し、彼らの蒙昧と鈍麻から目覚めさせようとしたという論を提起した。しかし李欧梵の論は、あくまでも作品外部にある作家との関係において、作家がその歴史的使命である吶喊を発したとするものである。言い換えれば、李欧梵はただ、魯迅作品を作家魯迅の吶喊する一つ一つのツールとして論じた。具体的に作品内部に入って論じていない、この点に不十分さを持つ。もしも「阿Q正伝」の作品構造を「鉄の部屋」にたとえることができるのならば、そこに生きる登場人物は「鉄の部屋」との関係の中において一体どのような作品内の意義を示しているのか。もし中井政喜のいうように「鉄の部屋」を打ち破る可能性がないというなら、この作品の全体的意義をどこに求めたらよいのだろうか。これらの問題意識を持ちながら、筆者は「阿Q正伝」における「鉄の部屋」構造を探求し、「鉄の部屋」を打ち破る可能性を作品の中から考察してみたい。その際、魯迅の書いた「賢人、馬鹿、奴隷」（1925・12、『野草』）の作品意義と対照し、「阿Q正伝」の登場人物の人物像を支える作品の基底部に分析の目を向けて、「鉄の部屋」の実態とその役割を考察し、最後に「鉄の部屋」の崩れる可能性を探ってみたい。

3.2 「主人」の内実

　阿Qが生活している未荘[7]は、中国の典型的な封建的農村社会であり、封建的制

度や行動規範が凝縮されて、普通の社会現象として表出されている。そこに生活している人々はみなこの未荘の封建的文化によって育てられている。未荘で生まれ育っている人間が言うことも、考えることも、みんな未荘の行動規範や道徳観念の下で行っている。彼らの頼る「主人」は、まるで彼らに精神の糧のすべてを供給し、支配し、反抗を許さない「主人」のような存在であると言えるだろう。ここの「主人」はとりあえず序章のところにに説明した。魯迅の書いた作品「賢人、馬鹿、奴隷」(『野草』)での「主人」の説明をとおして、ここではさらに具体的に明らかにする。

3.2.1 「主人」の性質について

「賢人、馬鹿、奴隷」の中での「主人」は、自分に属している「奴隷」に、昼も夜も休みなしに仕事をさせる。「奴隷」の話によれば、彼は、「主人」の下で「朝は水汲み、晩はご飯焚き、昼間は使い走り、夜は粉ひき、晴れれば洗濯、雨降りゃ傘持ち、冬は石炭くべ、夏はうちわ振り、夜中には夜食づくり、運ぶ先は主人の麻雀卓、寺銭のおこぼれどころか、もらうものは鞭だけ…」という生活を送っている。食べるものは「日に一回あるかなし、その一回も高粱のかすばかり、犬や豚だって見向きもしません、おまけに、小さな碗にたった一杯」であり、住まいは、「ちっぽけなぼろ小屋です。じめじめして、まっくらで、南京虫だらけで、(中略)四方に窓一つあいていません…」というところである。「主人」はそのような生活をしている「奴隷」の部屋に窓を作らせない。「馬鹿」は「奴隷」の窮状を聞いて、部屋に窓を開けようと壁を壊しにかかる。しかし「奴隷」たちは、「主人」の怒りを恐れて「馬鹿」を追い払い、「主人」は「奴隷」の行為を「よくやった」とほめた。

つまり「主人」は自分の利益のために、「奴隷」を完全に自分に忠実にさせ、自分に少しの抵抗もしないように支配している。「主人」と「奴隷」との間には、厳しい上下関係の身分制度が維持されている。「主人」は四方に窓がない部屋を使って、「奴隷」に対して「主人」に属する帰属感を強化し、抑圧する。したがって「奴隷」は自分の生活がいくら苦しくても、また人間ではないような生活状態であっても、「主人」の部屋を壊すことがいけないという行動規範を守っている。というのは、「奴隷」は「主人」の供給する豚犬のような物的条件に不満を持っているけれども、しかし精神上では「主人」の支配に屈服しているがために、その「主人」に反抗しようとせず、「奴隷」としての忠誠心を「主人」に認めて

もらうことを選ぶようになった。つまり精神上で「主人」に従うことが「奴隷」を「奴隷」として安心させる。だからこそ、「主人」はいつまでも安泰でいられるのである。「主人」と「奴隷」との間にしっかりと結びついたこの主従関係が、「賢人、馬鹿、奴隷」の中に反映されている。そして「奴隷」は「主人」の下で心から服従し、全面的に「主人」に隷従し、自分の「奴隷」的地位に未覚醒のままである。当時の社会で、「奴隷」は、精神上から全面的に「主人」に隷従するという「主従関係」の崩れそうもない状態が、当時の絶望的な現実である。

　以上の「主人」の特徴と「主人」と「奴隷」どの関連を「阿Q正伝」に照らしあわせると、阿Qの生活する未荘社会は「主人」と似た機能を働かせている。一体どこが似ているか、次に詳しく説明する必要がある。

3.2.2　封建的身分制度
　未荘では、地主階級の趙旦那と、阿Qのような下層階級の間に、支配と被支配の関係がある。趙旦那は未荘の頂点に位置する人物で、阿Qは下層民である。語り手は阿Qと趙旦那との関係を客観的に語っている。たとえば、阿Qは「日雇に雇われて回り、麦を刈れと言われれば麦を刈るし、米をつけといわれれば米をつくし、舟をこげと言われれば舟をこいだ。[8]」ここに、趙旦那のような地主階級に対する阿Qの従属関係が明らかに書かれている。特に、受け身文型を用いて、阿Qが趙旦那に言われた通りに言動せざるを得ない従属関係が明確に語られる。「上は上、下は下」という封建的思想が無形のうちに人間の言動を支配している様子を描いている。封建的身分制度が数千年にわたって、阿Qのような下層民の中に根付いている。つまり、当時の実在する封建的身分制度という客観的厳しい現実があり、下層村民の阿Qがそのような封建身分制度に陥って縛られていた。そうした封建的身分制度と阿Qの間に「主人」と「奴隷」との主従関係が描かれていることが伺える。

3.2.3　封建的男女の別
　封建的男女の別というのは、具体的に言えば、「男女三歳にして席を同じくせず」や、「男女は同席に座らない、男子は平生は座敷におり、女子は部屋にいる、男女は同じ衣桁を使わないこと、櫛やハンカチを共同に使用しないこと、直にものを手渡さないこと、兄嫁と弟とは訪ね合わない、諸母（庶母、父の妾）には裳裾を洗濯させないこと。家の外での仕事の話は門の敷居のうちでは話さない、家

の内での務めの話は門の外へ出たら口に乗せないこと[9]」などが要求されたことに現れる。それは、男性と女性を厳格に区別すべきという封建的男女道徳観のことである。「阿Q正伝」の阿Qも村民も、この「男女の別」道徳観に非常に厳格である文章が特に目立っている。例えば次の文章を見てみよう。

> 「元来、阿Qは正人なのである…われわれは、彼がどんな偉い先生の教えを受けたかは知っていないが、彼は男女の別については従来きわめて厳格であった。」「阿Qの学説は、すべて尼というものは、必ず和尚と私通するものであり、女が一人歩きをするのは、必ず男を引っ掛けるためであり、男と女が二人で話しているのは、必ずあやしい関係がある、というのだ。従って彼は、この連中をこらしめるために、しばしば睨みつけたり、大声で不心得を責めたり、あるいはまた、人通りのない場所なら、背後から石をぶつけたりするのである[10]。」

ここから、当時の未荘社会における封建的「男女の別」道徳が、未荘の村民にとっての「主人」的存在であることが描かれ、そしてその「主人」のような「男女に別あり」という道徳規範が、誰によっても守られなければならないものであったことを理解できる。

3.2.4 封建的家父長制

家父長制とは、普通の家庭で、父親が絶対な権利を持っていることである。もっと詳しく言えば、「父系の家族制度において、家長が絶対的な家長権によって家族員を支配・統率する家族形態。また、このような原理に基づく社会の支配形態[11]」である。家長は家の中で統制する権利の持ち主として現れ、家の内部は秩序のある小さな社会と言える。つまり家長は一番上に位置し、統制される家族の他成員もその立場と地位がそれぞれ違うことが特徴である。当時の封建社会では、家長が家庭の中心とされ、家庭内で揺るぎない地位を持っている。「弟子規」の中に「父母呼、応勿緩；父母命、行勿怠；父母教、須敬听；父母責、須順承。（両親に呼ばれた時は、すぐに応えること。両親に用事を命じられた時はすぐに行い、怠けて遅らせてはならない。両親の教えは敬って聴き、両親にしかられた時は、素直に受け入れること）[12]」とある。この内容から家長の家での支配的な地位が伺える。そして、子供の結婚に対しても、父母が絶対的な権利を持っている。「父母之命、媒酌之言」[13]（両親の命令、媒酌人の口添え）によって、男女がお互い

に顔を合わせたこともないままに男女が婚姻するということもその一部である。さらに詳しく説明すると、当時の封建的礼制によれば、男と女は仲人が間に立って取次をするのでなければ、お互いに相手の名を知ることはできない、結納を受けた後でなければ、親しく交際しないとされている。

「阿Q正伝」において、趙旦那の家の女中呉媽は未亡人であったが、しかし彼女は趙旦那の女中だから、趙旦那が彼女にとっての家長である。阿Qが呉媽に求愛し、大騒ぎを起こしたとき、秀才が天秤竹を持って彼の前に立っていた。「太い野郎だ、謀反だ…きさまあ…」や、「趙旦那が彼の方へ駈けてくるのが見えた。しかも、その手に天秤竹が握られている。」などと阿Qに殴りかかる。また、組頭は次のように言う。「阿Q、このやろう、趙の邸の女中にまで手を出しやがって、謀反してもんだぞ。おかげで俺まで夜寝られやしない。こん畜生……」

以上のように、「阿Q正伝」における未荘での家父長制は未荘の村民にとってその「主人」のように存在し支配しているのが分かる。特に組頭の話からは、当時の家父長的な社会体系が伺える。

3.3　「主人」の下での阿Qと村民

　阿Qや未荘の民衆は長い間、封建制度や封建文化が凝縮する未荘に培われたので、未荘社会の制度や行動規範はすでに彼らの中に根付いたようになっていた。未荘社会での身分制度に対して、彼らは当たり前のことであると考えていた。したがって、彼らには支配階級あるいは搾取階級に反抗する気持ちがない。それどころか、彼らは自分の生活に満足していられる。簡単に言えば、未荘の民衆は自ら封建的身分制度との主従関係に少しの抵抗もせずに慣れていた。彼らは自分の「奴隷」的な身分を安楽に享受して、身分制度の下で熟睡しており、この状態が文中にたくみに描き出されている。この状態を次の三点から説明しておくことにしよう。

　第一に、村民と支配階級の趙旦那の間には、身分制度の下層と上層、つまり趙旦那が上、村民が下の関係がある。村民は、これが当たり前なことであると思い、みんな趙旦那を尊敬している。したがって、阿Qが趙旦那に殴られた時、未荘の人々は阿Qに同情するのではなく、阿Qを叱責する。

その噂を聞いた連中は、口々に、阿Qはあまりでたらめなことを言うから、自分から殴られるような目に会うのだ。彼はおそらく趙という姓ではあるまい、たといほんとうは趙という姓であったにしろ、れっきとした趙旦那がいられるかぎり、めったなことは口に出して言うものではない、と評しあった。[14]

　ここから、未荘の村民がどんなに趙旦那を尊敬しているかが明確になる。特に「たといほんとうは趙という姓であったにしろ、れっきとした趙旦那がいられるかぎり、めったなことは口に出して言うものではない」というところから、村民は自分たちの被支配的地位に順応していて、自分と同じ地位の阿Qに同情を払わず、阿Qが殴られるのは彼が悪い、阿Qが当時の身分制度に従わないから罰を受けて当然だと考えていることが分かる。未荘では、「通常、阿七が阿八を殴ったとか、李四が張三を殴ったというようなことは、一向珍しくはない」と思われている。しかし「趙旦那のような有名な人と関係のある」場合に、はじめて彼らの噂にのぼる。一旦噂にのぼると、「殴った方が有名な人」だから、「殴られた方もそれにつれて有名になる」と思っている。したがって、阿Qが趙旦那に殴られたことには、むろん、「非が阿Qの方にある」ことは言うまでもない。何故か。彼らの理論では、「趙旦那に非のあろうはずがない」からだと考える。

　つまり以上の引用文から、阿Qも未荘の村民も、未荘社会の身分制度にしっかりと従う状態が投映される。言い換えれば、彼らが「主人」と「奴隷」との主従関係をしっかりと守っている有様を描き出していると伺える。彼らはこの身分制度という「主人」の本当の面目も認識できず、また自分の「奴隷」的な被支配、被圧迫的な地位に未覚醒で、無意識にそれを守っている有様が読み取れる。語り手は、未荘の村民が封建的身分制度のきまりの中に昏睡する客観的事実をうまく掘り出している。

　第二に、阿Qと村民の封建的男女道徳観に対する状態を見てみよう。

　封建的「男女の別」については、清末思想家の康有為がかつて、痛烈に封建社会の女性の悲劇的運命を陳述したことがある。康有為は「封建社会では、女性は自ら自分の結婚相手を選ぶことができないとされている。彼女らは、生まれながら封建社会の女性道徳観（例えば、女性が男性の私有財産とされ、男性に賞玩されるものとされ、そして、その一生において公的事務に参与できないし、国家の政治にも関与できないという道徳規則や行動規範がある）に縛られ、そして身体上では、非人道的に纏足させられ、「奴隷」のような暮らしを送っている」[15]と訴

え、強烈に男女平等を主張していた。従って当時の社会の現状においては、女性の方は、夫に死なれた場合、封建的節烈の道徳観を死守することになる。そしてそのような寡婦は、若いうちには貧しい生活を送り、老いてからは身寄りのない、非常に悲惨な生活をしていた。李沢厚は、自身の著書で「女性が社会の最低層に抑圧されている封建社会では、『男女平等』という立派な主張を提出した啓蒙思想家康有為は冷静さと勇ましさがある」と論じた。

　「阿Q正伝」の中の呉媽と尼さんの境遇を見てみる。まず、尼さんを見てみよう。尼さんは、阿Qにまで「塵か芥のようなもの」とされている。彼女は社会の最低層の阿Qの前を通る時にも、「見向きもしないで、うつむいたままに顔を真っ赤にして、足を速めにした」のである。そして、そのような臆病さと回避を見せても、阿Qにからかわれることを逃れられないでいる。阿Qは尼さんに会ったら、「黙っていられなくなり、必ず尼さんを罵りたく」なる。そして、社会の最低層にいる阿Qでさえ、尼さんを恣意的にいじめたり、威張った態度であしらうことはおかしくないと思われている。それは未婚女性の尼さんの悲しい運命であろう。他方、呉媽は尼さんとは違っている。彼女は若いうちに夫に死なれ、未亡人であることから、頼れる人がなくなった。彼女は生活を維持するために趙旦那の家に女中としてその余生を送っている。夫に死なれている呉媽は、寡婦としての「節」という道徳観を厳格に守っている。すなわち、彼女は改嫁（夫に死なれてから、別の男性と再婚すること）を拒否して女性の貞操観を守っている。したがって、阿Qが急に跳びかかって、呉媽の足元にひざまずいて、「おめえ、おらと寝ろ、おらと寝ろ」と言い出した時、その瞬間、まわりがひっそりとなった。呉媽は「ヒャア」と息を呑んで、突然「慄え出すと、大声をあげて表へ駈け出していった。駈けながらわめいて、しまいに泣き声になった」らしかった。呉媽は阿Qに求愛されたことを大きな恥辱と受け取っている。語り手は、呉媽の封建的男女道徳観念に対する厳格さを如実に映し出す。

　　若奥様が呉媽の手を引いて、話しかけながら女中部屋から出てくるところであった。
　　「こっちへおいで……決して、自分の部屋に隠れたりして……」
　　「おまえさんが正しいことは、みんな知ってるんだからね……決して、量見を狭くもつんでないよ」鄒七嫂も、横から口を出した。
　　呉媽は泣きつづけていた。泣きながら何か言うが、はっきり聞き取れなかった。

以上の文章から、阿Qも、尼さんや呉媽および未荘の民衆すべてが、封建的「男女の別」、女性の貞操観という封建的道徳規範を自分の「主人」としてしっかりと把持しているありさまを伺うことができる。つまり、尼さんも呉媽も鄒七嫂も若奥様もみんな封建的「節烈」の女性道徳観にしっかりと束縛され、自主的にそれに従う状態に陥っている。彼女らは以上のような封建道徳規範に対する自分の「奴隷」的なところに自覚していないし、「主人」に束縛されている不満も持っていない。彼女らは甘んじて自分の「奴隷」的身分を未覚醒のままで守っているのである。

　第三に封建制度に対する阿Qと未荘の村民のありさまを見てみる。

　未荘の村民の阿Qたちは、いくら生活が苦しくても、彼らを苦しませる未荘に凝縮する封建制度に抵抗せず、安易に自らの被抑圧的身分を守っている。小説の中で、「偽毛唐」のことについてのくだりがある。「偽毛唐」は銭旦那の長男であるが、阿Qが一番憎悪している男である。彼が「偽毛唐」を憎悪している理由は、ただ「偽毛唐」が当時の封建的文化を捨てて、西洋文字を勉強し、未荘にある封建的文化の象徴の一つである辮髪を切って、西洋人のような恰好をしていることである。とりわけ阿Qが「深刻に憎悪」したのは、「偽毛唐」のカツラの辮髪であった。こうした文章から、阿Qが完全に未荘の封建制度や封建的思想の立場に立って「偽毛唐」の行為を評価していることがわかる。阿Qは、未荘の封建制度を覆そうとする革命に対しても、はじめは「革命党というのは謀反だ」と考え、「謀反は自分に具合の悪いもの」だという意見を、「何でそうなったか」わからぬが抱いていた。これらの文章から、阿Qが完全に封建制度の立場に立っているありさまを伺うことができる。すなわち阿Qは西洋文字の勉強、辮髪を切ること、革命のことなど、封建社会に抵触する言動をいずれも深刻に憎悪した。これは阿Qが自分の属する「主人」の封建制度を擁護する言動である。

　以上の三つの方面において、未荘に生活する村民は、自分の属している封建思想や封建制度およびその下でのさまざまな道徳観に少しの違和感もなく、また少しの抵抗もしない。彼らはすべて、未荘の封建的道徳規範や封建制度を維持する模範的な村民である。彼らは、未荘の封建制度と封建的道徳規範をまるで「主人」であるかのように見なし、その「主人」を維持し自分の「奴隷」的身分を守っている。それなのに、村民や阿Qたちに意識されないでいる。この「主人」はあたかも「鉄の部屋」のように、彼らの思想を閉じ込め束縛している。つまり「阿Q正伝」は、村民が「鉄の部屋」の中で熟睡し、未覚醒のまま閉じこめられ

たありさまと、この「主人」と「奴隷」との結びつきの強固さ、この崩れそうもない主従関係の絶望的なありさまを、リアルに描き出した。

3.4 「鉄の部屋」の崩れの行方

　阿Qはもともと未荘の封建的なさまざまの行動規範の下で無事に生活していた。彼は低い身分であっても、未荘で日雇い仕事ができる限り、未荘の村民の身分を安楽に守っていた。しかし阿Qは次第に生活できなくなった。求愛事件以来日雇い仕事がなくなったためである。その時、阿Qは未荘の世間の様子が変なことに気づいた。「第一は、居酒屋が掛売りしなくなったこと。第二は、地蔵堂の管理の老いぼれが、彼に出て行けがしの妙な因縁をつけ始めたこと。第三は、何日になるか彼は記憶しないが、ともかく相当の日数、一人として彼を雇いにこなくなった」ことである。途方に暮れた阿Qは道を歩きながら「食を求める」つもりであった。「なじみの居酒屋が眼にはいる。なじみの饅頭屋が眼にはい」る。しかし、彼は「どちらも通り過ぎてしまう。立ち止まりもしないし、求めようという気も起こらぬ。彼の求めるものは、そんなものではない。彼の求めるものは何であるか。彼は自分にもわから」ない。というのは、彼はそれらのものが欲しくても手に入らないとわかっていた。

　革命が起こった時、未荘社会を支配する趙旦那の家が強盗にあった。阿Qはその強盗行為に加わっていなかった。しかし阿Qにはかつて城内の有力者の家へ泥棒する手伝いをした前科があった。そのため、阿Qは趙旦那の家を襲った強盗という冤罪を被り、革命後の未荘社会の支配者に捕らえられた。

　　一隊の兵士と、一隊の自警団と、一隊の警察と、五人の探偵とは、ひそかに未荘へ繰り込み、夜陰に乗じて地蔵堂を包囲し、正面入り口へ機関銃を据えつけた。ところが阿Qは、飛び出して来なかった。いくら待っても、もの音一つしない。隊長はじれて、銅銭二千貫の賞金を懸けた。ようやく二名の自警団員が危険を冒して壁を乗り越え、内外呼応して一斉に踏み込み、阿Qを引きずり出した。地蔵堂からつまみ出されて機関銃のそばまで来たとき、彼はやっと目が醒めた。[18]

以上の文章によれば、武器一つ持っていない下層民阿Qを捕まえるのに、革命後の支配層は大勢の人と警察を動員した。このことから、未荘社会の支配者層が上層の支配的人間の身分と安全を守るために、また下層民阿Qたちとの上下の支配関係を維持するために、大量の警察力を使って逮捕したことが分かる。未荘の支配者たちは自分の支配力を維持し強固にし、また未荘の村民を永遠に未荘の封建制度や封建的道徳規範に従わせ、永遠に自分の支配を持続しようとしたことが分かる。他方では、阿Q逮捕の事件から、当時の封建制度がなお揺るぎないほど強固であったことも伺える。言い換えれば、「主人」の下での「奴隷」である阿Qの些細な「馬鹿」的行為であっても、それが激しく抑圧されるという封建制度の専制性が伺えるだろう。そうであるとすれば、このような強固な未荘の封建的社会体制が崩れる可能性があるだろうか。

　小説には、阿Qの入っている監獄の部屋が、「小さな部屋で、奥の三方は全部壁であった」と書いてある。それは、あたかも阿Qが「鉄の部屋」のような未荘の封建的制度とさまざまな道徳規範にとじ込められた状態を示唆しているようである。その後、阿Qは両腕を後ろ手に縛られ、役所の門から突き出された。未荘社会の支配者は、未荘社会の封建的制度や道徳規範に違反する罰と戒めとして、阿Qを街に引き回し、依然として民衆を未荘の封建的制度と道徳規範に忠実に従わせようとする。その点は次の文章に書かれてある。

　　一人罰すれば百人のいましめですぞ。いいですか、私が革命党になって二十日そこそこ、その間に強盗事件がすでに十件以上、その全部が迷宮入りでは、まるで私の顔が立たんじゃないですか。せっかく犯人をあげたのに、そんなのんきな話をされたんじゃね。いけません！　これは私の権限です！[19]

　つまり阿Qは未荘社会の封建的制度と道徳規範の違反者として、未荘の支配者によって処刑されることになった。阿Qは三回目に監獄の檻から引き出された時、自分が処刑されることに気づいた。彼は、「急にハッと気がつ」いた。「首をちょん斬られに行くのではないか。」そう気が付いた途端に、阿Qは「目がくらんで、耳の中でガーンと音がして、気が遠くなりかけ」た。だが、彼は全然気が遠くなったのではない。「いたたまれぬ焦燥に駆られるか」と思うと、また「クソ落ち着きに落ち着いたり」したのである。阿Qは町で引き回された時、彼は、「悲しそうな目で左右を見」まわした。「ぞろぞろ蟻のようについてくる群衆」を眺め

た。「いいぞ!!!」という見物人の群衆中から、「狼の遠吠えのような声」が起こった。阿Qはそこで、「喝采した人々の方をもう一度」眺めたその刹那、彼の思考は再び旋風のように頭のなかを駆け巡るような気がした。群衆の眼が彼に四年前、山の麓で一匹の飢えた狼に出会ったことを思い出させた。

　四年前に遭った狼は、その時阿Qの皮肉を食おうとしていた。その時の阿Qは「さいわい、鉈を一丁手にしていたので、そのお陰で肝を鎮めて、どうにか未荘まで辿りつく」ことができた。以上の文章から次のように解釈できると思われる。今までの封建的道徳規範に育てられた阿Qは、被圧迫者の身分で、生活が苦しくても、何とか日雇い仕事によって自分の生計を支えることができた。たとえ「奴隷」的生活にしろ、未荘社会で自分の「奴隷」的生活を過ごした。即ちそれは阿Qが未荘の封建的制度の下で、「主人」と「奴隷」との主従関係において生活をすることができた時代であった。だが今、阿Qは未荘で生きていけなくなり、自分の「奴隷」的生活を保障できなくなった。狼に対して阿Qの心を鎮める鉈がもうないばかりでなく、群衆の眼が狼よりも残酷で、恐ろしいと感じた。阿Qは、群衆の「これまで見たこともない、もっとも恐ろしい」眼を見たことになる。「にぶい、それでいて、刺のある眼。とうに彼の言葉を噛み砕いてしまったくせに、さらに彼の皮肉以外のものまで噛み砕こうとするかのように…彼の魂に噛みついた」。

　そのとき阿Qは、同じ未荘社会に育った群衆が阿Qの不幸に同情心もなく、阿Qの危機を思いやる気持ちさえもないことを感じとった。そして阿Qは、今まで自分の言動や思想を育て支えた未荘社会における、村民の冷酷さや同情心のなさも感じた。そのとき、阿Qは今までずっと自分を束縛してきた未荘社会における、冷酷な村民の目が恐ろしくなり、とうとう「助けてくれ」という叫び声を出そうとした。

　阿Qはその後すぐに銃殺された。阿Qが死に際に「助けてくれ」と叫びだそうとした声は、彼の思想上において自分の属している封建的制度と封建道徳規範の悪さを認識して、覚醒したことを示すとまで言えるわけではない。しかしその出そうとした声は、阿Qが無意識に身体上から、自分の属する「主人」の未荘の封建的制度や道徳規範に抵抗する声であると言える。

3.5　おわりに

　本論文は李欧梵の論文「鉄の部屋の中の吶喊」と、日本人研究者丸尾常喜の『『阿Q正伝』における人と鬼との構造」という論をヒントに、「阿Q正伝」に描かれている封建的道徳規範の実態と、阿Qたちにとっての封建的道徳規範が「主人」のような存在である点を分析し考察した。筆者は以上の両氏の論を出発点にして、まず「賢人、馬鹿、奴隷」における「主人」の性質、「主人」と「奴隷」との主従関係およびその結び付きの強固さを分析し説明した。そしてそれを「阿Q正伝」と照らしあわせ、阿Qにとっての「主人」である未荘社会における封建的制度や封建道徳規範の実態とその崩れる方向について論を展開した。それは具体的に三つの方面である。1）未荘社会における封建的身分制度と阿Qが代表する未荘下層民衆の間にある主従関係。2）未荘社会における「男女に別あり」道徳観と未荘村民（阿Qを含めて）の間にある「主人」と「奴隷」との主従関係。3）未荘における封建的制度を中心として、「阿Q正伝」における未荘の「主人」的なところ、その「主人」の下での「奴隷」たちのさまざまな生き方と覚醒の可能性を分析し考察した。

　まとめて言えば、未荘社会において、阿Qが代表する未荘の下層民は、さまざまの封建的制度および封建道徳規範に何の抵抗もせずに、自らの「奴隷」的な身分をしっかりと守っている。彼らは、自分の「奴隷」的な地位に未覚醒のままで生きているものであると描かれる。未荘社会のさまざまな封建道徳規範が「鉄の部屋」のように、代々と阿Qたちを未覚醒のままで閉じ込めた。そればかりか、これらの封建道徳規範は阿Qたちによって自分の属する「主人」とされ、忠実に擁護された。小説には、この「鉄の部屋」あるいは、この「主人」と「奴隷」との結び方の強固さがうまく描き出されている。この「主人」と「奴隷」との主従関係が非常に強固で、崩れそうもないのが、当時の絶望的な客観的現実であると描かれる。

　しかし小説は、以上のような絶望的な現実をそのまま描き出しただけではない。この崩れそうもない「鉄の部屋」が崩れる方向を、小説は最後に掲示していると読み取れる。阿Qは処刑される最後の時、未荘の封建道徳規範や封建的思想を持つ村民の眼を恐ろしく感じ、身体上で反応しようとした。そのことこそが「鉄の部屋」が崩れる方向を示唆すると思われる。というのは、阿Qはまず自分の目で

村民の恐ろしさを感じとり、それから耳で村民の狼の遠吠えのような「よう、よう」という声を聞き、阿Qの耳の中でガーンと音がして、最後の「助けてくれ」という声を出そうとする。その点は次の文章からうかがえると思われる。

　「よう、よう」群集中から、狼の遠吠えのような声が起こった。
　阿Qはそこで、喝采した人々の方をもう一度眺めた。（中略）
　ところが、今度という今度、これまで見たこともない、もっと恐ろしい眼を、彼は見たのである。（中略）それらの眼どもは、スーッと、ひとつに合わさったかと思うと、いきなり彼の魂に嚙みついた。「助けて……」[20]

　すなわち最後の時、阿Qはなお思想上で自分の属する「主人」の真の面目を認識できず、自分の「奴隷」的身分を自覚できなかった。そうであるとしても、阿Qは目、耳、声からその属する「主人」に対して恐怖による認識を深め、身体上の抵抗をしようとしたと文中から読み取ることができる。最後の時、阿Qは思想上ではなく、身体から、その感覚から、「主人」に対する恐怖を感じ、「助けてくれ」という声を出そうとした。これまで無自覚であった阿Qが、その叫びを出そうとしたことは、少なくとも「鉄の部屋」から脱出可能の第一歩と言える。この「助けてくれ」という叫び声が「過去」の阿Qと告別する声であり、封建的道徳規範から抜け出し始める声であろうと読み取ることができる。
　もし、二人目の阿Q、三人目の阿Qが銃殺される場合、彼らは、今の阿Qのように、今まで自分の属している「主人」に恐怖を身体上で感じ、今の阿Qのように「助けてくれ」という反応の声を叫びだすだろう。多数のみんなが「一つにな」ったら、自分たちを閉じ込めている未荘社会の封建的制度とさまざまな封建道徳規範から脱出する可能があると思われる。そうしたら、阿Qたちは自分を閉じ込めた「鉄の部屋」がいつか崩れる日を迎える。彼らはなお思想上から自分の属している「主人」の恐ろしさを認識できるほどではない。にもかかわらず、もし身体上でその「主人」の恐ろしさを感じ、反応の声を出したら、彼らを閉じ込めている「鉄の部屋」を壊す希望が、絶対にないとは言えないだろう。そうであれば、彼らは、未荘社会の封建的制度や封建道徳規範との間に結びついた強固な主従関係をも、動揺させることができるであろう。この主従関係が動揺し始めるならば、未荘社会の封建的制度と阿Qの「奴隷」的な運命も変わる可能性があると思われる。強いて言えば、かすかでありながらも、阿Qのいる当時の中国を変

革する希望もほのかに見えるのではないかと思われる。だからこそ、阿Ｑの最後の身体上での「助けてくれ」と叫び出そうとする行為（声）こそが、「阿Ｑ正伝」における全体的な意義を示すものの一つであると思われる。

1 魯迅『魯迅全集』第4巻、人民文学出版社、1981年。原文：「我的取材、多采自病态社会的不幸的人们中、意思是在揭出病苦、引起疗救的注意。」（「私はどうして小説を書くようになったか」、1933年。日本語訳は筆者による拙訳。
2 魯迅は当時、古碑の拓本、写本にその精力を注いでいる。
3 前掲竹内好訳『阿Ｑ正伝・狂人日記・他十二篇（吶喊）』、P5。原文は「『你抄了这些有什么用？』『没有什么用。』『那么、你抄他是什么意思呢？』『没有什么意思。』『我想、你可以做点文章……』。『假如一间铁屋子、是绝无窗户而万难破毁的、里面有许多熟睡的人们、不久都要闷死了、然而是从昏睡入死灭、并不感到就死的悲哀。现在你大嚷起来、惊起了较为清醒的几个人、使这不幸的少数者来受无可挽救的临终的苦楚、你倒以为对得起他么？』『然而几个人既然起来、你不能说决没有毁坏这铁屋的希望。』」である。
4 李欧梵『鉄屋中的吶喊』人民文学出版社、2010年、P53。原文は「在两种不同的传统中、那些和社会疏远持异议者（也是預言者）的運命是注定要失败的。这些人情况不同地超前于他们的时代、想為人民服务、却必然被人民误解和迫害。」である。日本語訳は筆者による拙訳。
5 丸尾常喜『魯迅「人」「鬼」の葛藤』岩波書店、1993年、P7。
6 前掲丸尾常喜『魯迅「人」「鬼」の葛藤』、P119。
7 「阿Ｑ正伝」で、小説の舞台として存在する中国浙江省の農村と思われる村名である。
8 前掲竹内好訳『阿Ｑ正伝・狂人日記・他十二篇（吶喊）』、P105。原文は「阿Ｑ没有家、住在未庄的土谷寺里；也没有固定的职业、只给人家做短工、割麦便割麦、舂米便舂米、撑船便撑船、工作略长久时、他也或住在临时主人的家里、但一完就走了。」である。
9 『礼記・曲礼』の中での内容を引用したのである。原文は「男女不杂坐、不同椸枷。不同巾栉、不亲授。嫂叔不通问、诸母不漱裳。外言不入于捆、内言不出于捆。女子許嫁、缨。非有大故、不入其门。姑、姊、妹、女子、已嫁而反、兄弟弗与同席而坐、弗与同器而食、父子不同席…。」である。日本語訳は筆者による拙訳。
10 前掲竹内好訳『阿Ｑ正伝・狂人日記・他十二篇（吶喊）』、P117。原文は「阿Ｑ本来也是正人、我们虽然不知道他曾蒙什么明师指授过、但他对于"男女之大防"却历来非常严；也很有排斥异端――如小尼姑及假洋鬼子之类――的正气。他的学说是：凡尼姑、一定与和尚私通；一个女人在外面走、一定想引诱野男人；一男一女在那里讲话、一定要有勾当了。為懲治他们起見、所以他往往怒目而视、或者大声说几句"诛心"话、或者在冷僻处、便从后面掷一塊小石頭。」である。
11 デジタル大辞泉の解釈を参照。
12 「弟子規」は先師・孔子の教えを基に学生の生活規範を編成したもので、儒教教育の入門書であり、幼児読み物とされている。中には「入則孝」「出則悌」「謹」「信」「泛愛衆」「親仁」「余力学文」などの七つの部分からなる。中国清朝の康煕年間の李毓秀（1662～1722年）によって書かれ、もともとは『訓蒙文』と言ったが、のちに清朝の賈存仁によって『弟子規』と改名された。
13 中国古代婚姻制度の決まりである。
14 前掲竹内好訳『阿Ｑ正伝・狂人日記・他十二篇（吶喊）』、P102。原文は「知道的人都说阿Ｑ太荒唐、自己去招打；他大约未必姓赵、即使真姓赵、有赵太爷在这里、也不該如此胡说的。」である。
15 曹順慶『中華文化原典読本』北京師範大学出版社、2011年、P198-199。原文は「封建妇女的婚姻不自由、不能自主、她们为囚、为刑、为奴、为男人私有财产、为男人的玩具、并被迫〈不得仕宦〉、〈不得科举〉、〈不得预公事〉、〈不得为学者〉等等、…于是触目之处、借寡

妇也、…贫而无依、老而无告、冬寒而衣被皆无…」である。日本語訳は筆者による拙訳。
16　李沢厚『中国近代思想史論』生活・読書・新知三聯書店、2012年、P141。
17　前掲竹内好訳『阿Q正伝・狂人日記・他十二篇（吶喊）』、P121。原文は「少奶奶拖着吴妈走出下房来、一面説：『你到外面来、…不要躲在自己房里想…』『谁不知道你正経、…短見是万万尋不得的。』鄒七嫂也从旁説。吴妈只是哭、夹些话、却不甚听得分明。」である。
18　前掲竹内好訳『阿Q正伝・狂人日記・他十二篇（吶喊）』、P148。原文は「一隊兵、一隊団丁、一隊警察、五个偵探、悄悄地到了未庄、乘昏暗囲住土谷祠、正対门架好机関槍；然而阿Q不冲出。許多時没有動靜、把総焦急起来了、懸了二十千的賞、才有两个团丁冒了険、逾垣進去、里応外合、一拥而入、将阿Q抓出来；直待擒出祠外面的机关槍左近、他才有些清醒了。」である。
19　前掲竹内好訳『阿Q正伝・狂人日記・他十二篇（吶喊）』、P151-152。
20　前掲竹内好訳『阿Q正伝・狂人日記・他十二篇（吶喊）』、P155。

第 4 章
阿Qにとっての「賢人」
―「精神的勝利法」の崩壊の軌跡を考察する―

4.1 はじめに

　「阿Q正伝」がまだ『晨報副刊』に連載されている最中、茅盾（沈雁冰）は阿Qの「精神的勝利法」が「中国人の性格の結晶」であると論じた。そして阿Qが代表するこの中国人の性格は、中国の下層民のみならず、中国の中間階層の人間にも、上層階層の人間にも及んでいる（茅盾、1922『小説月報』第13巻第1期）とする。一年後、1923年、茅盾は続いて「『吶喊』を読む」の中で「阿Q正伝」に対して、「作者が、中国国民の骨髄に潜んでいる、向上心のない中華民族の根性—阿Q相を、描き出そうという意図がうかがえるであろう。それこそ、『阿Q正伝』が名作とされるべきところである」[2]と述べた。茅盾によれば、「精神的勝利法」は中国の中上層の階級によく表れているとする。中国の中上層階級は中国を支配しているが、しかし彼らは、中国がその物質上で弱くて他国に侵略され、いくら時代に遅れ悲惨な危機的状態にあるとしても、精神上では自国を老大国で、文明国であるとして傲り、精神上での誇りに浸っている。彼らにあるこの誇りが中国にとって一番危害を及ぼすとした。
　続いて朱彤[3]は阿Qの「精神的勝利法」に対して、次のように述べた。

　　阿Q性（阿Qの性格、筆者注）とは何か、その内容は非常に複雑であるにもかかわらず、実際にその核心を掘り下げてみれば、そこに根本的な精神があると言えよう。それが敗北主義のうちに形成された「精神的勝利法」である。それは阿Q性でもある。阿Qのそのほかの性格特徴はその「精神的勝利法」の枝葉であり、いずれも「精神的勝利法」という根幹から生まれたものにすぎない。（中略）阿Qのさまざまの場合の「自己欺瞞」と「自己ごまかし」も、「精神的

勝利法」の異なった場合の異なった表現であるにすぎない。魯迅はこの「阿Q主義」を強く憎んでいる、この「阿Q主義」の危害性が非常に大きく、中国の革新と革命にとって、大きな思想的妨げになることを痛感している[4]。

そしてもう一つの論は、何其芳[5]が提出した論であると思われる。それは、阿Qの「精神的勝利法」がただ阿Qの性格の一部に過ぎない、阿Q性格の中で最も目立っているものであるという論である。何其芳は、阿Qの「精神的勝利法」が、それぞれの階級に普遍的に存在しているとする。阿Qのなかには、主に、自分の欠陥や弱みを正視せず、事実上の失敗を精神上の勝利に転換する「阿Q精神」がある。この「阿Q精神」は統治者にも、知識人の中にもよく現れている、とする。つまり、「精神的勝利法」は阿Qのような階級においては、国民性の悪として、国民性の改造に大きな妨げであったという。

　以上のように、阿Qの「精神的勝利法」を巡る論は、主に、「精神的勝利法」が「何であるか」について、そして「精神的勝利法」の階級性、典型性などに焦点を絞って論を展開し、且つその危害性が巨大であるとして強く批判をした論が目立っていると思われる。研究者たちは「精神的勝利法」が当時の中国の各階級に普遍的に存在し、中国人の国民性の悪の集合であると述べた。いずれの階級においても、「精神的勝利法」が当時の中国が前進する一番主な妨げであるとも指摘した。しかし、以上の研究者は阿Qのこの「精神的勝利法」を「阿Q正伝」の作品構造において、国民性の悪の改造の文章構造と結びつけて、論を展開していない。

　言い換えれば、阿Qの「精神的勝利法」が「阿Q正伝」において、その表現と危害性が指摘されるのは思想改革としての中国変革の一面のことであった。その描き出される国民性の改造とその描き出されることの作品的意義、あるいは「精神的勝利法」のそれぞれの表現の描き方が作品全体にどのような作品的意義をもたらしたのか、に触れなかったと思われる。

　「精神的勝利法」が「何であるか」に関心を集中する研究に比べて、近年来注目される研究は、阿Qの「精神的勝利法」がどのように描き出されているのかについての研究であろう。それは、それまでの「精神的勝利法」が「何であるか」という研究より一歩前に進めたと思われる。日本人研究者木山英雄[6]はそれについて論を提出した。厳しい現実に対する阿Qの鈍感な精神について、氏は次のように述べた。

阿Qが打たれておいて、「なんだか打たれたようである」というのは、阿Qの鈍い感覚に即した陳述であるが、打撃する方の強さと受け手阿Qの鈍感さとの差引勘定のかかって行く先は作者のほかにあろうはずがないのだから、阿Qの鈍感はそのまま作者の敏感であり、其の場合敏感は鈍感に自らを託す以外に運動の術を持たぬかの如くである。[7]

木山は、「阿Q正伝」の第一章から第八章までは、主に阿Qの「精神的勝利法」を描いているとする。しかし、第九章「大団円」で、阿Qが処刑される時、「精神的勝利法」にある鈍感の阿Qが、「自覚する敏感さ」に転化したという。

その後、丸尾常喜[8]は続いて、阿Qの精神的面を小説の文章の内容と結合して論を述べた。

処刑される以前において、「鬼」として存在している阿Qは、鬼ならではのさまざまの処世術によって、彼の「鬼」としての生活を支えていた。一番典型的なのは彼の「精神的勝利法」という処世術である。彼の「精神的勝利法」を概略して言えば、自分が他人に殴られる時、精神上での勝利を想定して、自分を満足させる。他人に苛められる時、忘却という方法によって、精神上から自分を支える。まとめて言えば、彼は、鈍感、麻痺、忘却などという「精神的勝利法」で、彼の「鬼」としての営為を行っている。しかし、処刑される時、阿Qは「その心に阿Qらしからぬ」ものを初めて見ることができた。[9] そして、処刑されてから、阿Qは「精神的勝利法」の「鬼」から「人」に転化できた。[10]

以上のように、木山と丸尾の論は、一系列になって、阿Qの「精神的勝利法」の操作を「阿Q正伝」の構造において分析した。それは魯迅における「国民性の改造」の主張の角度から考えれば、確かにそのとおりである。

近年、加藤慧が阿Qの「精神的勝利法」について「物語的な方面」[11]からその論述を続けた。加藤慧は、主に阿Qの精神勝利の発展軌跡を物語論の角度から論じている。加藤慧論文は、阿Qの「精神的勝利法」を単に否定と批判の対象という側面にのみ限定せずに、「阿Q正伝」内において「精神的勝利法」の行方、「精神的勝利法」自体の崩壊の軌跡が伺えるとする。[12] 加藤によれば、阿Qの「精神的勝利法」の崩壊の軌跡が「順序」と「持続」という構造の中で完成したと言う。[13] 阿Qが盗賊の冤罪で犯罪調書に丸を書かされる時、阿Qはその「精神的勝利法」の

第 4 章　阿 Q にとっての「賢人」　　87

終焉を迎えると指摘する。加藤慧論文は、上記の木山、丸尾両氏の論文に比べて、より明確に阿 Q の「精神的勝利法」の崩壊の軌跡を論述する。ただ、具体的にどのように崩壊したのかについて、加藤慧論文は詳しく書いていない。そのため、阿 Q の「精神的勝利法」の崩壊軌跡を明瞭にすることを通して、どのような作品の目的が達成されたのか、を明らかにする課題がまだ残っている。そして、阿 Q の中の「精神的勝利法」の崩壊軌跡の描写が、「阿 Q 正伝」の中に、あるいは阿 Q に一体どのような作品的意義をもたらすかという方面にも、加藤慧論文はあまり触れていない。筆者は加藤慧論文を踏まえ、阿 Q の精神世界をさらに深く探ろうとする。そして阿 Q の精神世界の描写が「阿 Q 正伝」における全体的意義の中でどのような役割を果たすのか、を考察してみたい。

　筆者の考えでは、魯迅の書いた文章「賢人、馬鹿、奴隷」（1925.12、『野草』）の登場人物「賢人」の人物性格に照らしてみると、阿 Q の「精神的勝利法」とは、まるで阿 Q にとっての「賢人」のような存在であると思われる。本章では、加藤慧論文を踏まえてこの「賢人」のような存在である「精神的勝利法」が、阿 Q の中においてどのように変化し崩壊するかを分析する。「賢人」の変化と崩壊の軌跡が「阿 Q 正伝」の作品意義の中ではたす役割を探ってみることにする。

4.2　「賢人」の人物像とその効き目

　ここでまず、「賢人、馬鹿、奴隷」における登場人物「賢人」[14]の人物像を説明することにしよう。

　魯迅の作品「賢人、馬鹿、奴隷」の中で、「賢人」は、「奴隷」が悲しそうに自分の属する「主人」に対して愚痴をこぼすのを聞くと、すぐに慰めの言葉、「まったくお気の毒だね」[15]と言って、「奴隷」の不満を収める。「奴隷」がさらに「主人」に不満をこぼし続けると、「賢人」はまたそれ相応の言葉を発しながら、「奴隷」に同情する気持ちを見せる。「奴隷」が「これではとてもやれません、ほかに何か考えないことには、でも、どうすればいいんでしょう」と言って、「主人」に抵抗する心情を見せる時、「賢人」はすぐ「奴隷」に「今にね、きっとよくなるよ…」という気持ちを鎮める慰めをして、「奴隷」を今までの生活に安心安住させた。このようにして、「賢人」は「奴隷」に完全に「主人」に抵抗する考えを放棄させ、「奴隷」状態を継続させる。「賢人」が「奴隷」にあたえる精神上で

の慰めは、「奴隷」を「すっかり気が楽にな」らせる。そして「賢人」の慰めは「奴隷」の今までの生活に何も実質的な改善がないままで、「奴隷」を安心させて「奴隷」になり続けさせ、さらに「主人」に忠実であるようにさせる。その結果、「奴隷」は自分を閉じ込める部屋を主体的に壊そうとする「馬鹿」の行為を批判し、「馬鹿」を追い払った。「奴隷」が自分の「主人」を擁護する行為に対して、「賢人」は「まったくその通り……」という言葉で「奴隷」を褒める。「賢人」は、「奴隷」が何を欲しがるか、何ができるかなどをよく知っているので、うまく「奴隷」の欲求に対応できる。具体的に言えば、「賢人」は「奴隷」がただ愚痴をこぼすだけのこと、「奴隷」が他人に慰めてもらうことで満足していること、そして「賢人」から慰められた「奴隷」が絶対に「主人」に抵抗しないことなどをよく知っている。さらに、「賢人」からの慰めで、「奴隷」が楽に「奴隷」になり続ける気持ちをもつことをよく知っている。こうした理由から、「賢人」はその思想が「主人」には何の脅威にもならないし、その「奴隷」への慰めが「主人」に利益をもたらす。このことから、「賢人」は「主人」の支配の実質上の支持者、擁護者であると言える。

　「賢人」は当時の社会制度を補強する維持者である。そして「奴隷」を精神上から「奴隷」的身分に安住させる実質的な人物でもある。このような人物が「奴隷」に何の抵抗もされないばかりでなく、かえって「奴隷」に「賢い」人間とされ、「奴隷」に尊重され擁護される。さらに社会でも「賢人」と称される。「賢人」と「奴隷」との間を結びつける社会関係が非常に強固であるがゆえに、いずれも「主人」に対する持続的な忠実な擁護者となった。従って、「主人」もいつまでも安泰に「主人」としていられるし、「賢人」もいつもその言葉（理屈）で「偉い人間」と信頼され、「奴隷」もいつも「賢人」の「保護」下で未覚醒のまま自分の「奴隷」的地位に抵抗せずにいられるのである。この三人の関係が、当時の社会体制を支える主な関係であるがゆえに、当時の社会では、「賢人」と「奴隷」の間にあるこの強固な関係を崩す方法がない。この文章は、こうした「奴隷」の絶望的な現実を描き出していると思われる。

　それでは、阿Qにおける「賢人」等とはどのようなものであろうか、次にそれについて分析することにする。

4.3 阿Qの中の「賢人」

　それでは、阿Qの中の「賢人」的なものとは一体何なのであろうか。阿Qは、もともと一人の日雇い農民として、家も家族もない、地蔵廟に住んでいる貧しい農民である。一言で言えば、阿Qは当時の社会の最低層に属する人間である。阿Qには、「その場しのぎ」で生きる社会環境の中で、その厳しい世間を生きるために、彼を支えてくれる、「賢人」のような効き目のあるものが二つある。一つが阿Qの自尊心（プライド）で、もう一つが彼の中の「精神的勝利法」であると思われる。次に、阿Qの中の二方面の「賢人」を説明することにする。

4.3.1　自尊心（プライド）

　それでは、阿Qはどのような生き方をして、当時の社会を生きていたのであろうか。このことを、以下に詳しく考察してみたい。

　家も家族も持っていない阿Qは、固定的な職業も持っていない。他人の日雇い仕事によって自分の生計を維持する。そんな窮迫状態にいる阿Qは、いつも精神上での自尊心に依拠し、仮想の理想的世界に入った。阿Qの自尊心（プライド）は時折にわいてきて、劣勢状態にある彼を慰め、彼の低い身分や、劣勢状態に対する不満を収められる。そのとき、彼の中の自尊心（プライド）はまるで一服の精神麻酔剤のように、彼の自分の「奴隷」としての不満を収める。次の文章を見よう。

　　　阿Qはまた、自尊心が強かった。未荘の住民どもは、一人として彼の眼中になかった。はなはだしきは、二人の「文童」に対してさえ、彼は歯牙にかけぬ風のところがあった。そもそも「文童」とは、将来おそらくは秀才に変ずべきものである。趙旦那と銭旦那が住民の深い尊敬を受けているのも、金持ちであること以外に、文童の父親であるのがその原因である。しかるに阿Qだけは、精神的にとくに尊敬を払う態度を示さなかった。おいらのせがれならもっと偉くなるさ、と彼は考えていたのである。

　阿Qは、村民の深い尊敬を受けている趙旦那と銭旦那に対して精神的にとくに尊敬を払う態度を示さない。それは、彼が自分の、何も持たない劣勢状態に不満

である表れであると同時に、彼の自尊心（プライド）が時折にわいてきて、すぐに「おいらのせがれならもっと偉くなるさ」という仮想の現実で自分を慰め、自分の実在している厳しい状況から目をそらし、自分の中の不満を鎮めることができたことを示す。以上の文章から見ると、社会の最下層に位置する阿Qは、一方では、当時の生存の難しい社会環境の中で、支配階級の圧迫、有力者の横暴に無抵抗である態度、すなわち自分の圧迫される地位に順応する「奴隷」的な面を示す。他方では、阿Qは他人を超える優越感を得るために、しばしばプライドで自ら作りだす仮想の優越の世界に沈んで、実際上の「奴隷」的性格を継続する。阿Qの自尊心（プライド）は、このようにいつも劣勢状態に位置する阿Qに精神上での慰安、ただし仮想上の「それしかない」や「おいらのせがれならもっと偉くなる」などの精神上での慰めを与えた。それは実際の自分の劣勢の状態や、自分の厳しい苦境を変えるのに何の役にも立たない。阿Qのこれらの自尊心（プライド）は彼自身の苦しい窮境に対して麻酔剤となって、社会の変革や新思想の推進を阻止してしまったと言える。すなわち、阿Qは自らの自尊心の危害、すなわちそれ（自尊心）が「奴隷」としての低い身分を変えることを阻止している危害を少しも意識しないまま、「奴隷」で居られる状態にあった。

　したがって、阿Qは、高い自尊心（プライド）によって、自分の「奴隷」的身分を改善する契機がないばかりか、自分の「奴隷」的身分を高いプライドの慰めによって持ち続けている。

　　阿Qは「むかしは偉かった」し、見識も高いし、しかも「よく働く」から、本来なら「完璧な人物」と称して差し支えないほどであるが、惜しいことに、彼には体質上に若干の欠点があった。第一の悩みの種は、彼の頭の皮膚が数カ所、いつからともなく、おできのために禿げていることである。これも彼の体の一部には違いないが、阿Qの意見では、これほかりは自慢にならぬらしかった。その証拠には、彼は「禿」という言葉、および一切の「禿」に近い発音が嫌いであった。（中略）。「おめえなんかには……」彼は、彼の頭上にあるのは高尚な、立派な禿であって、当たり前の禿でないことを考えていたのである。[18]

阿Qは自分の身体上に欠陥のあることが「悩み」になっているが、しかし彼は自分の欠陥を正視せず、ただプライドによる仮想での「おめえなんかには……」で、自己慰安している。事実上この自己欺瞞は、彼の実在する苦境を助けられな

いばかりでなく、彼自身をさらに愚昧化し、さらに思想上の窮地に陥らせる。言い換えれば、彼の自尊心（プライド）は結果として、抑圧する封建的制度への抵抗を彼に徹底的に放棄させ、「奴隷」的な性格をもたせるようになった。阿Qのプライドはあくまでも、彼の「奴隷」的性格の一つであり、彼に実在している現実から逃避させ、彼の仮想する理想な現実（言葉だけで中身のない、架空の）の世界に入らせる。この仮想の世界では彼のプライドが実質的な維持者となり、「賢人」の虚実の慰めのような役割を果たす。それは彼に現実で受けた屈辱や圧迫を忘れさせ、彼をごまかしの自慢の精神に沈ませてくれる。彼の中の「賢人」のような存在である自尊心が、現実には彼を「奴隷」的身分から抜け出させないばかりでなく、かえって阿Qを仮想の世界で精神上から麻酔させ、現実において封建的制度の「奴隷」になることを補強する。

4.3.2 「精神的勝利法」

　以上のように、阿Qは、当時の生き難い厳しい環境において、彼の自尊心（プライド）によって、そのような厳しい環境に大変満足し、「意気揚々」としている。阿Qにこの心境を与えてくれたものには、以上の自尊心（プライド）のほかに、もう一つの「精神的勝利法」がある。以下にその阿Qのもう一つの「精神的勝利法」について説明する。

　下出鉄男[19]によれば、阿Qのよく使う「精神的勝利法」とは、（阿Qが）自分の置かれたみじめな境遇を直視せず、自分でこしらえた架空の現実に逃避するか、自分より弱そうな人間を愚弄して、常に尊大ぶろうとする自己欺瞞の精神のことである。たとえば、阿Qが未荘の一番偉い人物趙旦那と対応するとき、彼の「奴隷」的な生き方の「後退」がよく現れる。

　　趙旦那は、阿Qの顔を見るなり、満面に朱を注いで怒鳴った。
　「阿Q、この極道者め。俺がお前と同族だなどと、お前言ったのか」
　　阿Qは口を開かなかった。趙旦那はますますいきり立って、二、三歩前へ踏み出して「でたらめをぬかすな。俺にお前みたいな同族が、あってたまるか。お前が趙なものか」
　　阿Qは口を開かずに、後へ引こうとした。
　　趙旦那は飛びかかって、平手打ちを食らわせた。「お前が趙であってたまるか……お前みたいな奴が、どこを押せば趙と言えるんだ」

阿Qは、自分の姓が確かに趙であるとは一言も抗弁しなかった。左頬をさすりながら、組頭に連れられて退出しただけであった。外へ出てから、組頭にも油をしぼられて、心付けを二百文ふんだくられた。……

彼は、組頭に二百文心付けを払って、プンプンして横になったが、そのあとで、考えた。「いまの世の中はでたらめだ。倅が親を殴る……」と、たちまち、趙旦那の威風堂々たる姿が目に浮かんだ。[20]

以上のように、阿Qが趙旦那に殴られた時、「ますますいきり立って、前に踏み出し」た趙旦那の有様と「口を開かずに、後へ引こうと」した阿Qの有様を如実に描いている。そして、阿Qは自分に加えられた抑圧に対して、まず行動上では、「口を利かない」と「後退」をすると同時に、さらに精神上での「いまの世の中はでたらめだ。倅が親を殴る……」という慰めによって、趙旦那への抵抗もせず、自分の低い身分に萎縮し安住する。この精神上での仮想の慰めは、「賢人」の虚実の慰めの言葉のように彼の不満を鎮めるのである。

その後、阿Qは髭の王や「偽毛唐」になぐられて、一生での「第一屈辱事件」と「第二屈辱事件」に遭う。阿Qは自分の受けた「屈辱」を解消するために、再び彼の仮想の世界に入り、「賢人」のような存在である「精神的勝利法」によって慰められ、精神上での仮想の満足で、現実から味わった屈辱を忘れて、自分の劣勢状態のままでいられた。これについては次の文章からわかる。

　阿Qの記憶では、おそらくこれは最近第一の屈辱事件であった。なぜならば、ひげの王は、そのひげが深いという欠点のために、これまで彼から馬鹿にされこそすれ、彼を馬鹿にしたことはなく、いわんや手出しなどしたことはなかったからである。しかるに、いまや彼に向かって手を出したのである。実に意外なことだ。まさか世間で噂するように、皇帝が科挙を廃止されて、秀才も挙人もなくなったので、それで趙家の威風が地に墜ちて、従って彼までも馬鹿にされるようになったのだろうか。（中略）

　阿Qの記憶において、おそらくこれが最近第二の屈辱事件であった。さいわい、パンパンの音がしてからは、もう彼はそれで事件が落着したような気がして、むしろさばさばした。しかも「忘却」という祖先伝来の宝物が効果を現しはじめた。ゆっくり歩いて、居酒屋の門口までできたときには、もう彼は幾分上機嫌にさえなっていた。[21]

第4章　阿Qにとっての「賢人」

　以上の文章から、阿Qはどのような屈辱にあわされても、自分の中で仮想している「精神的勝利法」に頼って、精神上での慰めを得ることによって自分の不満を解消していることがわかる。彼は、ひげの王から味わわされた屈辱と「偽毛唐」に打たれたことを、仮想上での「俺がせがれに打たれるのだ」という「精神的勝利法」によって、屈辱をきれいに忘れ、自分がそのままの自分でいられ、しかもうまく当時の世を生きることができた。

　以上の「屈辱事件」のほかに、阿Qは村の連中と喧嘩するときにも、いつも阿Qのほうが損をこうむる場合が多かった。そのとき、彼は相変わらず「せがれにやられたようなものだ。今の世の中はさかさまだ……」という思いに依拠し、自分の不利な境遇をごまかす。さらにまた、どのような「精神的勝利法」を使っても、やはり自分の気が晴れない場合になると、彼は「右手を上げて、力いっぱい自分の横面を二つ三つ続けざまに殴りつけた。飛び上がるように痛かった。殴った後は、心が落ち着いて、殴ったのは自分であり、殴られたのは別の自分のような気がしてきた。まもなく、他人を殴ったと同じような……痛いことはまだ痛かったが……気持ちになった。」と、敗北を変じて勝利となすことができた。

　以上のように、阿Qはどのような不利な境遇に陥っても、とにかく精神上で自己を慰める方法によって、現実における自分の劣勢状態のままに安住する。彼は当時の厳しい現実から目をそらして、自分の仮想の世界に入り、それによって現実の自分を維持する。そのとき、阿Qの「精神的勝利法」は「賢人」のような働きをする。いつも劣勢状態に陥った彼を、虚実な（言葉だけで中身のない、架空の）慰めによって現実の苦痛からそらして、仮想の精神世界に入らせる働きをする。つまり、「精神的勝利法」は、彼にとっての、できないことがないかのような存在であり、阿Qのこれまでの劣勢状態に陥った「奴隷」的生き方を維持する。

　つまり、当時の厳しい社会環境は、阿Qが自分の思うままに生きられない環境である。それでも、阿Qは「その場しのぎで生きる」生き方をとって、当時の社会を生き抜いている。その「その場しのぎで生きる」生き方が自尊心（プライド）と「精神的勝利法」である。阿Qは自分の身分が低いながらも、精神上では高いプライドと精神上での勝利法による慰めによって、現実に対して少しも抵抗せず、自分の「奴隷」的身分に安住する。阿Qの自尊心と「精神的勝利法」とには強い連結関係と類似した作用があった。阿Qはこの両者の強い連結関係とその作用の中で、自分の「奴隷」的生き方をも自己認識できず、また自分の中の自尊心と「精神的勝利法」の危害をも自覚できず、そこに楽々と安住することができ

た。これらの強い連結関係と類似した作用によって、阿Qはいつまでも「奴隷」の生き方を維持する。悲劇的なのは、阿Q自身がこうした関係と作用の維持者であり、この保護と被保護という関係の危害性に未覚醒のままでいられることである。この「賢人と「奴隷」とが結びついた強固な関係は、一つの高い壁のように存在し、阿Qに「奴隷」的身分を変えさせない。この絶望的な現実が小説の中から読み取れる。阿Qの自尊心（プライド）と精神上での勝利法は、個人のレベルから見れば、当時の社会の民衆が普遍的に持っている気持ちであると思われる。もっと広く言えば、当時の亡国の間際に陥った中国自体も、他国に侵略され「奴隷」的な国になっても、精神上では、自国が優れた「文明国」として自己欺瞞の精神に浸っている。

　以上述べたように、阿Qの自尊心（プライド）と精神上での勝利法は、彼を「奴隷」的身分から覚醒させる大きな妨げになったと思われる。そして、阿Qのような自尊心の高い「奴隷」的人間の多いことは、当時の中国変革が難航する一大原因であったと思われる。

　しかし、この小説は、阿Qのこの絶望的な運命をそのまま描き出して終わるだけの作品ではない。阿Qがその精神上で、自分の中にある「精神的勝利法」と「奴隷」的考え方の危害性を認識できないとしても、その身体上では、自分の中の「賢人」のような「精神的勝利法」に対する違った反応が、変化する軌跡が、小説の後ろの部分から読み取れる。次にそれについて分析してみることにしよう。

4.4　「賢人」の変化軌跡

4.4.1　頼りになりきっている「賢人」

　阿Qが自分の失敗を精神上での勝利に転化する時、まず自分が受けた屈辱や圧迫を曖昧化し、客観的現実の厳しさを緩和し、それから精神上で仮想する勝利の境界に入り、厳しい現実から逃避する。たとえば、阿Qは髭の王と「偽毛唐」からこうむった屈辱感を精神上での勝利に転化する時、まずその屈辱感を「なんだか今日の一切の『不運』の仇を取ったよう」であったように曖昧化、緩和して、精神上で「おいらがせがれに打たれた」という仮想の勝利の境界に入った。阿Qは賭場で勝ちつづけたが、どさくさの内に「銀貨の山」が失われた。その時、彼は「右手を上げて、力いっぱい自分の横面を二つ三つ続けざまに殴りつけた。飛

び上がるように痛かった。殴った後は、心が落ち着いて、なんだか殴ったのは自分であり、殴られたのは別の自分らしかった。まもなく、他人を殴ったと同じような」感じがするうちに、仮想した勝利の世界に浸ることができた。また次の例を見てみよう。

　　彼は、人間として生まれた以上、たまには檻へぶち込まれることもあるだろうし、たまには紙にマルも書かせられると思っているらしい。
　　彼の意識の底では、人間と生まれたからには時には首をちょん斬られることもないわけではあるまい、という感じがあるらしい。
　　たとい知ったとしても、同じことだろう。人間と生まれたからには、時には引き廻しにあうこともないわけでもない、と彼は考えたようであるから。

　以上の三例では、阿Qが内心でその現実を引き受け、そして強いて内心で自分を納得させる有様がうかがえる。阿Qは自分の失敗を客体化することによって、自分の受けた屈辱を緩和する。また自分の遭遇を人としてあり得る宿命に帰着させることによって、自分の内心での苦痛と恐怖を曖昧化し、自分を納得させようとする内心の動きが伺えるであろう。
　つまり、以上の文章から、当時の生き抜くのが難しい社会環境に対して、阿Qがどれもこれも自尊心と「精神的勝利法」に頼ることができたと伺える。にもかかわらず、身体上では、それ相応激しい反応があったと思われる。換言すれば、彼は、精神上では「精神的勝利法」に頼れば頼るほど、身体上では、それ相応の強さの反応が起こったと考えられる。そのために、彼の身体上での「なんだか…らしい」という程度から、「右手を上げて、力いっぱい自分の横面を二つ三つ続けざまに殴りつけ」るまでの動作があり、確かにこの「痛さ」を痛感していると思われる。
　小説においては、当時の実在している厳しい現実に対する阿Qの精神上での一連の鈍感を表す「なんだか……らしい」という文章表現を使うことによって、阿Qが身体上から客観的現実の厳しさを曖昧化し、弱めている生きざま見ることができる。また、「自分の横面を殴り続ける」動作によって、精神上において「精神的勝利法」に頼りきっている有様もリアルに描き出した。

4.4.2 「賢人」の効き目に鈍感になる

　以上に述べたように、阿Qは生きづらい社会環境のなかで、いくら苦しくても、彼の「その場しのぎで生きる」生き方——「精神的勝利法」が彼を助けて、この世を生きることができた。すなわち阿Qは精神上での勝利法によって、彼の「日雇い」農民の身分を確保できた。阿Qは「日雇い」仕事によって、生計がまず保障でき、飢餓にまで至らない。だから阿Qは自分の「日雇い」農民の身分を維持できる限り、どのような屈辱を受けても、彼は精神上での勝利法によって慰められ、自分の低い身分に何の抵抗感ももたずにいられる。
　しかし次の文章において阿Qにとって、時に、「精神的勝利法」が効力を希薄化し弱体化する様子、あるいは、阿Qが苦痛を曖昧化するような、身体上から「精神的勝利法」に鈍感さが出てくるところが伺われる。

　　真っ白い、キラキラ光る銀貨の山、しかも彼のものである銀貨の山…それが失われた。せがれに持って行かれたのだ、と考えて見ても面白くない。自分は虫けらなんだ、と言ってみても、やはり面白くない。こんどばかりは、彼も失敗の苦痛を嘗めなければならなかった。[22]

　以上のように、阿Qは「精神的勝利法」や自尊心に頼っても、精神上で満足できなくなる時が次第に出てくる。そのために、身体上から、苦痛を曖昧化するような、或いは失敗の苦痛を嘗めるような反応がでてきたのであろう。阿Qは恋愛事件以後、日雇い仕事を失って毎日の生計に悩み始める。

　　居酒屋が掛売りしないのは、我慢すれば済む。老いぼれが追い出しにかかったって、ぐずぐず言わせておくだけのことだ。ただ誰も雇いにこないのは、阿Qの腹をすかせることになる。これだけはまったく「こん畜生」に違いない事件である。[23]

　この場合、阿Qの「奴隷」的身分さえも保証できなくなり、そのとき、彼はたとえ精神上で慰めができるとしても、やはり彼の生計の問題は解決できなくなる。次の二例を見てみよう。

第4章 阿Qにとっての「賢人」 97

　　ボロ裕もあるが、布靴の底にくれてやる以外に、売ったとて金になる代物ではない。往来に金でも落ちていないかととうから気を配っていたが、まだ一度も見つからない。自分のあばら家のどこかに金が落ちていないかと思って、きょろきょろ見回すのだが、屋内はがらんどうで一目瞭然である。かくて彼は、食を求めるために外に出ようと決心した。蝋燭の光は元宵の夜のようにキラキラ閃き、彼の空想も次から次へと湧いた……（中略）
　　次の日、彼はおそく起きた。街へ出てみたが、何一つ変わっていなかった。相変わらず腹もへる。思い出そうとしても、何も思い出せなかった。[24]

　以上の文章から、阿Qは生存の危機に直面したとき、精神上でいくら良いものを想像していても、腹のへる現実が変わらなかったことが分かる。そのとき、今まで彼を支えてきた「精神的勝利法」はその効き目が弱体化し、あるいは阿Qの「精神的勝利法」に鈍さが出てきたと思われる。特に、彼が街へ出てみると、事態は何一つ変わっていなかった。「相変わらず腹もへる。思い出そうとしても、何も思い出せなかった。」この文から、阿Qは「腹がへる」という現実の前で、「精神的勝利法」を使おうとしても、「腹がへる」問題を解決できないことが分かる。ここから阿Qの中の「精神的勝利法」がその有効性を弱体化させ崩壊し始めている。特に「相変わらず腹もへる。思い出そうとしても、何も思い出せなかった」という文では、阿Qはいつもと同じ精神的慰めの方法を思い出そうするありさまを語っている。しかし、「何も思い出せなかった。」この文から、いつもすぐに精神上で自分を救ってくれる、自分の実在している窮地を精神上で逃避させる「精神的勝利法」が思い出せなかった。途方にくれた阿Qは革命に参加するという方法を思いついた。しかし「偽毛唐」に参加を禁止されることによって、彼の革命の夢は水泡に帰した。

　　　西洋先生が彼に革命を禁ずるとすれば、もうほかに道はない。白兜白鎧の人が彼を誘いに来るあては、絶対になくなってしまった。彼のもっていた抱負、意図、希望、前途、それらは全部ご破算だ。遊び人たちが言いふらして、小Dやひげの王などまで馬鹿にされる、なんてことは、そもそも第二の問題だ。[25]

　阿Qには、「もうほかに道はない。彼のもっていた抱負、意図、希望、前途、それらは全部ご破算」になってしまった。その時これまで彼を支えている自尊心

（プライド）も彼にとって、「第二の問題だ」と思うようになった。以上の文章から、阿Ｑは精神上でどんなに他人を超える自尊心（プライド）が強くても、客観的現実の前で無力であることが分かる。今まで彼の誇る自尊心（プライド）も、阿Ｑの中で「第二の問題」に置かれ、精神上の勝利はその効き目が希薄化したと言える

　阿Ｑは「こんな味気ない思いをしたことは、かつてなかったような気がし」てきた。「辮髪をぐるぐる巻きにしたのさえ、無意味なことに思われて、馬鹿らしくなった。腹いせに思い切って垂らしてやろうかとも考えたが、それもやりかねた。ぶらぶら歩いているうちに夜になり、つけで酒を二杯ひっかけた。酒が腹へはいると、次第に機嫌がなおり、ようやく白兜白鎧の破片が再び頭に浮かんでくる」のであった。ここの「ようやく」という言葉から、阿Ｑが革命参加を禁止された時、「精神的勝利法」によって自分を支えたい気持ちがあることがうかがえる。しかし、どのように精神上の勝利を想像しようとしても、自分の満足する境地に入ることができず、途方に暮れている有様がうかがえる。阿Ｑは最後にアルコールのおかげで、自分を満足させる境界に入る様子があると言える。言い換えれば、いつも阿Ｑを精神上から慰めてくれる「精神的勝利法」はその効き目が希薄化し、あるいは「精神的勝利法」に対する阿Ｑの鈍感さが強くなったと読み取ることができる。革命者の夢に浸っていた阿Ｑの精神上の憧れは、ただ「白兜白鎧の破片」だけが彼の頭の中に残された。

　「精神的勝利法」が阿Ｑの中で次第にその効き目をなくすことの分かるもう一つの証拠には、阿Ｑのそれを表す一連の相応の言動がある。例えば、生計問題に困っているときや「精神的勝利法」に頼ってもしようがないとき、阿Ｑは「こん畜生……」とつぶやく。日雇い仕事を探せなかったときの腹の減りようや、彼が思わず「鉄の鞭をば振り上げて……」と歌いだした声、また「もうすっかり暖かくて、微風も夏の気配だったが、阿Ｑだけは寒気がしてならなかった。」という体感が、それを表わしている。

　このように、阿Ｑの中にある「精神的勝利法」の効力が、最初にほとんど彼の全生活を支えている時期から、次第に弱体化され、以前より希薄になりつつあるありさまを読み取ることができる。「ようやく」という言葉が、阿Ｑの中の「精神的勝利法」の変化を如実に写し出していると思われる。

4.4.3 「賢人」の終焉

　阿Qの「「精神的勝利法」が、前述のように、阿Qの中で弱体化するにつれて、阿Qは「このごろ、おこりっぽくなって」いる。というのは、以前不当な目や不運に遭った時、彼は常に精神上において自分を慰める手段を創出できた。しかし、生計のことが窮屈になってから、阿Qは「このところ手許不如意の際とて、心の中には、なんだか多少の不平はあったみたいだ」という。つまり彼は現実において、自分を納得させる精神上での慰安が効かなくなっている。以前の「永遠に得意である」精神状態に到達できなくなり、そのため彼が「おこりっぽくなる」のも当然であろう。加藤慧論文によれば、阿Qの中の「〈精神的勝利法〉自体が倒壊し始める」[26]という。確かに、革命が起こったとき、阿Qが以前とり得た「精神的勝利法」に効力の鈍さが出現するように見える。阿Qの「精神的勝利法」の鈍さは加藤慧の論で解釈すれば、一貫するであろう。たとえば、第九章「大団円」で、「精神的勝利法」が阿Qの中でもう一度使われる試みがなされたことを読み取れる。

　阿Qは盗人の冤罪で監獄に押し込まれた最初のころ、監獄での居住条件がこれまでの地蔵廟よりそれほど悪くはないと考え、試みに「精神的勝利法」で自分を慰めようとした。

> 　彼の考えでは、人間として生まれた以上、たまには檻へぶち込まれることもあるだろうし、たまには紙にマルも書かせられようと彼は考えた。が、まもなく、その考えも釈然とした。馬鹿ヤローであってこそ、まんまるいマルが書けるんだ、と彼は考えた。そして睡ってしまった。彼の意識の底では、人間と生まれたからには時には首をちょん斬られることもないわけではあるまい、という感じがぼんやりしていた。これが示威のための引き廻しであることを彼は知らなかったのである。だが、たとい知ったとしても、同じことだろう。人間と生まれたからには、時には引き廻しにあうこともないわけでもない、と彼は考えたにちがいないから。[27]

　上の文章には、阿Qが銃殺されると意識したとしても、彼はやはり「精神的勝利法」を用い、宿命論で自分を納得させようとしたであろうという読みができるだろう。しかし、以下の文章を見てみよう。

（取り調べの時）下手の方を見ると、兵隊がいるし、机の横にも、長衣を着た男が十数人立っている。老人と同じように頭をテカテカに剃ったのもいるし、一尺近くもある長い髪を肩へ垂らした、にせ毛唐そっくりのもいる。（中略）その途端に、膝関節（ひざ）がひとりでに慄え出して、思わず彼はひざまずいてしまった。

　「立て。座るんじゃない」長衣を着ている男たちがどなった。

　阿Qは、その意味がわかるような気がしたが、どうにも立っていられなくて、からだがひとりでにまがって、そのはずみで、ついにはいつくばってしまった。[28]

　以上の文章から見ると、阿Qはそのとき、心の中で、一方では一生懸命に「精神的勝利法」に頼ろうとしているが、にもかかわらず、現場の厳しい場面に対して、阿Qは「どうにも立っていられなくて、からだがひとりでにまがって、そのはずみで、ついにはいつくばってしまった」。そればかりでなく、その前に膝関節が慄え出して、「ひざまずいてしまった」反応を表わした。以上のところから見ると、現実が阿Qにとって厳しければ厳しいほど、阿Qは自身でも意識していないのに、身体上でその相応する反応があり、「精神的勝利法」に対する身体上での抵抗、希薄化があるのではないかと思われる。

　それから、銃殺される犯罪調書に丸を書かせられ、両腕を後ろ手に縛られ町へ引き回されたとき、阿Qははじめて自分が銃殺されることに気が付いた。その時、彼は路傍の見物人の群集を発見した。

　　阿Qは、急に自分が悄然として歌ひとつうたえずにいることが恥ずかしくなった。彼の思考は旋風のように頭の中を駆け巡った。「若後家の墓参り」は勇ましくない。「竜虎の戦い」のなかの「悔ゆとも詮なし……」も弱々しい。やはり「鉄の鞭をば振り上げて」にしよう。彼は手を振り上げようとした。はじめて手が縛られていることに気がついた。これで「鉄の鞭をば」もオジャンだ。[29]

　以上の文章から、阿Qが自分の不才に恥ずかしくなっていると読める。もし以前の阿Qであれば、素早く、「若後家の墓参り」や、「竜虎の戦い」などを歌いだしたであろう。しかし、そのときの阿Qは「若後家の墓参り」の歌が勇ましくないと感じる。そして、「悔ゆとも詮なし……」も弱々しく感じてくる。阿Qを元気づける「精神的勝利法」の効力が希薄化されている形跡を伺うことができる。

しかし「精神的勝利法」が希薄化されても、町へ引き回される中で、結局「二十年目には生まれかわって男一匹…」と思いとまどいながら、生まれて一度も口にしたことのない死刑囚の決り文句が「師匠いらず」に阿Qの口から飛び出した。これは阿Qによって使われた最終の「精神的勝利法」の言動上における反応であろうと思われる。

　彼がその決まり文句を口に出した時、見物人の群衆から「よう、よう」と、狼の遠吠えのような声が起こったのが聞こえてきた。その途端に、阿Qは四年前、狼の目に遭ったことがふっと思い出された。その時の狼の目は死ぬほど恐ろしかったが、しかし阿Qは一丁の鉈に支えられて、何とか安全な未荘にたどりついた。つまり四年前、阿Qはさまざまな危険な境地に遭ったとき、鉈や「精神的勝利法」に依拠することによって、安全に今までの自分を維持することができた。

　　その刹那、彼の思考は再び旋風のように頭のなかを駆け巡るような気がした。四年前、彼は山の麓で、一匹の飢えた狼に出会ったことがある。狼は、近づきもせず、遠のきもせず、いつまでも彼の後をつけて、彼の肉を食おうとかかった。彼は、恐ろしさに生きた空もなかった。さいわい、鉈を一丁手にしていたので、そのお陰で肝を鎮めて、どうにか未荘まで辿りつくことができた。[30]

　以上の文章から、阿Qは今まで、自分の直面する厳しい社会環境の恐ろしさを感じても「精神的勝利法」と自分のプライドで、なんとか無事に生活してきた有様が描き出される。以上の文章に描かれる狼は、まるで阿Qが今まで直面してきた厳しい社会環境であるかのようである。阿Qの中の鉈は今まで彼を支えた「精神的勝利法」と自尊心（プライド）であろうと思われる。今までの阿Qは、ずっと「精神的勝利法」と自尊心（プライド）によって幸いにも未荘で安心して生活できた。

　しかし、今は違っている。次の文章から阿Qはもう完全にその鉈（「精神的勝利法」と自尊心〈プライド〉）をなくして、今まで感じたことがない恐ろしさを感じている。

　　ところが、今度という今度、これまで見たこともない、もっと恐ろしい眼を、彼は見たのである。にぶい、それでいて、刺のある眼。とうに彼の言葉を噛み砕いてしまったくせに、さらに彼の皮肉以外のものまで噛み砕こうとするかの

ように、近づきもせず、遠のきもせずに、いつまでも、彼の後をつけてくるのだ。[31]

　阿Qはその群衆の恐ろしい眼から、群衆の眼が彼の皮と肉をかみつくすだけでなく、彼の魂さえも噛み砕くと感じたのであろう。阿Qがこのような感じを得たのは、彼の中の「精神的勝利法」がその効き目を完全になくした証拠であると言える。今まで彼は、狼のような見物人の恐ろしい目を感じたことがなかった。しかし、銃殺される間際の時、彼の中で「精神的勝利法」が消えたがゆえに、「精神的勝利法」の庇護を失った彼は、初めてやむをえず現実の自分一人によって社会に直面しなければならなくなった。言い換えれば、彼は初めて実在する現実に、「精神的勝利法」によらずに向きあわされた。ゆえに、彼は未曾有の恐ろしさを感じたのである。

　阿Qは、今までの「精神的勝利法」のおかげで、当時の厳しい現実の恐ろしさを認識しなかった。それゆえ、阿Qは現実の封建的社会における「奴隷」としての苦しみ、抑圧された自分の境遇や運命も変える気持ちがなかった。今、「精神的勝利法」を失った阿Qは、現実の厳しさをありのまま感じることになった。しかし、阿Qが自分の「奴隷」的悲運を認識し得たと言えるわけではないし、自分の「奴隷」的悲運をもたらした「精神的勝利法」の危害性を認識し得たとも言えるわけではない。また、自分の「奴隷」的身分に反抗する気持ちを得られたと言えるわけではない。しかし、以上の「精神的勝利法」の危害性や、自分の「奴隷」的悲運に対して、阿Qは自分も意識しないうちに、身体上から何度も反応を表出していると文中に書かれてある。

　例えば、阿Qは最初に厳しい現実に対して精神上で「精神的勝利法」の保護があるときでも、「以外に寒さが感じ」たこともあった。そして、生計に困ったとき、精神上では「おいらのせがれならもっと偉くなるぞ」によって慰安を得たとしても、言動上では「こん畜生」という声も出した。そして、強盗として捕まえられたとき、精神上では「人間として生まれた以上、たまには檻へぶち込まれることもあるだろうし、たまには紙にマルも書かせられるし、たまには、首を切ることもあるし」という「精神的勝利法」の保護によって多少自己慰安できたとしても、彼は思わず厳しい現実に「跪い」てしまう動作もし、ひいては最後の場面で、「助けてくれ」という声を出そうとした。

　阿Qはすぐに死んでしまうことになるが、しかし彼は最後に「助けてくれ」と

叫ぼうとした。阿Qが声を上げようとした行為がある。阿Qはそのとき、自分を終始支えてくれた「精神的勝利法」の危害性を認識できなかったとしても、身体上で「奴隷」としての自分の運命に向かいあいはじめ、それを認識しはじめるようになったことが伺える。さらに言えば、阿Qの叫ぼうとする行為は、自分の中の「賢人」と「奴隷」とが結びついた、崩れそうもない強固な関係を崩せる糸口であると思われる。つまり阿Qは、思想上で、自分の中の「精神的勝利法」と「奴隷」的身分の間に結ばれた強固な関係の危害性を認識できていなかったとしても、彼は何度も実際の言動によってその反応を表した。それは認識に向かう萌芽的な行動と言える。言い換えれば、思想上で認識できなかったとしても、「助けてくれ」と叫ぼうとする阿Qの言動の中には、彼の中にある絶望的な一つの体系（「賢人」と「奴隷」が堅固に連結した関係）が崩れる方向が見えてくると思われる。この一つの体系を崩す萌芽が、阿Qの身体での反応、さらに言えば、彼の「助けてくれ」と叫ぼうとした行為に見られると思われる。

4.5　おわりに

　本章はまず第一に、「賢人、馬鹿、奴隷」（『野草』）の登場人物「賢人」の人物像を説明した。簡単に言えば、「賢人」の社会的有効性が二つある。一つは、「主人」の下で、「主人」の立場を擁護補強しながら、うまく自己保身していることである。もう一つは、言葉だけによって、精神的に「奴隷」の不満を鎮め、「奴隷」を「奴隷」の世界に安住させるのである。そして、「賢人、馬鹿、奴隷」の中で、この「賢人」と「奴隷」との間に結んだ一連の関係が非常に強固で、崩れそうもないがゆえに、「奴隷」はいつまでも「奴隷」でありながら、自分の低い身分に未覚醒のままでいられる。この絶望的な現実が「賢人、馬鹿、奴隷」の中に如実に書かれていると読み取れる。

　第二に、阿Qの中の「賢人」的なところを考察し、分析した。阿Qの中の「賢人」的なところが二つある。一つは、阿Qの自尊心（プライド）であり、もう一つは、阿Qの「精神的勝利法」である。このいずれとも、阿Qを客観的現実から目をそらさせ、阿Qを自分の低い身分に維持させながら、未荘の生活に安住させるのである。阿Qは劣勢状態に入ったとき、彼の中の自尊心（プライド）がわいてきて、精神面から彼を慰める。ゆえに、阿Qはプライドのおかげで、ずっと仮

想の優越の世界に浸っている。そして、阿Qは圧迫されたとき、また屈辱を受けたとき、いつも精神上での仮想の慰め方法（精神的勝利法）によって、自分を仮想の勝利の世界に入らせる。阿Qの中のこの二つの生存方法が現実社会の恐ろしさから彼の目をそらさせ、「賢人」のような効き目を果たしている。悲しいことに、阿Q自身は、自分の中にあるこの保護者のような「精神的勝利法」の危害性に未覚醒のままである。そして阿Qは、自分の中の「精神的勝利法」と「奴隷」的生き方の間に結ばれた崩れそうもない一連の関係の危害性にも未覚醒のままであった。この阿Qの「奴隷」的身分を改革する方法が見当たらないという当時の現実、絶望的な現実が、小説の中にありのままに描き出されていると思われる。

　第三に、しかし、「阿Q正伝」は以上述べたように、阿Qが精神上で自分の中の「賢人」と「奴隷」との一連の関係の危害性に未覚醒のままであるような、絶望の有様を描き出しただけの小説ではないと思われる。小説から見れば、阿Qは自分の中の「賢人」（「精神的勝利法」）を認識できないながらも、そして無意識のうちに自分の中の「精神的勝利法」によりかかりながらも、しかし他方で、現実に対する身体上からの言動の反応が何度も現れてきていると読み取れる。それは、阿Qの中における「賢人」の変化の軌跡からうかがえる。初めの時、阿Qは劣勢状態に陥ると、いつもすぐに精神上での勝利方法を考えだし、自分を劣勢状態から勝利の境界に入らせることができた。「精神的勝利法」は最初のうち彼にとって万能のように生活を支えてくれた。阿Qはいつも客観的に実在する現実の厳しさを「精神的勝利法」によって消去し、自己欺瞞の仮想世界に浸って、自分の「日雇い」農民身分に安住した。その後、阿Qの生存環境が厳しくなるにつれて、「精神的勝利法」や自尊心（プライド）の効果は次第に阿Qの中で弱体化するようになる。時には、劣勢状態に入った阿Qが、精神上で勝利する方法を想定し、自分を心理上から満足させることができたとしても、次第に無意識に身体上からの言動、抵抗等の反応が起きるようになった。阿Qの身体上での一連の反応から見ると、阿Qを架空に支える「精神的勝利法」が、次第に弱体化し、最後に「精神的勝利法」が阿Qの中でその終焉を迎えることを読み取ることができる。阿Qが処刑される時、「精神的勝利法」は阿Qの中で完全にその効き目を失ってしまった。「精神的勝利法」の庇護がなくなった阿Qは、処刑される直前に、見物の群衆の狼の目に遭うことになった。彼は初めて、今までになかった恐ろしさを感じた。その恐ろしい感じは、彼が今までずっと頼ってきた「賢人」の「精神的勝利法」が自己欺瞞であることを認識できたものと言えるわけではないが、し

かしそれにもかかわらず、彼は厳しい現実に対して、初めて「精神的勝利法」によらずに直面したと言えるだろう。この恐怖感があるからこそ、彼はとうとう、自分を支えていた「精神的勝利法」がどんなに虚実であるか、そしてどんなに自己欺瞞であったのか、更にどんなに自分がその中で麻痺していたかを感じるようになる条件ができた。したがって、彼は最後に当時の厳しい現実に対して「助けてくれ」という叫び声を出そうとする行為を現した。

　阿Qは処刑される間際の時にこそ、今までの「精神的勝利法」による仮想の世界から厳しい現実に直面し、初めて本当に自分の陥った厳しい環境に向きあいはじめ、またその環境を恐ろしいものと感じるようになった。その身体での恐怖感を、彼は、「助けてくれ」という叫びに集中して現わそうとした。この叫びだそうとした声は、彼が当時の厳しい現実をはっきりと認識し、抵抗する声である、あるいは阿Qの覚醒の声であると言えるわけではない。むしろ彼は最後まで、自分の陥った社会環境に、自分の「奴隷」的生き方に対して未覚醒に近い萌芽的認識であったと言えるだろう。しかし、その叫び出そうとする行為は阿Qが最後に、現実に対する本能的な反応、身体上からの抵抗の声であると言える。小説の最後のところに書かれた阿Qのこの叫びだそうとする行為の意味は、ここにその解釈の糸口を啓示していると思われる。

　つまり小説全体から見れば、阿Qは最初に自分の中の「賢人」という「精神的勝利法」によって運命を操られていた時から、最後に自分の中の「賢人」を失ったことがわかる。阿Qは、とうとう「賢人」の真の面目を認識できなかったとしても、最後に「助けてくれ」と叫ぼうとする行為が彼の身体上からの本能的な反応であり、さらに言えば、阿Qは萌芽的な認識に基づくものであるとしても、身体上から当時の現実に対する抵抗の声をだそうとしたのであろう。こうしたことが小説の最後に書かれていると読み取れる。阿Qにはなお、現実と戦い、自分で自分の運命を救済しようという認識と行動を望むことができないとしても、「奴隷」に対する萌芽的認識と、身体上から現実に抵抗する行為が可能となった。それでこそ、当時の社会における阿Qのような民衆が本当に自分を救う可能性が出てくることになる。もっと大きく言えば、阿Qの最後の叫び出そうとする行為が、その後の中国変革の可能性を予兆するものであったと思われる。これこそが、阿Qの「精神的勝利法」の「阿Q正伝」における作品的意義の一つではないだろうか。

1 茅盾は1922年に、『小説月報』第13巻第1期に、「『阿Q正伝』について」という文章を書いた。原文は「『晨報』副刊所登巴人先生的『阿Q正伝』、虽只登到第四章、但以我看来、实是一部杰作……阿Q这人、要在現社会中去实指出来是做不到的、但是我讀这篇小説的时候、总觉阿Q这人很面熟、是啊、他是中国人品性的结晶啊……而且阿Q所代表的中国人的品性、又是上中階級的品性。」である。（文章の日本語は執筆者の要約したものである）
2 茅盾は1923年10月に『文学週報』第91期に「『吶喊』を読む」という文章で次の論を述べた。原文は「『阿Q正伝』的作者的主意、似乎衹在刻画出隠伏在中華民族骨髄里的不長進的性質―阿Q相。我以为这就是『阿Q正伝』之所以可貴的（中略）主要原因」である。日本語訳は筆者による要約。
3 朱彤『魯迅作品の分析』第二巻、東方書店、1954年。
4 朱彤が1954年に「『阿Q正伝』の分析」（朱彤『魯迅作品の分析』第二巻、東方書店、1954年、1954年4月第二次印刷）で述べた論は「阿Q的涵义是什么、（中略）尽管它的内容很复杂的、其实剖到核心看来、它却有一个根本精神、那就是由失敗主义所形成的"精神胜利法"。其他一切阿Q性的特征、不过是茎叶、都是从"精神胜利法"这个枝干上滋生出来的。……阿Q的种种瞒和騙的妙计、（中略）虽然种类繁多、但归根结底说来、都不过是"精神胜利法"在不同场合的不同表現的形式、……鲁迅先生更加痛恨阿Q主义、更加切地感觉到这个主义的危害性……〔它是〕成为中国革新和革命的重大思想障碍。」である。日本語訳は筆者による要約。
5 何其芳「論阿Q」、『人民日報』、1956年。
6 木山英雄「『阿Q正伝』について」、『東京大学中文学会会報』第12号、1957年。
7 前掲木山英雄「『阿Q正伝』について」である。
8 丸尾常喜『魯迅人と鬼との葛藤』、岩波書店、1993年。
9 前掲丸尾常喜『魯迅人と鬼との葛藤』、P194-195。
10 前掲丸尾常喜『魯迅人と鬼との葛藤』、P204-205。
11 加藤慧『魯迅小説の物語論的研究：『吶喊』から『故事新編』へ』、『博士論文集』、一橋大学社会文化研究科、2002年。
12 前掲加藤慧『魯迅小説の物語論的研究：『吶喊』から『故事新編』へ』、P54。
13 前掲加藤慧『魯迅小説の物語論的研究：『吶喊』から『故事新編』へ』、P55。
14 ここの「賢人」とは、普通の人間のいう賢い人間ではなく、いつも阿Qの仮想した精神上での理想状態を維持する働きをし、「奴隷」としての阿Qの思想を精神上での慰めをし、阿Qを現実からそらせ、現実に何の抵抗もなく、阿Qを阿Qでいられるように動いている「精神的勝利法」のことを指している。
15 「賢人、馬鹿、奴隷」の中の内容である。原文は「それはほんとうにお気の毒な」である。
16 前掲汪衛東「阿Q正伝―魯迅国民性批判的小説形態」。汪衛東がその論文の中で、その言葉を使って、阿Qが当時の世を生きる生き方である。もともと「苟活」という言葉である。
17 前掲竹内好訳『阿Q正伝・狂人日記・他十二篇（吶喊）』、P106。
18 同上。
19 下出鉄男「阿Qの生について―置き去りにされた〈現在〉」、『東京女子大学日本文学』第83号、1995年、P80。
20 前掲竹内好訳『阿Q正伝・狂人日記・他十二篇（吶喊）』、P102。
21 前掲竹内好訳『阿Q正伝・狂人日記・他十二篇（吶喊）』、P113-114。
22 前掲竹内好訳『阿Q正伝・狂人日記・他十二篇（吶喊）』、P109。
23 前掲竹内好訳『阿Q正伝・狂人日記・他十二篇（吶喊）』、P123。
24 前掲竹内好訳『阿Q正伝・狂人日記・他十二篇（吶喊）』、P125。
25 前掲竹内好訳『阿Q正伝・狂人日記・他十二篇（吶喊）』、P146-147。
26 前掲加藤慧『魯迅小説の物語論的研究：『吶喊』から『故事新編』へ』、P65。
27 前掲竹内好訳『阿Q正伝・狂人日記・他十二篇（吶喊）』、P149-155。

28　前掲竹内好訳『阿Q正伝・狂人日記・他十二篇（吶喊）』、P148-149。
29　前掲竹内好訳『阿Q正伝・狂人日記・他十二篇（吶喊）』、P153-155。
30　同上。
31　前掲竹内好訳『阿Q正伝・狂人日記・他十二篇（吶喊）』、P155。

第 5 章
封建婚姻制度における
阿Qの恋愛悲劇

5.1　はじめに

　「阿Q正伝」の第四章は「恋愛悲劇」と題され、主人公阿Qの求愛失敗談としてばかりでなく、阿Qの人生の悲劇的結果までもたらされる章である。これまで、阿Qの恋愛に関する先行研究はあまり多くなく、阿Qの「精神的勝利法」や国民性の改造をめぐる研究の方が数多くある。近年来、阿Qの悲劇的運命の一部分を巡ることとして、阿Qの恋愛悲劇に触れる研究が次第に現れてきた。その中で注目されているのは、中国人研究者黄宝輝氏(以下敬称を略す)が「生命無意識」と「集団無意識」との関係から阿Qの恋愛について展開した論述である。
　黄宝輝の言う「生命無意識」とは、人間の生命の本能としての欲求であり、また「集団無意識」とは、社会の決まっている制約や行動規範のことである。
　黄宝輝は、阿Qの恋愛を阿Qの「生命無意識」と定義し、それを阿Qの「精神的勝利法」と対立したものとしている。氏の論によれば、阿Qの「精神的勝利法」は、彼が自分の外部に対する不利な境遇を内心にて満足させる状態に調整できるものである。それに対して、阿Qの恋愛は彼の「生命無意識」のものであり、この「生命無意識」は彼の内部によって調整できないものである。阿Qの中の恋愛欲求が人間の本能として解放された時、当時の社会の「集団無意識」に容赦なく滅ぼされてしまい、彼の恋愛悲劇をもたらしたと論ずる。氏の論述によれば、次のようである。

　　阿Qはその「精神的勝利法」によって、自己実現の欲求を満足させ、彼自身であろうとすることによって生じる絶望を避けていた。しかし、恋愛の問題に出会ったとき、今までの「精神的勝利法」によっても、彼の心理的な恋愛欲求

第 5 章　封建婚姻制度における阿Qの恋愛悲劇　　109

を満足させることができなくなった。彼の恋愛欲求は人間の「生命無意識」から出てきて、彼の男性としての本能的な自我が承認と肯定を求める生命の要求であった。この生命の要求はこのように真実で、このように強烈であるがゆえに、彼が誤魔化そうにも誤魔化せない。にもかかわらず、阿Qのこの合理的な「無意識」はしばしば当時の没落しつつある封建的末世において、残酷で硬直した「集団無意識」の打撃と迫害に遭う。阿Qの恋愛悲劇は絶妙のものと言うことができる。阿Qが生命無意識の動くままに「集団無意識」の厳しい規範から外れたとき、彼の精神と肉体は同じ人々の集団無意識によって容赦なく排斥され滅ぼされる[2]。

　黄宝輝の論の注目すべき点は、阿Qの恋愛が本能的な生命の要求であることを指摘したことであろう。阿Qが生命の要求を実現したい欲求は、当時の厳しい社会の行動規範によって打撃を受けた。これによって、阿Qが本当の自己になれない当時の残酷な社会現実を作者は批判したとする。この点も、黄宝輝の論の優れているところである。

　黄宝輝は、阿Qの恋愛の欲求の悲劇において、阿Qの恋愛感覚をその生命無意識の表現であるととらえた。そしてそれは当時の「集団的無意識」によって容赦なく攻撃された。氏の論文の中心部分は、阿Qの恋愛悲劇をもたらした原因が「生命無意識」と「集団無意識」との矛盾があるとするところであると思われる。言い換えれば、阿Qの主観的行動が当時の社会的常識と衝突したがゆえに、阿Qの恋愛悲劇をもたらしたと言う。しかし阿Qの恋愛悲劇は、黄宝輝の考察を基礎にしてさらに広く深い原因を探ることができる、阿Qの恋愛悲劇をその思想と言動からさらに深く掘り下げることができると思われる。

　阿Qの恋愛における思想と言動は、魯迅の作品「賢人、馬鹿、奴隷」（『野草』）の登場人物「奴隷」と「馬鹿」の場合と照らし合わせてみれば、よく似ているところがあり、その比較を通じてさらに理解を深めることができると思われる。一体どこが似ているのか、ここから詳しく分析してみる。

5.2 「奴隷」と「馬鹿」の人物像

　この節では、まず魯迅の「賢人、馬鹿、奴隷」（『野草』）の描く「奴隷」の性

格と「馬鹿」の性格を説明する。

5.2.1 「奴隷」の性格特徴

　奴隷とは、一般的に言えば、一身が売買の対象となる商品的存在であり、決して人間的な存在とは見なされない。ここでの「奴隷」は、肉体的よりはむしろ精神的な本質において、「奴隷」的性格を持っているということに基づくものだと考える。

　「奴隷」は、もともと自分の「人間並みではない」苦しい生活に不満を持ち、また「主人」に不平を持って、「とかくに」その愚痴をこぼす。「奴隷」は愚痴をこぼし、それしかできない。「奴隷」は自分の生活に対して、不満があるとき、精神上で「賢人」の慰めを聞き、それによって「奴隷」は自分の今までの生活に安心する。言葉だけによる「賢人」の慰めは「奴隷」にとって、精神を麻痺させる麻酔剤となる。それは「奴隷」に苦しい生活を自ら改善する自覚をよび起こさない。「奴隷」は自分の属する「主人」に不満を持つとしても、いっさい「主人」に抵抗せず、実際上、「主人」に対する忠実な被支配者であり、支持者である。しかし、「奴隷」自身は自分のこの「奴隷」的な生き方を認識していないで、未覚醒のままの状態にいる。このことが悲劇的なところであろう。

　魯迅は、「奴隷」的性格が如何に形成されたかをうまく説明する。「奴隷」は生まれながら「奴隷」ではなく、彼はもともと「主人」に不満の気持ちを持っている。しかし、支配者と結託する「賢人」から精神的な麻酔剤を吹き込まれることによって、「奴隷」は自らその反抗を放棄し、自ら望んで「主人」に対する被支配者になる。封建的社会では、その従順な被支配者たち、「奴隷」たちが存在することによって、封建的社会の様々な抑圧的制度がその国民の中に貫徹する。「我々はきわめて奴隷に変わりやすい、しかも奴隷になってからも、なお非常に喜ぶ[3]。」というのである。だからこそ、中国の封建制度は数千年にわたって安泰に継続してきたのであろう。

　つまり「奴隷」はもともと「主人」に不満を持ち、もともと「主人」に抵抗する気持ちをもっていたであろうに、「賢人」の言葉だけの慰めによって「主人」に従う気持ちになる。「奴隷」が不満を持ちながら、「主人」の支配に従う推力として、「賢人」の慰めがある。「賢人」の言葉だけの慰めのおかげで、「奴隷」は「奴隷」として縛られる。「賢人」の言葉上の慰めは、しっかりと「奴隷」の精神上の欲求を麻痺させ、そして「奴隷」の抵抗する可能性を奪った。さらに悲惨な

ことは、「奴隷」が「奴隷」として縛られている点に未覚醒のままで、「主人」に全面的に従うということであると思われる。

5.2.2　「馬鹿」の性格特徴
　「馬鹿」は、その考えが非常に単純で、何かを考え付いたら、すぐに行動に移す人間である。何か問題があったら、すぐに行動に出る人である。彼は、「奴隷」の「こぼす」愚痴を聴くと、いきなり「主人」のことを「ばかめ」と怒鳴った。また、自分の部屋に「四方とも窓がありませんし……」という「奴隷」の愚痴を聞くと、すぐ自分の不満を現して、「窓を開けてくれと主人に言えんのか」[4]と言う。「奴隷」の「めっそうもない……」という返事を聞くと、「馬鹿」はすぐに「奴隷」のために、「奴隷」の部屋の「泥の壁を外から壊しにかかる」行動に出た。そして、壊せば、「主人」に「叱られる」と「奴隷」に止められても、「馬鹿」は「かまわん」と答える。そのとき、「馬鹿」は「主人」からの攻撃と処罰を念頭におくことなく、「奴隷」の不満を解消してやりたいという考えを持っている。「馬鹿」のこうした行動様式は、「奴隷」の属する「主人」の悪行、「奴隷」の「奴隷」的身分にあることを認識したうえで、行動したものではない。むしろ「馬鹿」もこれらの事態を認識し得ないし、彼自身の行動が「非常識」であるとも認識し得なかった。にもかかわらず、「馬鹿」は自分の直面する現実に対してすぐに身体上から抵抗したり、不満を表す行動に出ている。そういう点を持っているからこそ、「馬鹿」は「奴隷」のこぼす愚痴に対して、言葉だけの精神上からの慰めではなくて、実際の行動上で「奴隷」を助ける言動をしたのである。それと引き換え、「賢人」は「奴隷」の不満に対してただ言葉による精神上だけでの慰めをした。それは「奴隷」に対しての精神上の麻酔剤で、実質的な救助は何もないし、「奴隷」を「奴隷」状態であり続けさせる。「馬鹿」は、実際上で「奴隷」を助けようとする、そして実際上で「奴隷」を解放する行動をした。しかし皮肉なことに、「奴隷」を本当に苦境から解放しようとする「馬鹿」の身体的な行為は、先ず「奴隷」自身に反対され、「奴隷」たちによって追い払われてしまった。「奴隷」は自分を解放しようとする「馬鹿」の行動を悪行として抑圧した。「賢人」の言葉だけの精神上での慰めは、実質的には何もないのに、「奴隷」に「救助の手」とされ、「奴隷」に感謝される。さらには「奴隷」に自分の恩人として尊敬される。「馬鹿」の考えや行動は、「奴隷」が忠実であろうとする「主人」の意向に反し、「主人」と「奴隷」双方の意向に反する行動とされた。この意味で、

「馬鹿」のこの「非常識」な行動は、実質上「奴隷」の状態を改善できる行動であるために、「賢人」にも「主人」にも非常に脅威をもたらした行動である。しかし「奴隷」は、「主人」と「賢人」と同じ「常識」、当時の支配体制に従順である「常識」を持っている。したがって「馬鹿」の「非常識」な行動は、「主人」が登場して阻止するまでもなく、「奴隷」たちに真っ先に阻止された。ゆえに「馬鹿」は、「賢人」や「主人」は言うまでもなく、「奴隷」からもひどい打撃を受けることになる。

「賢人、馬鹿、奴隷」(『野草』)における「奴隷」は、自分の「奴隷」的身分にも未覚醒であり、自分の属している「主人」に抵抗しないばかりでなく、かえって忠実に擁護している。それに対して、「馬鹿」は「奴隷」を抑圧している「主人」の悪行を認識し得なかったとしても、彼はただちに身体上からの反応による行動を起こし、身体上から直接に「主人」にも「賢人」にも脅威である行動をした。しかし、この身体上からの「馬鹿」の行動は「奴隷」からもひどく打撃を受けたし、「主人」にも「賢人」にも嫌悪されている。したがって、この「賢人」、「馬鹿」、「奴隷」の三者の関係は、現状のままでいつまでも維持されるであろうし、いつまでもこの三者の関係を崩壊させる方法が見えてこない。これこそ、「奴隷」と「馬鹿」が直面している、当時の客観的な絶望的現実であると思われる。

5.3 阿Qの「奴隷」的なところ

阿Qは、封建的男女道徳観に、また封建的婚姻制度に対してその「奴隷」的一面を表している。以下に彼の中の「奴隷」的なところを分析してみる。

5.3.1 「奴隷」的男女道徳観

阿Qの属する社会は、数千年にわたる封建的男女道徳観が伝承し、また男尊女卑の封建的イデオロギーが流伝し、阿Qの時代にまで引き継がれている社会である。そこでは、人々が男女差別の観念に基づいて行動し、男性によって支配されている。黄宝輝の論によれば、当時の人々はこれらの封建的道徳規範を人の行動規範として、「常識」の教義として受け入れた。これらの封建礼教やその道徳観が数千年の間、人々の共同の通念とされ、人の従わねばならぬ文化共同体の規範となっていた。人は常に封建礼教の「道徳観」をもって他人の行為をはかり評価

第5章　封建婚姻制度における阿Qの恋愛悲劇　　113

を与えた。阿Qの住む未荘でも、これらの封建礼教や封建的イデオロギーが、村民の行動の良し悪しを計る唯一の標準であった。具体的に男女間について言えば、未荘の村民が従わねばならぬ封建的行動規範の一つは、「男女に別あり」である。

　「男女に別あり」とは、今から三千年前の春秋時代から男女交際の規範として伝わる。『礼記』の中に、「男女に別あり」の趣旨がはっきり書かれてある。「男女三歳にして、席を同じくせず」である。そして、男女の間では、小さいときから勝手に接することを許されず、直接に話しを交わしても、礼法に背くこととされていた。「『礼記』曲礼」の中に、「男女不杂坐、不同椸枷、不同巾栉、不亲授。男女非有行媒、不相知名、非受币、不交不亲。」[5]（男女は同一の席に座らないこと。同一の着物掛けに衣服をかけるべからず。同一の手ぬぐいや櫛を使うべからず。直接に手から手へ手渡すことが許されないこと。男女が仲人による紹介を受けず、名を知らず、女性の方が結納金を受けないうちは、直接につきあうことが許されないこと。〈筆者訳〉）という男女間の決まりが明確に書いてある。こうした人々すべてが従わなければならない男女の行動規範や婚姻制度は、「儒教的男女婚姻観」とも言われている。

　阿Qはむろんこの「男女に別あり」という道徳規範を少しの疑いもなく守っている。彼は主観上では、「一から十まで聖賢の経伝に合致しなければならない」と考えている。彼が「どんな偉い先生の教えを受けたかは知っていないが、『男女の別』については従来きわめて厳格」であった。従って、封建的男女道徳観に対して阿Qは「正人」である。語り手は、この「封建的男女道徳観」に従順な阿Qを「正人」と冠する。この「正人」は、読者に特別な意義を理解させる暗示であると思われる。封建制度の維持者から見れば、阿Qの「一から十まで聖賢の経伝に合致」する思想は、ちょうど封建制度の支配者たちが被支配者に遵守してほしい思想である。それは従順な民の思想として適切である。ゆえに、阿Qの思想は「正人」の思想と認められ、阿Qを「封建男女道徳観」の従順な民として封建社会の中に安住させる。

　それから「封建的男女道徳観」による阿Qの主観的考えでは、「すべて尼というものは、必ず和尚と私通するものである」と思い、「女がひとり歩きをするのは、かならず男をひっかけるためである」とも考えている。さらに、阿Qは、「男と女が二人で話しているのは、かならずあやしい関係がある」と思い込んでいる。これらは阿Qの中の「男女交際」を図る標準であると推測できる。

　もともと尼と和尚と結びつく可能性がない封建社会の中国では、尼や和尚にな

れば、恋愛や結婚することができなくなる。すでに恋愛することをも、結婚することをも自ら拒絶することこそ、尼や和尚になることである。そして、阿Qは、「男と女が二人で話している」ことに対して、「男女の別」の共同ルールに照らしておかしいと考える。こうしたことから、阿Qが男女別モラルを歪曲すらして、最も厳守する「奴隷」であることが明らかであろう。こうした歪曲は阿Qが封建的道徳に縛られて、異性を拒絶する気持ちの現れである。これを他の側面から見れば、この男女の別の封建道徳に従う阿Qの思想は、封建社会のなかの男女間の自由交流を断絶させる一つの束縛である。つまり封建的な「男女に別あり」という行動規範は、社会の「集団無意識」の制約・圧力となっている。それゆえに、女性が一人で顔を出すことも、女性が他の男と話すことも「おかしい」という阿Qの「奴隷」的考え方は、これらの封建的イデオロギーから生じていると読み取れる。

　阿Qは社会の最低層に位置していても、「封建的男女道徳観」の「常識」に従順であり、封建制度に従う「正人」としての認識に安住した。その結果、阿Qはその封建制度が彼自身をしっかり縛っている制約と圧力であることに無自覚であった。阿Qは社会の最低層に位置していても、当時の男性中心的社会において、男性としての優越な立場に依拠して、彼と同じ被抑圧階級の女性、尼さんと呉媽を差別し軽蔑している。阿Qは、以上のような男女関係についての「奴隷」的考えを持ち、社会の最低層に位置して、家を持つ経済条件がなかった。そのため阿Qは「而立」の年齢になっても、女性と肌で接触した経験がなかったと思われる。

　つまり、阿Qは、当時の「男女に別あり」という道徳規範に対して、少しも抵抗せずに従順であった。そればかりでなく、無意識にこの男女道徳観の維持者になっていた。彼のこの主観上での考えも、「男女に別あり」の下での言動も、まさしく当時の封建社会の行動規範の範囲の中にあった。そしてそれらの封建的行動規範の下で、阿Qは自分がどのような不当な位置におかれても、思想上で抵抗する気持ちがないばかりでなく、言動上では当時の封建的行動規範の維持者としてあった。さらには、阿Qは、この「男女に別あり」という道徳規範との間に結んでいる「奴隷」と「主人」という強固な関係には無自覚であり、自らこの関係を維持してきたことも認識できずにいたと思われる。それゆえに、そのことが彼を男女恋愛関係からさらに離れさせ、彼を封建制度の被支配的地位（日雇いの貧しい農民）からも抜け出すことを困難にさせ、彼を永遠に女性と無縁にさせてしまったのであろう。

5.3.2 　封建婚姻制度における「奴隷」

　当時の旧中国では、数千年にわたって流伝してきた封建的婚姻制度が支配していた。若い男女は年頃になると、「父母の命令、媒酌人の言」によって結婚するのが習わしであった。配偶者を選ぶ時、父母は子供の代わりに、相手の「容貌が美しい」か、「財産がある」か、「屋敷が広い」か、「家の羽振りがよい」かなど、を考慮したうえで子供の結婚相手を捜し決める。それから、媒酌人は男性側の条件によって、「門当戸対」（双方の家が社会的経済的に対等であること）の結婚相手を捜す。したがって、子供の結婚はあくまでも、家父長と媒酌人によって決められ、結婚する男女自身の自主的選択の自由が奪われていた。従って、お互いの性格や趣味、嗜好ということは、ほとんど考慮の問題ではなく、「門当戸対」という家柄のつりあい等がまず考慮された。このように結婚相手を選ぶ封建的風習は、精神的牢獄のように当時の若者の恋愛自由の思想を縛っていた。

　したがって、結婚適齢期になる男女は婚前の自由な交遊が許されず、通常、門当戸対を旨として媒酌結婚が行われていた。子供の結婚は親が主婚（婚姻をつかさどる主体）となる。一般に婚姻の成立で重視されるのは嫁資であるよりは、聘財[6]（日本でいう結納金）である。有力者の地主や旦那家庭おいて、この条件はむろん問題にならないが、しかし貧しい男性は、妾はおろか、妻を持ち得ないということもあった。こうした婚姻制度は、家柄も家族も家屋敷も持たない阿Ｑにとって、大変困難な状況をもたらしたと思われる。

　小説の第四章「恋愛の悲劇」に語られる内容から見れば、当時の社会と時代は、ただ支配階級のためのものであった。なぜかと言うと、未荘社会の上層に属する支配階級の趙旦那は、この封建的婚姻制度の下で「奥様」一人のほかに、また「若奥様」をもち、そればかりでなくもっと「若いのを囲」うこともできる、自分の好きなだけ女を取りこむ人物である。それに対して、何も持ちえない阿Ｑは三十歳近くになっても、女一人とさえ接触した経験がなかった。「父母の命」もなく、媒酌人ももちろんいない阿Ｑにとって、結婚はまるで「水中の月」であり、不可能な事であった。

　しかし三十歳近くになった阿Ｑは、当時の厳しい婚姻制度に少しも不満を持たず、その制度下の自分の運命に従順であるように見えた。というのも彼は、もともと女を「有害な存在である」と考えていたから。しかしまた、阿Ｑはそもそも「不孝有三、无后为大[7]」（不幸に三あり、後嗣なきを最大とす〈孟子〉）という封建的教義に賛成していた。そして古代から伝わってきた、「若敖之鬼餒而[8]」（若敖

の亡者の餓死〈左伝〉を信条としていたからである。封建的社会制度の下で培われた彼も、家の持続することを大事にしていた。従って彼も、「女がいなければいけない。子が、孫がなかったら、死んでから誰が飯を供えてくれるか…女がいなければいけない。」と考えた。

しかし、当時の社会的経済的環境が社会の底辺層の阿Qにあわないだけではなく、彼自身も封建的婚姻制度の制約から抜け出せない。そのゆえに、阿Qが周りの女性と関係をとろうとする方法は、あくまでも彼の枠内の中でゆがめられた現象となり、ゆがめられた手段の現れとなったにすぎなかった。従って、阿Qは一方では、「封建婚姻制度」に対しての「奴隷」的考えを持ちながらも、もう一方では、自分が「封建婚姻制度」に従いながらそれをゆがめて現れる思考と行動に無自覚のままでいた。それゆえに、客観的現実に対する阿Qの主体的思想と言動がますます、彼を当時の社会的環境から乖離させてしまった。

5.4　阿Qの「馬鹿」的なところ

5.4.1　「男女道徳観」における「馬鹿」

以上のように、阿Qは思想上では、「一から十まで」封建的男女道徳規範に一致している考えを持っているが、しかし阿Qの主観（黄宝輝の生命無意識を含む、ゆがめられた思考）に基づいた行動が、彼の遵守する「常識」的封建的行動規範に抵触した、そして「男女に別にあり」という道徳観にも抵触した。阿Qは一方で、封建道徳規範を厳守しながら、他方では、実際に行う行為が彼自身の厳守し信奉する男女道徳規範に違反してしまう。次の文章を見てみよう。

> 五、六年前、彼は芝居小屋の人ごみのなかで、女の尻を抓ったことがあったが、そのときはズボン越しであったから、後でふらふらにはならなかった……（中略）彼は「かならず男をひっかけたがっている」にちがいない女に行きあうと、いつも注意してみたが、さっぱり笑いかけてこなかった。彼と話しをする女の言葉も注意して聴いてみたが、別にあやしげな事柄に触れてこなかった。ああ、これまた女の憎むべき半面ではないか。女たちは、ことごとく「猫をかぶって」いるのだ。

以上の文章から、阿Ｑの実際的行動は無意識に「男女に別あり」の行動規範の違反者になってしまっていることが分かる。ただし、彼のこの違反的行動は、当時の現実を誤解し歪めた思考の上での行動でしかなかったと思われる。彼の「男女に別あり」に対する抵触行為は、ただ一方通行的行為である「ズボン越し」に抓ったことであり、そして女性と関係づけようとする行為は、「人がいない場所なら、背後から石をぶつけたりする」行動である。しかし、阿Ｑのこれらの行動は、無意識の中に当時の「男女に別あり」の封建的道徳規範と抵触していた。

　以上のような言動の中でさらにひどいのは、同じく社会の低層に位置する尼さんに対しての阿Ｑの言動であろう。思想上において、阿Ｑが尼さんを軽蔑するのは、彼の封建的道徳規範によっての考えであると思われる。しかし「男女に別あり」を厳守する阿Ｑは、これまでのように尼さんを侮辱的言葉遣いで罵るばかりでなく、そのときにはついに手を出して、尼さんの顔を抓った。これは、知らない男女が肌で接触することを大タブーとする封建的行動規範に大いに違反することである。そのとき、村の遊び仲間に彼の行動が「違反者」であるとして、「どっと笑」われた。同時に尼さんに「跡取りなしの阿Ｑ！」と激しく抵抗された。

　つまりこのとき、阿Ｑはその思想上において、封建的道徳観の維持者でありながらも、行動上において無意識にその封建的道徳観の抵触者になってしまった。言い換えれば、彼の考える封建的道徳も、また彼の実際的な行動も、当時の客観的現実に対する阿Ｑなりのゆがんだ現れかたをする場合があったと思われる。彼は一方では、「男女に別あり」を厳しく守るようでありながら、もう一方では、男性中心という考えを持ち、行動上で恣意的に女性をからかうことをした。女の尻をつねったり、尼さんをからかい頬をつねる阿Ｑの言動は、当時の男女道徳行動規範に直接に間接に衝突する。それは、彼が正統的な男女関係を得るには困難[11]であったゆえの、ゆがんだ思考と行動の現れの例であろう。まして、阿Ｑは封建的男女観の維持者であるがゆえに、西洋思想での提唱する男女関係にもかけ離れているのである。

5.4.2　アニマ像の形成

　当時の社会環境は、阿Ｑにとってどれほど厳しいものであろうと、阿Ｑの自然人としての生理的欲求を消滅させることができないであろう。阿Ｑはその社会的地位と封建的思想によって制約され支配されて、彼の、普通の人間としての欲求も実現できなかった。「而立」[12]に近い年齢になっていた阿Ｑには恋愛の経験がな

かったし、恋愛がどんな感じであるかも体験したことがなかった。しかし阿Qの中では、〈ディオニュソス〉的な性格が（人間が自分の思うままに、行動に任せること、あるいは「本能」や「衝動」に従う性格のことである。以下同じ）が徐々に出来上がり、女のことでふらふらするようになってきている。尼さんの顔を直接に手で抓ることによって、阿Qの心にある女への異様な感覚が生じ発酵して、とうとう自分の中のディオニュソス的な成分によって、突き動かされるようになった。そのとき、阿Qの中のアニマが次々とわいてきて、それが男性にある「アニマ」像[13]（男性の中の女性像）を形成した。

　彼はふらふらとなって……。それがこの晩にかぎって、彼は容易に寝つかれなかった。自分の親指と人さし指とが、ふだんと違って、妙にすべすべしていることを彼は感じたのである。いったい、尼さんの顔に何かすべすべしたものがあって、それが彼の指へ移ったのだろうか。それとも、指がすべすべになるほど尼さんの顔を撫でたせいだろうか。[14]

阿Qの中では、女への感じが「妙に」変化し始め、そしてこの「すべすべ」している感じが引き続き拡大し、とうとう阿Qの中に「女」というアニマが形成されたと思われる。「女がいなければいけない。子が、孫がなかったら、死んでから誰が飯を供えてくれるか……女がいなければいけない。」「『不孝に三あり、後嗣なきを最大とす』（孟子）のに『若敖の亡者の餓死』（左伝）のようなことになってはすこぶる人生の悲惨事である。」[15]この言葉によれば、阿Qが最初に考えたのはやはり、血統の跡継ぎということである。そして、そのいずれもみんな「女」というアニマ像になって、「放心を収むる能わず」（孟子）となった。すなわち、阿Qの中に「女」のアニマ像が繰り返し繰り返して湧いてくるようになる。

　「女、女……」と彼は考えた。……（中略）
　「女……」と彼は考え込むのであった。

ここに至って、阿Qの中のアニマ像は、最初の生物的な段階から、次第に成長していき、自然に本能的な性的意欲を強めてしまった。[16]つまり、阿Qはディオニュソスに支配されるようになり、今までの「女を憎悪する」ような、ゆがんだ思考と行動にも衝突する行為をした。阿Qはディオニュソス的阿Qになったとき、

自然に封建社会の「男女に別あり」という男女道徳規範が見えなくなり、ついに呉媽に求愛する行動に出た。つまり、阿Qのなかのディオニュソスがアポロに勝ったとたんに、アニマ像が阿Qの中に自然に実在している女性の形に形成された。そのとき、阿Qは自身の社会的身分も、彼自身に付きまとう封建的倫理や思想も傍らにおいて、自分の「普通の人間」[17]の持つ本能的欲求に駆使されるようになった。彼には「父母の命令」も「媒酌人の言」もなかったとしても、女がほしいという本能的な気持ができ上がった。言い換えれば、阿Qは、思想上では封建制度の「奴隷」的考えを持っていたとしても、実際には本能的にその封建的制度に正面から抵触する考えをもった。この二つの考えが同時に彼の無意識のうちにでき上がって、そして相互に排斥し、相互に抑圧しあっていた。しかし、阿Q自身は自分の中のこの「奴隷」的考え方や言動と自分の中にある「馬鹿」的な言動との衝突を、明確に自覚していなかった。それがために、阿Qはディオニュソス的な彼になったと思われる。つまり今までの封建的男女道徳観と封建的婚姻制度の「奴隷」である阿Qは、この客観的現実に対するゆがんだ認識と行動によって、今までの「奴隷」的生活に安住していた。しかし、彼の中の「アニマ」像が完全に生成されたとたん、阿Qははじめて、生命的本能を正当に認める普通の人間に近づきはじめる。同時に、彼は当時の客観的現実の対立面に立たされた。そのとき阿Qの内部で、本能に従おうとする彼は、今までの抑圧された「歪められた人間」と対峙し戦うようになった。結局、彼は普通の人間のように求愛の行動に出たが、しかしすぐに当時の封建的婚姻制度と衝突して敗北してしまった。阿Qの求愛行動は、一方では、彼自分が内面で固持している「男女に別あり」封建道徳規範と男性中心の婚姻制度と衝突し、もう一方では、彼の外部にある当時の封建的制度としての家父長制婚姻制度と衝突した。したがって、阿Qの求愛活動が以上の内外二方面での「奴隷」的存在に排除され、打撃を受けたがゆえに失敗に終わったのであった。しかし、最も悲劇なことは、阿Q自身が自分に悲劇的な気運をもたらした原因を自覚していないところであると思われる。

5.5 阿Qの恋愛悲劇の必然性

以上に述べたように、阿Qは尼さんをからかって以後、次第にディオニュソスに支配されるようになり、心の中に女性のアニマ像ができ上がった。それと同時

に、阿Qは封建社会の男女の道徳規範の抵触者になりつつあった。阿Qの中のアニマ像は引き続いて現実の場面に移行していき、結局のところ、これは阿Qの恋愛心理に転換してしまった。言い換えれば、阿Qの中にディオニュソスによっての思考が完全に形成されて以降、それは今まで阿Qの中に存在していた封建的道徳規範を凌ぐようになり、とうとう未荘のすべての人を驚かせる大騒動が発生する。要するに、生物的「アニマ像」は、もう単なる想像した女というだけでなく、実在の女性にまで転化するのである。今まで阿Qの中で「深刻に憎悪」していた女性像が、ひそかに変容して、男性と対照的な異性像として現れるようになった。阿Qは始めて心から女を人として認め、そしてその気持を実在している女性に移行するようになった[18]。そのとき、阿Qはその心中の「アニマ像」を女中の呉媽に投影して求愛の行動を実行した。

「おめえ、おらと寝ろ、おらと寝ろ」阿Qは、急に飛びかかって、呉媽の足もとにひざまずいた。
……

以上のように、阿Qは一歩一歩と心の中のアポロの成分を失いつつ、ディオニュソスの成分に支配されるようになったと思われる。そして阿Qはディオニュソスに支配されて、封建的社会の婚姻制度の規範を度外視し、如何に思うままに男女関係を呉媽に求めたかが伺える。阿Qは、自分の恋愛心理を呉媽に具象化し、初めて女を本当の女として見、対処し始める。そのとき、阿Qが「自分の内心に忠実」に行う求愛の行動は、数千年にわたる家父長制や、媒酌人による婚姻制度と衝突した。阿Qの求愛は、現在の社会では極自然なことであるが、しかし当時の旧社会では、数千年を継続して支配してきた封建的婚姻制度が許さないことであった。ゆえに、支配階級の趙秀才や組頭は阿Qのこの行為を「謀反」として阿Qに手ひどい打撃を与えた。阿Qは知らず識らずのうちに封建的婚姻制度の規範に対する謀反人になったと読み取れる。

さらに注目すべきところは、阿Qに求愛された呉媽も、あくまで封建的婚姻制度に抵抗せず、完全にそれを遵守する「奴隷」であったことである。呉媽は貧しい未亡人でありながら、趙旦那の家の女中として男女道徳観に忠実であるだけでなく、また寡婦としての「貞操観」や封建的婚姻制度に従順であり、封建社会の行動規範を厳守する封建的制度の「奴隷」であった。そのゆえに、呉媽は当然に

阿Qの求愛に激しく反発した。つまり、阿Qの内面において、「アニマ」像がとうとう彼の中の「奴隷」的思想と対立し、その結果、彼は生命の本能に従い、初めて無意識に封建的道徳規範を無視して行動に移った。しかし彼の外部で、先ず、封建的道徳規範を忠実に守っている「奴隷」の呉媽に激しく反発され、さらには封建制度の支配階級の趙旦那たちから手ひどい打撃を受けた。

以上のように、阿Qの求愛行動は、一方では、自分のうちにある「奴隷」的考えと強く衝突し、もう一方では、彼の外部にある、当時の社会に実在している「奴隷」たちにひどく抑圧された。したがって、阿Qの行動は恋愛悲劇となって終わった。

5.6 おわりに

本章は魯迅研究者黄宝輝の論を踏まえて、阿Qの恋愛が悲劇となる原因について、分析を試みた。主に三つの方面から阿Qの恋愛悲劇を分析した。
1）封建的男女道徳観の中で生まれ育った阿Qは、その思想上では、当時の道徳規範の「奴隷」として生きており、無意識に当時の男性中心の制度に依拠し、その男性としての優越感をもって女性を差別し軽蔑していた。しかし阿Qの主観的（生命無意識を含む）な思考と行動は、先ず、当時の厳存する「男女に別あり」の道徳観とは相いれない、ゆがんで現れる面があった。彼の行動は彼自身の考える「正人」の原則と違反し、また、彼と同じく男女道徳規範の「奴隷」的考えを持っている尼さんにも激しく反発された。
2）阿Qは、今まで自分の「奴隷」的被抑圧的な生活に、「精神的勝利法」による自己欺瞞等によって満足していた。しかし、同時に彼の内面においては、人間としての本能的な性的欲求が実在している。ゆえに、阿Qはその生き方が封建的婚姻制度の「奴隷」でありながらも、行動上では無意識に内面の本能的欲求に従い、求愛の行動に出た。ゆえに必然的に当時の封建的婚姻制度の抵触者になってしまい、彼の求愛行動は失敗に終わった。
3）阿Qは内面での「アニマ」像が彼の中の「奴隷」的思想と対立した後、生命の本能に従って、呉媽に対して求愛の行動を実行した。阿Qは、未荘の最底辺に位置していたが、彼は最下層に位置することからもたらされる絶望を、「精神的勝利法」によって避けることができた。しかし求愛の事件において、

阿Qは男性としての本能的な一面を、求愛という身体上の行動によって表そうとした。その時の阿Qは、求愛できる社会的経済的な現実的条件を備えていないにもかかわらず、人間の本能的な性的欲求に従おうとし、身体上での求愛行動に出たのである。それは、彼の今までの「奴隷」的な対処法と考え方によって解決できない、普通の人間としての性欲の問題である。しかし阿Qのこの本能的な「生命無意識」的な行動は、当時の既成の封建的制約や行動規範に支配される人々・村民の従う「常識」（黄宝輝のいう「集団無意識」）と衝突した「馬鹿」的な行為であったと思われる。そのため、社会的「常識」を持つ人々によって容赦なく攻撃され、阿Qの「馬鹿」的な恋愛行動は悲劇となった。

　要するに、封建社会に生きる阿Qは、一方では封建的男女道徳観に対する「奴隷」でありながらも、もう一方では行動上で自分の欲求と意志によって「馬鹿」的行動をし、無意識に自分の遵守する封建的男女道徳観、封建的婚姻制度に違反する行為をした。彼のこれらの「馬鹿」的行為は当時の封建社会では、まず自分の中の遵守する「奴隷」的考えと衝突し、さらに当時の封建的行動規範を遵守する多数の「奴隷」的人間にもひどく反撃された。ゆえに、当時の封建的社会において、人間（阿Q）がいくら自分の身体的反応による本能的行動をしたとしても、普通の人間としての人間になれなかったことを表す作品の構造が見られる。それと同時に、個性尊重、男女平等という新しい社会秩序が打ち立てられないかぎり、阿Qの悲劇が不可避なことであるという意味も読み取れる。以上のような二項的作品構造が作品の中に織り込まれていると思われる。

1　黄宝輝「在生命无意识与集体无意识之间挣扎—从阿Q的'恋爱的悲剧'说开去—」『湖北孝感学院報』第24巻第1期、2004年。
2　同上。原文：「阿Q在『精神勝利法』中满足了自我实现的需要、避免了因要做他自己而产生的绝望、但当他碰到恋爱问题的时候、『精神勝利法』就无法满足他的恋爱需求了。他的求爱时源于一种『生命无意识』、是他的性别自我渴望获得认同与肯定的生命需求。这种生命需要如此本真、如此强烈、以至于他无法去粉饰。但是阿Q合理的无意识在日趋没落的封建末世、屡次遭到僵死冷酷的『集体无意识』的打击和摧残。阿Q的恋爱悲剧堪称绝品、当阿Q在生命无意识的驱动下稍一偏离『集体无意识』的严酷规范时、他的精神和肉体便被同类的集体无意识无情的挤灭。」である。日本語訳文は筆者による拙訳。
3　魯迅「灯下漫筆」『魯迅全集』第3巻、人民文学出版社、1981年。原文は「我们极容易变成奴隶、而且变了之后、还万分喜欢」である。
4　「賢人、馬鹿、奴隷」の中の内容である。原文は「主人に窓をひとつ開けてくれとはいわんのか、おまえに窓をひとつあけてやるのさ」である。
5　高華平『中国文化典籍選読』華中師範大学出版社、2007年。

第 5 章　封建婚姻制度における阿Qの恋愛悲劇　　123

6　嫁入り道具のことである。結婚するとき、女性側の家が、娘に婿の家にもっていかせるもの、例えば、布団や家具などのもの、あるいは、金などの持参金もある。
7　陳漁等編『孟子』吉林人民出版社、2007年。原文は「不孝有三、无后为大。舜不告而娶、为无后也。君子以为犹告也。」(不幸に三あり、後嗣なきを最大となす、古代の舜が両親に上申せず嫁とりをしたのは、後継ぎないための行為とされる。君子には、それは上申したとおなじであると考えられる。)
8　左丘明『左氏春秋伝』(宣公四年)(『左伝』と略称する)。原文は「若敖氏之鬼、不其餒而」(若敖という氏族は死後、祭祀してくれる子孫がいなくなる。)
9　『左伝』に「鬼すらなお食を求む、若敖氏の鬼それ飢えずや」とある。春秋時代の楚国の令尹(総理大臣)子文(若敖氏)はその弟の子良に銘じて越淑(子良の子)を殺させた。越淑が凶悪な相貌をしているところから、もしもこの子が大きくなれば、きっと禍を引き起こし、一家全部殺されるに違いない。そうすれば若敖氏の祖先は祭りの供え物を供えてくれる子孫が絶えたために、飢えてしまうだろう、というのである。人が死ねばみな「鬼」になる。鬼とは亡者の意。日本の鬼とは違う。
10　前掲竹内好訳『阿Q正伝・狂人日記・他十二篇(吶喊)』、P117-118。
11　当時の中国の正統的な男女関係とは、「男女に別あり」であり、男女は、肌で接することを禁止している。他方、西洋化思想での啓蒙者たちの提唱する男女関係とは、男女平等で、自由に付き合うこと、自由に恋愛することである。
12　孔子「『論語』為政」。原文は「吾十有五、而志于学。三十而立、四十而不惑、五十而知天命、六十而耳順、七十而从心所欲、不逾矩」、(わたしは十五歳のときに勉強に志し、三十歳に独自に社会責任を負うことができ、四十歳に、戸惑わないようになり、五十歳には、天命を知り、六十歳にはすべての言論を傾けることができるようになり、七十歳になったら、思うままに行為しても、ルール違反はないようになった。)
13　アニマとは、ユングの言う「男性の中の女性像」である。その発展する母体がたいてい自分の母親の形象である。アニマが男性の中に成長するにつれて、男性の中で母以外の女性像に移すことがある。そのとき、アニマが具体的な女性に投影しているからである。
14　前掲竹内好訳『阿Q正伝・狂人日記・他十二篇(吶喊)』。
15　前掲左丘明『左氏春秋伝』。若敖とは、春明時代楚国の令尹(総理大臣)子文という氏族の名前、若敖氏ということである。
16　前掲河合隼雄『無意識の構造』、P102-143。
17　ここの「普通の人間」とは、社会の中で培われる理性や、人間としての本能を正当に承認し、理性と本能のバランスを考慮して、行動できる人間を指す。阿Qはこれまで、封建的社会の巨大な理性的抑圧と、ゆがめられた生命的本能のバランスの中で生活していた。阿Qはこのとき、封建社会で培われた理性による抑圧と、ゆがんだ生命的本能のバランスが崩れ、むしろ本能的欲求に駆使される。
18　前掲河合隼雄『無意識の構造』、P138。

第 6 章
「阿Q正伝」における女性像
―「奴隷」と「奴隷」の対決から見る女性の悲運―

6.1 はじめに

　「阿Q正伝」の中に描かれた女性は、尼さんと女中の呉媽である。この二人とも封建的な下層社会に生きる、被支配的、被抑圧的な人間である。

　今まで、魯迅作品の中に生きる女性像に対する論考は多くあった。しかし、直接に「阿Q正伝」の登場人物尼さんと呉媽に関する論考は少ない。専門的に論じたのは、蒋星煜の呉媽に対する論とタイの女性作家素帕・莎娃蒂臘の論である。時間の順序に従い、この両氏の論を簡単に紹介しておく。蒋星煜はその論文「阿Qの周囲の人物を論ず」(「論阿Q周囲的几个人物」)の中で、呉媽に対して次のような論を述べた。「趙旦那の家の女中になると、呉媽は封建道徳の下で封建的〈奴隷〉に養成された。それはあたかも天が呉媽を創った理由であるかのように。呉媽は一日中趙旦那の家であれこれと仕事をしている。呉媽はその考えることも、しゃべることもみんな趙旦那の家のことであった。時間が長くなると、呉媽の心には、旦那と旦那の奥さんを確かに自分よりもっと上等な人間であると思い、自分のほうは奴隷の運命に甘んじた。そのために趙旦那の家が彼女の全世界となった。(中略)呉媽はすでに封建制度によって、同情心の乏しい、麻痺した人物となった。」つまり蒋星煜論文は、「奴隷」的根性をもち、冷酷で同情心のない呉媽が描かれていると指摘する。これが、蒋星煜論文の特徴であると思われる。

　そして、素帕・莎娃蒂臘（タイの作家、評論家）は、「『阿Q正伝』における女性に対する魯迅の見方」(「『阿Q正伝』中対女性的看法」)で次のように言う。「阿Q正伝」は、「一方では、愚昧で麻痺し、自己欺瞞によって生きる下層民阿Qを描いて、一貫して忍耐と自己慰安によって自己欺瞞する旧中国の社会基礎を揺さぶった。他方では、当時の女性に対する魯迅の考えを表している」と述べた。

そしてさらに、莎娃蒂臘は、作中人物の女性に対する魯迅の見方が、「すこぶる興味深く、味わい深い（頗为有趣和耐人寻味）ものだ」と指摘し、「和尚と尼さんを風刺する気持もある」と述べた。莎娃蒂臘によれば、魯迅が「女は有害な存在である」と言った理由は、「中国の宮廷と社会上層階級に発生した、権力を奪いあったり、権力をもつ少数の女性が大多数の人々に対して暴威を振るう腐敗の現象を[6]」憎悪しているからである、とする。これに対して、女中の呉媽を中国の貧苦の農民女性の代表として、抑圧される女性として描いている、と言った。

このように、莎娃蒂臘の論文は、「阿Q正伝」の人物尼さんと呉媽に対する分析を、作家魯迅の彼女らに対する描写を通して考察した。すなわち魯迅は、女性の一部の人物（尼さん）を批判し風刺しながら、他方では、女性の一部の人物（呉媽）の悲惨な運命に同情し、改善しようという気持ちをもっている、と指摘する。

日本の魯迅研究者中井政喜は、魯迅作品中の女性に対しての、一連の考察を展開した。中井政喜の論考は直接に「阿Q正伝」の女性像に触れていないが、しかし農村の下層女性、呉媽の運命と同じ女性——祥林嫂（「祝福」、『彷徨』）に対して詳しく分析を行った。中井政喜は、まず彼女らの人物像を「旧社会の素朴な民のもがき・苦しみ」と理解し、彼女らを「目覚めぬ麻痺した民衆」の中の一人としてとらえた。そして魯迅が、当時の社会に生きる大衆を、「苦しめる者（圧迫者）と苦しめられる者（被圧迫者）の二種類に分類し」てとらえていると分析した。それは、「社会の上層から下層まで、苦しめ、同時に苦しめられるものとして連珠のように連なるものとされた。そのために、同じ下層の民衆であっても、彼らは苦しめる者として立ち現れることがあり、魯迅の憎悪の対象となった[7]」と論述した。呉媽のような下層の女性が生活している社会環境に対して、中井政喜は以下のようにまとめた。彼女らの生活している場所は「閉鎖的な社会」であった。「伝統的風習と、人間についての封建的等級関係」が残され、そして封建的思想の支配のもとにあった。女性の再婚は「風俗を壊乱」するものとされ、また農村には「迷信の雰囲気が色濃く漂」っており、人間としての「正当な欲望・願望」が、封建的女性道徳観によって「窒息させられ」ていた。このようなさまざまな病態を見せる旧社会の環境の中で、祥林嫂（呉媽）のような女性たちが、その「犠牲者被害者」となり、旧社会の中で「苦しみ孤立し、悲しみ、嘲弄され、恐れ、絶望し[8]」て、一筋の行く道もなくなった。（中略）病態社会は彼女らを飲み込んだと論じた。　中井政喜は、魯迅がこれらの女性像（祥林嫂）を通して、

「中国旧社会に生きる〈素朴な民〉が抵抗しつつも、まぬがれがたい不幸な運命に陥ることを、〈素朴な民〉のもがき苦しみを、決定的に認識」したものであるとする。中井政喜はこうした魯迅の民衆観を論述している。魯迅は、これらの「旧社会における現実の目覚めぬ麻痺した民衆（愚民）」を批判し、同時に、これらの民衆が「温かさも冷たさも持ちながら、旧社会においてはその習俗に違反するものに対して涼薄（冷酷）である」ことを批判する気持ちを現しているとする。そして、農村女性の現実に対する反抗については、「離婚」（『彷徨』）の愛姑を取りあげ、その闘争する中において、「野性的な性格と闘争における自覚のなさという二重性」があると指摘した。そして、中井政喜の言葉によれば、魯迅小説中の農村女性による反抗は、「人としての自覚の萌芽」であるとする。彼女らの闘争と反抗がいずれも敗北したことについて、目覚めぬ麻痺した民衆が封建的専制支配の結果、「沈黙」の「死相」の中に沈んでいる奴隷根性（中井によれば、封建体制における沈黙の死相である）によってもたらされたと述べた。そして、女性の闘争に軟弱さはあるが、その闘争に対する魯迅の肯定の気持ちがあると述べた。つまり、魯迅作品における女性の反抗する言動が、「反抗の原初形態」として読み取れるとする。この論点には一理あると思われる。

　以上のように、蒋星煜は、魯迅作品の女性像（呉媽）を「奴隷根性」と「無同情」として激しく批判した。莎娃蒂腊は尼さんと呉媽とを区別し、尼さんを悪として批判しているが、しかし他方、呉媽を農村社会の下層の女性として同情している。魯迅は尼さんを強く風刺し、その反面、呉媽に限りない賛美を与えているとする。この両氏に対して、中井政喜は作中人物に対して、作品内部と作品外部との両側面から、作品全体の意味把握をしようとし、作品中の女性像を全面的に考察した。中井の論考によれば、作品内部においては、呉媽（祥林嫂）や尼さんのように社会下層に生きている女性たちは、旧社会のいろいろな行動規範に縛られるうちに、封建的迷信や道徳観の奴隷になってしまった。にもかかわらず、彼女たち（愛姑）には心の底にその封建的牢獄から抜け出たい願望があるがゆえに、自分なりの抵抗を行ったのであると論じた。作品外部においては、中井の論考によれば、魯迅は、彼女ら民衆が「温かさも冷たさも」持っているが、特にその不覚醒と愚昧であることを批判したとする。

　以上の諸氏の論文から筆者が疑問を持つようになった点は、蒋星煜は「奴隷的根性」と「無関心」を指摘したが、しかしこの奴隷根性と無関心をもたらした社会的原因が何であるかを深く掘り下げなかったことである。そしてそのような人

第6章 「阿Q正伝」における女性像　127

物造形が作品全体のなかに一体どのような意味を持つかについても触れていない。そして、人物を作品の内部と外部において考察した中井政喜の論は、次の点を十分に掘り下げていない。すなわち呉媽と尼さんの人物造形がどのようにして作品の全体的意義を現しているのか、そして作品中の人物の主体的認識と現実社会との不可避な矛盾が作品にどのように描き出されたか、そのことが具体的に「阿Q正伝」の中にどのように貫通しているか等について、十分に言及していない。筆者は以上の疑問を持つがゆえに、「阿Q正伝」の人物尼さんと呉媽の人物像をさらに深く探究し、そして彼女らが当時の厳しい現実をどのように主観的に受け入れるか、作品中で、彼女らのこのような「奴隷的」道徳観念にどのような破綻が出たか、そして女性解放の糸口がどのように示唆されるか、こうした問題について作品中から探り出し、新しい解釈を試みたい。

6.2　尼さんの「奴隷」的な生き方

「阿Q正伝」の中で、尼さんは若い女性、そして未婚の女性として登場し、そして封建的社会の典型的な女性像として描かれる。彼女は当時の社会における弱小な存在として描き出されている。封建的旧社会において、女性であるならば、生まれたときからいろいろな封建的な女性行動規範に縛られるようになる。具体的に言えば、中国において、儒学思想の教化によって女性は儒教の女性倫理規範によって規制され、ことに婚前は処女の貞操を重視し、婚後も夫の為に貞操を厳守するなどを強く要求される。儒教の貞節観は、女性貞操の純潔の観念を主な内容として、節烈、曲従、勤倹などを含む教訓と言行の規範として存在し、漢代から民国時代までの長い間人びとを支配してきた。そして、女性は、「三綱五常」[14]「三従四徳」[15]の行動規範に基づいて、言行と倫理などを系統的に支配され、女性としての生活の行為規範に従うように要求された。『女誡』は全部で四徳の義を説き、「且つ舅姑に曲従し、叔妹と和すべき」としている。魯迅は「我之节烈观〔私の節烈観〕」(1918・07、『墳』所収)の中で、儒教倫理のもとで中国の女性がいかに「抑圧」を受けてきたかを述べ、封建的な貞節観を痛烈に批判した。また、「关于女人」(1933.4.11.『南腔北調集』)で瞿秋白の話を引用して次のように言う。

私有制社会は元来女性を私有財産とし、商品とみなしてきた。あらゆる国、あらゆる宗教は多くの奇妙な規則を作り、女性を不吉な動物とみなし、彼女を威嚇し、奴隷の如く服従させ、同時に高等階級の玩具となるようにした。正しく今の正人君子の如く、彼らは女性が奢侈だと罵り、しかつめらしく良風を維持せんとし、と同時にこっそりと肉感的な太もも文化を享受している。[16]

　まだ結婚していない尼さんは、社会の最低層に位置され、そして、以上のようなさまざまな行動規範の下で生活している。当時の封建的社会において、尼さんという身分の未婚女性は、同じく未婚男性の阿Ｑと違い、いっそうこの世を生きていくのが困難であったというのが現実であろう。尼さんにしてみれば、彼女は以上のような厳しい現実を前にして、内心に不満を持っているが、しかし強大な封建的行動規範の前に、徹底的な抵抗をするのではなく、むしろ世間の事と隔離されている静修庵に入って尼さんになった。尼さんという人間は、世間事を避けることができるが、しかしその地位は社会のどん底に陥り、阿Ｑにまでいじめられるぐらいの社会的身分である。彼女のような生き方を選んだ女性は、彼女一人だけではなかったであろう。彼女たちはいずれも、当時の女性がなかなか生きられない現実と正面から戦わず、男尊女卑の封建的思想上から自分たちの低い身分に納得し、封建的行動規範を厳しく遵守して、現実から目をそらす尼さんの生き方を選んだ。

　尼さんは思想上から当時の女性道徳貞操観に縛られているだけでなく、その行動上でも「一から十まで」自分の低い身分に従っている。彼女は、まず、封建的男尊女卑の思想に従順な「奴隷」的な行動をしている。だから行動上では、往々にして男性におびえた態度で対処する。たとえば、道端で阿Ｑのような農村社会の下層の男性と出会った時にも、できるだけ男性と距離を隔てて、「頭を下げて」、小心翼々と歩くようにし、自分を律している。そして尼さんとしての倫理や原則を守っている。しかしたとえば、尼さんが阿Ｑにからかわれることは、彼女にとってやはり屈辱的なことである。そして尼さんはさらに阿Ｑに顔を抓られて、「跡取りなしの阿Ｑ！」というきつい言葉で、阿Ｑに反撃した。尼さんの言う「跡取りなしの阿Ｑ！」という言葉は、普通の中国人には一番タブーとされる言葉である。更に言えば、これは口喧嘩の中で一番相手に痛みを感じさせる言葉である。この点から見れば、尼さんの阿Ｑに対する恨みがいかに強いかが伺える。逆に言えば、彼女が当時の封建的道徳観をいかに厳しく遵守しようとしているの

か、いかに当時の女性貞操観を強く厳守しようとしているか、を小説から読み取ることができる。これらの点から、尼さんの「奴隷」的な生き方を見ることができる。

6.3 呉媽の「奴隷」的なところ

　以上の尼さんと同じ地位にあるもう一人の人物が、女中の呉媽である。呉媽は、夫に死なれた寡婦で、趙旦那の家の女中をしながら生活を送っている。当時の封建的社会において、妻は夫が死んでも再婚せず、一生貞節を守るのを「節」と言い、「女は二夫に見えず」という貞操観念に忠実でなければならないと要求されている。呉媽はそういう「節烈観」に縛られた典型的な人物である。彼女は結婚する前には、親の支配（父子の綱）のもとに生活している。結婚したのち、夫の支配のもとに言動している。夫に死なれてから、彼女は寡婦が遵守すべき「節烈観」を守り、趙旦那の家の女中をしながら、節を守る寡婦としての悲惨な運命を続けている。寡婦としての彼女が従わねばならぬ封建倫理道徳はさらに繁多になり、もっと重くなった。中井政喜の言葉を借りれば、彼女（祥林嫂）のような農村の寡婦は一生において、さまざまな病態を見せる旧社会の環境の中で、その「犠牲者被害者」となり、さらには旧社会の中で「苦しみ孤立し、悲しみ、嘲弄され、恐れ、絶望して、一筋の行く道もなく」（中井政喜）なる場合さえあった。次に呉媽の「奴隷」的なところを見てみよう。

6.3.1　封建的な女性道徳規範における「奴隷」

　夫に死なれた呉媽は、当時のいろいろな封建的道徳規範に縛られている。まず第一に遵守すべきなのは「節烈観」である。当時の節烈観によれば、女性が夫に死なれたら、既婚・許婚を問わず、殉死したり、或いは貞操が奪われようとする時、女性が死をもって守ることを「烈」と呼んだ。[17]夫以外の男性に暴行を受ける扱いをされたら、死ぬほどに抵抗し自分の貞操を守ろうとした。この「貞操観」は呉媽一人だけでなく、当時の社会の共通する道徳的行動規範であった。これは女性にとっての「常識」とされている。この「節烈観」によって、当時の女性はみんなその束縛・被害を受けて、苦しんでいた。しかし呉媽の場合は、この「節烈」を自分の道徳的行動規範と見なし、自ら進んでこの「節烈」を厳しく守ろう

とする。寡婦になった彼女は、自分でもこの「節烈」を遵守するのが女性としての徳目であると見なしていたであろう。そうしたことから、彼女は突然阿Qにひざまずき求愛されたとき、はじめ呉媽は「息を呑んで」いた。それから、「ヒャア」と「急に震えだし、悲鳴を上げて表へ飛び出した」のである。呉媽は、自分の寡婦としての貞潔さを証明するために、自殺も考えようとする。

　若奥様が呉媽の手を引いて、話しかけながら女中部屋から出てくるところであった。
　「こっちへおいで……決して、自分の部屋に隠れたりして……」
　「おまえさんが正しいことは、みんな知ってるんだからね……決して、量見を狭く持つんでないよ」鄒七嫂も、横から口を出した。
　呉媽は泣きつづけていた。泣きながら何か言う。
　(小説の引用文は竹内好訳『阿Q正伝・狂人日記』によるものである。以下は同じ)

　以上の会話から、当時の封建的女性の「節烈」の道徳観は、呉媽の中では聖旨のように厳しく遵守されていると伺える。呉媽は完全にその封建的「節烈観」の「奴隷」であり、思想上からその「節烈観」に忠実で、自らこの「節烈観」の支持者になっていたということが描かれている。

6.3.2　封建的身分制度における「奴隷」

　夫に死なれた呉媽は、生活上でも、思想上でもより処がなくなり、実家の親元に戻ることも難しくなった。当時の中国では、もし嫁ぎ先が生活条件に恵まれていれば、その寡婦はそのままで、亡くなった夫の家でその一生を終えることができる。しかし、貧しい家での寡婦は夫の家の負担であるため、姑（舅）の強制で、再び嫁入りさせられる場合がしばしばある。「祝福」の中の人物祥林嫂がそうである[18]。呉媽は再婚の強制をされなかったが、他家で女中として働かざるをえなかった。一般に、寡婦になった貧しい女性はその社会的立脚地がいっそう狭まり、さらに世間に軽視されるばかりでなく、意地の悪い男性からいじめられやすい対象となる。呉媽は社会の最下層に位置し、世間の誰にも頭が上がらない低い身分であった。　そういう状況下における寡婦の呉媽は、勢力があり、未荘で絶対的権威がある趙旦那の家で女中の仕事をすることによって、趙旦那の庇護に頼った。旧中国において、旦那の家の女中はそのすべてについて雇い主の命令によって行

動する。雇い主は彼女らの家父長のような存在である。言い換えれば、趙旦那の家での「奴隷」として生活するのである。

　趙旦那の家での女中をする呉媽は、まるで一つの牢獄からもう一つの牢獄に飛び込んだかのようである。呉媽は趙旦那の家に入った時から、呉媽はその考えることも、言うことも、また行動することも、みな自分が趙旦那の「奴隷」的身分であることに従う。呉媽はあくまでも自分と趙旦那との間の上下関係を厳しく守っている。あるいは、「主人」と「奴隷」の身分制度を守っている。彼女は自分のこの最下層の身分に少しも違和感もなく、むしろ自分のこの「奴隷」的身分を享受して、満足している。その点については、次の文章からうかがえる。

　趙旦那の家のただひとりの女中である呉媽が、食事の後片づけを済ませてから、これも床几(しょうぎ)に腰をかけて、阿Qに話しかけてきた。
「奥様は二日も御飯をあがらねえだよ。旦那様が若いのを囲いなさるというので……」(中略)
「女……」と阿Qは考えていた。
阿Qはキセルを置いて、立ちあがった。
「若奥様は……」呉媽は、ごたごた言いつづけていた。

　以上の文章から、呉媽は完全に趙旦那の家のことがまるで自分の関心事のすべてであるかのようにしている。確かに趙旦那の「奴隷」であるかのように、「話すことも、考えることも」趙旦那の家から外れない。そして彼女は思想上でこの「奴隷」的身分に少しも抵抗せず、かえって維持者としての役割を果たしている。彼女は自分の「犠牲者被害者」(中井政喜)としての悲劇的身分に少しも覚醒せず、かえってそれが自然なことであるとしていると読み取ることができる。その点が呉媽の封建的身分制度に対する「奴隷」的なところであろう。

6.4 「奴隷」的な反抗

　以上のように、尼さんと呉媽の生き方について考察した。彼女たちはいずれも自分の「奴隷」的な身分を思想上実際上守りながら生活に苦しんでいる。いくら自分の生活に不満をもったとしても、ただ「人に愚痴をこぼす」だけで、いずれ

6.4.1 尼さんの抵抗

まず尼さんの「奴隷」的な反抗について分析してみる。尼さんの当時の現実に対する「反抗」は、三つの方面からうかがえる。

まず、第一に挙げられるのは、彼女が現実から逃避する行為であろう。それは普通の女性としての生き方を放棄し、彼女が「尼さん」になることに現れるものである。というのは、古代の中国では、「入仏門」ということは、人が人生の中でひどい打撃を受けて、失意のどん底に陥り、人生の窮地に追い込まれた場合、やむを得ず人としての権利を放棄した生き方であるとされる。尼さんは自分の普通の女性としての生き方、それなりの権利を放棄し、静修庵を自分の拠り所とし、あるいは静修庵を自分の最後の保護所とした。つまり尼さんは、当時の厳しい現実に対して、自分なりの消極的な抵抗方法を採り、世間から外れて、現実を逃避する生き方を選んだ。つまり尼さんのこの現実に対する行為（尼さんになること）について、彼女は思想上では、自分の「奴隷」的な身分、社会のどん底に位置する人生をもたらした封建制度の残酷さに少しも自覚がないと思われる。むしろ、尼さんは静修庵を一つの逃避手段として、自分の「奴隷」的人生を過ごしていることが伺えるのである。

第二に挙げられるのは、尼さんがいじめられることに対する処理方法である。それは、我慢と逃避である。彼女は同じく旧社会の下層に位置する阿Qにいじめられ、どれほど心がつらくても、我慢と逃避という方法で抵抗する。次の文章を見てみよう。

> 静修庵の若い尼さんがやってきた。阿Qはふだんでも尼さんを見ると、唾を吐きかけたくなる。……
>
> 「おれは今日、どうも日が悪いと思ったら、やっぱりおまえのつらを見たせいだったな」と彼は思った。彼は尼さんの行く手に立ちはだかって、思いきり唾を吐いた。
>
> 「カッ、ペッ！」
>
> 尼さんは、見向きもしないで、首を垂れたまま歩いていく。阿Qは、ズカズカ歩みよって、突然手をのばして、尼さんの剃りたての頭を撫でた。そして、ゲラゲラ笑いながら、「坊主頭、早く帰れ、和尚さんが待っとるぞ」

第6章 「阿Q正伝」における女性像　133

　「なにさ、手出しなんかして……」尼さんは、顔じゅう赤くなって、そう言いがら足を早めた。
　　　……
　「和尚ならいいが、おいらが手を出しちゃいけねえかよ」彼は、尼さんの頬をつねりあげた。……
　「跡取なしの阿Q！」遠くの方から尼さんの半分泣いている声が聞こえる。[20]

　以上の文章から、同じ最下層に位置する阿Qと尼さんの間にも、上下という関係が置かれていると読める。そして、尼さんは阿Qに対しても、その下層の身分を守り、阿Qを「見向きもしないで、首を垂れたまま歩いていく」のである。そして、阿Qに顔を抓られると、「何さ、手出しなんかして（それはいけない）」と言いながら、足を速めにし、その場を逃げようとするのが、彼女の反抗の気持であると言える。彼女にとっての反抗の最高手段は、最後の半分泣いている声で、「跡取りなしの阿Q！」と言ったことであろう。

　以上のように、尼さんは自分のいじめられる事態に対して不満を持って、彼女なりの「反抗」をする。しかしそのいずれの反抗も彼女の女性的「貞操観」を守っていることを反映していると思われる。言い換えれば、彼女の抵抗は、本当の自分の位置する低い身分の不等さや、男性の支配に対する女性の積極的反抗ではなく、その「奴隷」的身分を守るための消極的抵抗であると思われる。例えば、彼女の相手に「見向きもしないで、首を垂れ」る態度は、簡単に阿Qに手を出させてしまう。彼女の「顔じゅう赤くなって」言い出した「手出しなんかして（それはいけない）」という言動が、ますます阿Qに力を入れて顔を抓らせるようにさせた。彼女の泣きながら言った「跡取りなしの阿Q！」の声は、後で、阿Qをますます「放心を収むる能わず」の状態にならせた。

　すなわちこの「跡取りなしの阿Q！」という反抗の声は、尼さんの身体上から自分の「奴隷」的境遇に対する反抗の声でもあると思われる。しかし彼女の反抗の声は主として直接には同じ抑圧された身分の阿Qに向けられたものであり、彼女の思想上では、自分の「奴隷」的な身分をもたらす封建制度に対して少しも反抗の意を持っていないと思われる。

　第三に、尼さんは自分のよりどころの静修庵が荒らされようとするとき、彼女らは静修庵の門を閉めることによって、抵抗した。その時、静修庵の門は彼女らにとって救われる命綱のようなもので、しっかりと彼女の手に握られていた。彼

女たちはこの門を守ることによって、外界の厳しい現実社会と隔絶しようとする。

　尼さんの以上の抵抗のいずれも、自分の遵守している女性の「貞操観」を守るための抵抗であろうと思われる。さらに言えば、それは彼女が自分の「奴隷」的身分を守るための抵抗であると思われる。そういう抵抗の仕方は、彼女をもっと弱い立場に押し込ませてしまった。

　以上の尼さんの三方面での反抗は、そのいずれも、彼女が遭遇した不等な境遇に対する身体的な反応である、あるいは彼女の悲運に対する無意識的対応であると思われる。しかし彼女のこれらの反抗はいずれも、その対象が、彼女の「奴隷」的悲運をもたらした封建制度の道徳規範ではなく、かえって社会地位が彼女と同じな「奴隷」であった。というのは、彼女はその思想上において、自分の属する「主人」（封建的女性道徳観）の残酷さが認識できていないからであると思われる。したがって、彼女の「奴隷」的身分と「主人」との主従関係はいまだに揺るぎないままに強固に維持される。この「奴隷」と「主人」との主従関係がつぶれない限り、彼女の「奴隷」的身分を解放する道はまだまだ遠いと思われる。

6.4.2　呉媽の抵抗

　小説の中で、寡婦の呉媽が現実に対して抵抗する文章は三か所ある。一つは、呉媽が当時の女性の必ずする纏足の苦しみを逃れて、纏足しなかったことである。当時の旧社会では、女性は小さい時から纏足することを要求される。それは、当時の女性の美を評価する基準の一つとされていた。しかし、呉媽はその残酷な審美観に抵抗し、纏足していなかった。この点は呉媽が当時の封建的行動規範と違反し、そして抵抗するところであると思われる。

>　「趙司晨の妹は、おたふくだ。鄒七嫂の娘は、まだ二、三年早い。にせ毛唐のかかあは、辮髪のない男と寝やがって、ふん、ろくでなしだ。秀才のかかあは、瞼にできものの痕があるし……呉媽は、そういえば長いこと見かけないな。どこへ行ったか——惜しいことに大足だが」[21]

　以上の文章の「惜しいことに大足だが」というところに、呉媽が纏足をせず「大足」である有様が分かる。当時、美しいとされた「小足」とは違っている。すなわち呉媽は小さいとき、纏足しろという行動規範に抵抗したがゆえに、纏足しなかったと推測できる。呉媽の纏足しなかったことは、身体上から纏足の「行

動規範」に抵抗した行動であると思われる。この行動は彼女の意識的な行動であろうと、無意識的行動であろうと、それは彼女が当時の「纏足」の因習に抵抗した印であろうと思われる。そのことによって、呉媽は実際上、「纏足」による足の奇形を避けることができ、身体上での「小足」によって阻害されずに、身体上での自由を得られた。換言すれば、呉媽の「纏足しない」大足は、「纏足すべき」ことを厳守する「奴隷」阿Ｑたちに非難されても、彼女がこの行動規範に抵抗した結果であった。だからこそ、彼女は「大足」という自由を得たのである。言い換えれば、そのとき、呉媽とその遵守すべき「主人」（纏足の行動規範）の間にある、主従関係を崩したからこそ、呉媽の「大足」の自由が得られたと思われる。

　しかし成年ののち、旧社会の女性として、また後に寡婦となった呉媽は、やはり普通の女性としての悲運を免れないのであり、「節婦烈女」の倫理道徳観に縛られて苦しんでいる。それは阿Ｑの求愛行動に対する呉媽の反抗から明らかになると思われる。これは呉媽の二つ目の反抗である。前文に述べたように、寡婦になった呉媽は当時の女性道徳規範の「節烈観」を厳しく遵守している。したがって、夫も子供も持っていないけれども、呉媽は寡婦としての「節烈観」を厳しく遵守し、「一女は二夫に嫁せず」という思想を守っている。呉媽はまた、女性として「男女に別あり」という道徳規範をもしっかりと守っている。したがって彼女は阿Ｑに求愛されたとき、死ぬほど自分の信じ込む節操観に忠実であろうとし、阿Ｑの「馬鹿」的行為に抵抗した。この点は小説の文章からよくわかると思われる。次の文章を見てみよう。

　　趙旦那の家のただ一人の女中である呉媽が、食事の後片付けを済ませてからこれも床几(しょうぎ)に腰をかけて、阿Ｑに話しかけてきた。
　　　（中略）
　　阿Ｑは煙管を置いて、立ち上がった。
　　「若奥様は……」呉媽は、ごたごた言いつづけていた。
　　「おめえ、おらと寝ろ、おらと寝ろ」阿Ｑは、急に跳びかかって、呉媽の足元にひざまずいた。
　　一瞬間、ひっそりとなった。
　　「ヒャア」息を呑んでいた呉媽は、突然慄え出すと、大声をあげて表へ駈け出していった。駈けながらわめいて、しまいに泣き声になったらしかった。
　　阿Ｑも、壁に向かってひざまずいたまま、茫然となっていた。[22]

以上の文章から、呉媽が阿Ｑの求愛行動にどれほど驚愕し激しく抵抗したかが分かる。呉媽の「突然慄え出すと、大声をあげ」た反抗に、阿Ｑは「茫然となっていた」し、阿Ｑの求愛行動を有効に阻止した。しかし呉媽のこの反抗行為は、封建的男女道徳観や「節烈観」に支配される彼女自身の「奴隷」的身分を解放したいためではない。なぜかと言えば、彼女は、自分が支配される「主人」の「節烈観」や男女道徳観の残酷さに未覚醒のままであるし、そして自分を抑圧する「主人」の「節烈観」に抵抗するどころか、忠実な擁護者であったからである。したがって阿Ｑの求愛に対する呉媽の抵抗は、あくまでも「奴隷」としての呉媽が「奴隷」としての阿Ｑに抵抗しただけであると思われる。
　呉媽の三つ目の抵抗行動と推測できるのは、彼女が雇い主趙旦那の家を離れて、城内へ仕事に行ったことであると思われる。それは小説の文章から伺える。

　　彼（阿Ｑ）は気がついた。これは遠回りして刑場へ行く道だ。てっきり「バサリ」で首をちょん斬られる。悲しそうな眼で彼は左右を見まわした。ぞろぞろ蟻のようにたかっている見物人。ふと、思いがけなく、彼は路傍の群集のなかに、呉媽の姿を見した。ほんとに久しぶりだった。さては城内へ稼ぎに来ていたのか。阿Ｑは、急に自分が悄然として歌ひとつうたえずにいることが羞しくなった。彼の思考は旋風のように頭のなかを駈けめぐった。「若後家の墓参り」は勇ましくない。[23]

以上の文章から、呉媽が雇主趙旦那の家を離れたことが分かる。彼女はこれまで趙旦那に忠実であり、そしてその「奴隷」的身分を享受していた。しかしこのとき、とうとう趙旦那に対する「奴隷」的身分を失っていることが分かる。しかし、これは呉媽の意識上での行為であるとは言えないであろう。むしろ彼女は趙旦那に対しての「奴隷」的身分までも失ったと言うほうが適当であると思われる。しかし他方では、呉媽の「趙旦那の家を離れ」たこと自体は、彼女が趙旦那との上下関係、「主人」と「奴隷」の関係を、無意識のうちにも離れたことを意味すると思われる。
　呉媽が纏足しなかったこと、そしてその「主人」趙旦那の家を離れて、城内へ仕事に行ったことのいずれも、彼女が無意識のうちに自分の低い運命と戦う抵抗に踏み出した形跡であると読み取れるだろう。しかし呉媽のこの一歩は、一方では、彼女の自覚した上での行動であるとは言えないし、当時の強大な封建勢力と

比べものにならないほど微小な、かつ無自覚な抵抗である。そのため彼女の抵抗はすぐに水の泡となるのかも知れない。

彼女は「大足」でありながら、「節婦烈女」の封建的道徳規範を死守している。そして、城内で仕事をしながらも、阿Qの見せしめを「麻痺し、鈍麻している」見物人のひとりとして賞翫している。即ち、呉媽の一歩一歩の無自覚の抵抗の行動はいずれも、当時の外部の厳しい環境と内部の自分の固有の旧思想とひどく抵触している。呉媽はその抵触の意味に無自覚であるがために、彼女はなお未覚醒の状態に留まっている。そうした一歩一歩は、呉媽の中における「反抗の原初形態」の萌芽（中井政喜）であるとしても、彼女の根本的な「目覚めぬ、軟弱さ」（中井政喜）の性格によって、彼女が当時の女性解放へ進むためにはなかなかのりこえられない難関が待ち受けていると思われる。

魯迅の話を借りておくことにしよう。

> 今の社会（1920年代）では経済権が最も緊要に思えます。第一に、家では男女均等の分配を獲得すべきです。第二に、社会では男女平等の力を獲得すべきです。残念ながら、この権利をいかにして獲得するか、私にはまだ分かりませんが、ただやはり戦うことが必要だとは分かっています。或いは多分参政権の要求よりさらに烈しい戦いが必要でしょう。[24]

以上の話において、魯迅は、当時の女性が自立することに対して直面しなければならない現実の問題を指摘した。もし非常に強い意志と戦う精神がないならば、呉媽のわずかの抵抗にはただ二つの結果しかないと指摘した。それは「現実に戻」るか、それとも「当時の現実に沈淪し、堕落するか」という結果だけである。しかし、小説から見れば、呉媽は前者のほうの結果を得たと読み取ることができる。その原因については、前にも、中井政喜も指摘したように、彼女の徹底的な未覚醒のほか、徹底的な戦う精神にも欠けるし、また戦い方の軟弱さも、抵抗する対象の不正確さ（「奴隷」対「奴隷」）も、その致命的な欠陥であろう。さらに魯迅は次のように言う。

> 戦いは良いこととは言えませんので、我々も人々が皆戦士になるように指示することはできません。（中略）ただ、第一に記憶が大事です。記憶が悪いのは、自分には有利ですが、子孫に有害になってしまう。人々は忘却すること が

できるから、自分が受けた苦痛から離脱できます。また忘却できるから、往々にして前人のした間違いを繰り返してしまう。虐待された嫁は姑になって嫁を虐待する。学生を嫌悪する役人は、かつては役人を痛罵していた学生です。現在子女を圧迫するのは、ときには十年前の家庭革命者だった。これもきっと年齢と地位に関係があるのかもしれませんが、しかし記憶が悪いのも大きな原因です。(中略)子供が公園に行きたいと言うのをうるさく思うなら、ノートをめくってみて、「自分も中央公園に行きたいな」というメモを見れば、平和な気持ちになる。ほかのこともみんな同じです。[25]

　小説の最後に、呉媽が阿Qの見せしめを「同情心もなく」見物している文章から見れば、呉媽は、阿Qの銃殺を少しも自分の悲運と関係して連想せず、「赤の他人」のように見ている。ここから、彼女は自分の「奴隷」的窮地にも、阿Qの「奴隷」的悲運にも麻痺し、無自覚であり、無抵抗である有様が伺える。つまりこの「奴隷」対「奴隷」という麻痺の状態、「奴隷」が「主人」に対してではなく「奴隷」に対して冷酷であることなどが、当時の社会での女性の生きざまであると思われる。こうした生きざまが強固で揺るぎないために、当時の女性の悲運をなかなか変えることができない。これが当時の女性にとっての絶望的な現実であると思われる。

　その有様に対して、魯迅は救済する方法は一つしかないとする。それは、「彼ら〔傍観者としての大衆〕には見るべき劇を無くすのが救済の方法で」ある、と魯迅は指摘する。[26] しかし、当時の中国の女性の思想を改革することは大変難しく、その点に関連して魯迅は次のように指摘する。

　　残念ですが、中国を改変するのはとても難しく、一台のテーブルを動かし、一個のかまどを改めるのさえ、ほとんど血を見ずにはできません。たとえ血が流れても、必ずしもそうすることができるとは限りません。大きな鞭が背中を叩かないと、中国は自分では動くのを肯んじません。この鞭は必ずいつかは来ると思いますし、その良し悪しは別問題ですが、きっとその日が来ると思います。だがどのようにやってくるのか、私もはっきりとは分かりません。[27]

　以上の点に基づけば、小説にみられる女性解放の全体的意味構造が読み取れる。阿Qのような「革命者」が処刑されるとき、やがていつの日にか、見物人（傍観

者）にとっていつもと違って面白くなくなる感じが出てくるだろう。その劇がその面白みを失うと同時に、彼らの背中に、「大きな鞭」が振り下ろされる日がひそかにやってくると思われる。

6.5 おわりに

　本章は、「阿Q正伝」の登場人物尼さんと呉媽の生き方をめぐって考察を展開した。主に以下のような方面から、当時の中国における女性の悲運とその現実に対する態度を考察した。

1）まず、尼さんの生き方について分析した。尼さんは生まれながら、「苦しみ孤立し、悲しみ、嘲弄され、恐れ、絶望」（中井政喜）して、この世間を十分に経験してきた。そして彼女は自分の悲運に対して、一方では我慢と逃避する生き方を選んだ、この「我慢と逃避」という生き方はますます彼女を社会のどん底まで陥らせてしまった。もう一方では、彼女は自分と同じ低い身分である阿Qにからかわれたとき、激しく抵抗したが、しかし彼女のこの抵抗はあくまでも「奴隷」の「奴隷」に対する対決である。彼女は忠実に守る封建的男女道徳観、女性の貞操観に少しも自覚がなく、無抵抗である。彼女の抵抗は、彼女を無意識のうちに封建的な男女道徳規範の維持者にならせ、さらに彼女を絶望的な地位に陥らせるものである、と小説から読み取れる。つまり彼女の生き方も、遭遇する悲運に対する抵抗も、みな彼女なりの現実に対する対処方法であると言える。しかし彼女の現実に対処する方法はいずれも、「奴隷」対「奴隷」の対処であり、彼女に悲運をもたらす封建制度、女性の貞操観などに対して少しも自覚していない。従って、彼女と当時の封建的制度の間にある、「奴隷」と「主人」との強固な関係は少しも動揺せずに存在した。小説は彼女のこの絶望的な生き方をありのままに描き出していると思われる。

2）呉媽は未荘社会の支配者である趙旦那の家で女中をしていた。呉媽は尼さんと同じように女性としての封建的道徳規範の束縛のほかに、さらに寡婦としての「節婦烈女」の道徳観に縛られていた。呉媽は自分の位置している低い身分に対しても、彼女なりの抵抗をしたが、にもかかわらず彼女の抵抗は自分の低い身分を根本的に解放できないでいる、ということが小説から読み取

れる。ただ、呉媽の自分の悲運に対する抵抗は、上記の尼さんと同じところもあれば、違っているところもある。呉媽が尼さんと違っている抵抗方法は、「纏足すべし」という封建的行動規範に対する彼女の抵抗である。呉媽のこの抵抗は彼女に「大足」の自由を与えていた。また、呉媽は最後に自分を雇っている趙旦那の家を離れて、「城内に出稼ぎに行った」。この行動も彼女の一つの抵抗であると言えるだろう。しかし、「大足」であることも、「趙旦那の家を離れ」たことも、呉媽が思想上自分の遭遇する悲運に対して覚醒した行為であると言えるわけではない。むしろ彼女は精神上で、自分の属する封建的制度、「節婦烈女」の道徳観に未覚醒であると言える。しかし、彼女のこの無意識のうちの抵抗は、彼女の身体上での本能的な反応であり、「奴隷」と「主人」との対決の面があると言え、「反抗の原初形態」（中井政喜）の萌芽とも言えるだろう。

しかし、呉媽はあくまでも自分の「奴隷」的身分にたいして、未覚醒であるがゆえに、一方では、無意識に当時の封建制度に身体上から抵抗しながら、他方では、阿Qの求愛行動に激しく抵抗した。彼女は上記の尼さんと同じように、抑圧する封建婚姻制度、封建的節烈観に無自覚に忠実であり、それを堅持しているために、阿Qの突然の求愛行動にたいして、無意識に身体上から反抗の言動を発した。この抵抗は「奴隷」対「主人」ではなく、「奴隷」対「奴隷」の抵抗になった。したがって、この抵抗は、彼女の「節婦烈女」観に対する「奴隷」的立場を少しも解放できない。すなわち彼女と彼女自身が忠実である封建的婚姻制度との間に結ばれた主従関係には、少しも動揺を与えないと考えられる。

3）尼さんと女中の呉媽はいずれも封建社会での最下層に位置していた。そして彼女らはそれぞれ自分なりの現実への対応の仕方、あるいは彼女らの独特な抵抗方法を表している。前に述べたように、尼さんは彼女なりの方法で抵抗したが、しかし尼さんの抵抗はかえって、女性解放の不可能の結果を示した。呉媽が「大足にしている」ことと、最後に「趙旦那の家を離れ」たこと、という二つの行動は確かに「反抗の原初形態」の萌芽と言える。しかし彼女は大足であるという反抗を示しながらも、しかしその「節婦烈女」の封建的道徳観念を死守しようとする。また、呉媽は趙旦那の家を離れて城内へ仕事に行く行動をとると同時に、他方では、阿Qの処刑の見せしめに、麻痺し目覚めぬ「同情心のない」見物人の一人となっている。すなわち呉媽は封建制度

の「奴隷」的身分を守りながらも（求愛の拒否）、時には身体上からの、「馬鹿」的な未覚醒の行動（大足）をしている、という矛盾する性格が小説から読み取られるのである。

　結論として、尼さんと呉媽は、当時の厳しい客観的現実の「犠牲者」でありながら、他方では、彼女たちは主観上で、当時の封建的な道徳的行動規範から断絶できず、むしろそれぞれが進んで封建的道徳規範の「奴隷」になったことが伺える。たとえ、彼女らはその身体上から、当時の厳しい社会現実に対する行動をしたとしても、彼女らは思想上から徹底的に自分の属する「主人」としての社会行動規範の厳しさを認識できなった。それゆえに彼女らの自分なりの抵抗は、結局のところ「奴隷」対「奴隷」の抵抗であるしかなかった。実際に彼女らを社会のどん底に押し込んでいる封建的制度の基盤は、少しも動揺しなかった。言い換えれば、彼女らと彼女らを束縛している封建的行動規範の間に結ばれる「奴隷」と「主人」との主従関係は、依然として強固に維持されていた。したがって、彼女らの女性としての悲運は未解決のままである。小説は、当時の女性のこの「絶望的人生」を反映していると思われる。

　しかし、小説は、彼女らの絶望的「人生」をそのまま描き出しただけの小説ではないと思われる。小説には、彼女らの「人生」を解放する方法をも暗示されていると思われる。それは呉媽の「大足」である行為、呉媽の「趙旦那の家を離れる」行為が、いずれも当時の「反抗の原初形態」の萌芽であると考えられる。彼女らのこれらの行為は当時の厳しい現実を認識し、自分の「奴隷」的身分を認識したうえでの行為とは言えない。それにもかかわらず、彼女のこれらの行為は身体上からの無意識のうちの反応であり、当時の封建的行動規範に抵抗する無自覚な行為であると思われる。言い換えれば、彼女らのこの身体的反応（抵抗）が「奴隷」と「主人」の間に結ばれている強固な主従関係を崩す、有効な方法につながる可能性を秘めている。もし尼さんも、呉媽もみな自分の抵抗が同じ「奴隷」である阿Qに対してではなく、彼女らを抑圧する「主人」の封建的道徳規範に対してであれば、彼女らと当時の封建的道徳規範の間での強固な主従関係が揺るがないわけではない、きっと動揺しはじめる可能性があると思われる。

　「阿Q正伝」では、彼女らの人生を「女性の人生」として、彼女らの主観的世界と当時の客観的現実がありのまま描き出されていると思われる。同時に女性解放の道は彼女たちのような「奴隷」対「奴隷」という「道」ではなく、彼女らに「奴隷」対「主人」という方法を暗示し、彼女らに「男女平等という権利をかち

とこと」を意識させ、彼女らの「奴隷」となる契機を認識して、自らすべて絶って戦うという女性解放の本当の「道」が提示されている、と小説の中から読み取れると思われる。

　筆者は、本小説が以上のような、女性解放の道における主観上と客観上の認識という二項対立的構造の中で、女性解放の全体的意義を表現していると考える。

1　蔣星煜「論阿Ｑ周囲的几个人物」『1913-1983年魯迅研究学術論文資料匯編』第四巻（中国社会科学院文学院研究所魯迅研究室編集、1987年）に編集している。P198-202。
2　素帕・莎娃蒂臘（タイの作家評論家）、顧慶斗編訳「『阿Ｑ正伝』における女性に対する魯迅の見方」、初出は1981年10月10日、17日、24日のタイ雑誌『新暹羅』である。のちに『魯迅研究年刊1984』（陝西人民出版社、西北大学魯迅研究室編集、1985年）に所収される。P316-319。
3　前掲蔣星煜「論阿Ｑ周囲的几个人物」、P201。原文は「一入趙府的门、吴妈被封建道德熏陶成为一个典型的奴才，放佛上帝之所以创造她吴妈，目的就在给赵府上使用，吴妈的手脚整天替主人忙个不停，心里想的嘴上讲的都是主人家里的事情。久而久之，（她觉得）赵太爷、赵太太们的确是比自己高出一等的人类，自己则对于奴才的命运非常甘心，因此赵府遂成了她的整个世界。（中略）吴妈已经被封建社会熏陶成一个麻木而缺乏同情心的人。」である。日本語訳は筆者による拙訳。
4　前掲蔣星煜「論阿Ｑ周囲的几个人物」、P201。
5　前掲素帕・莎娃蒂臘「『阿Ｑ正伝』における女性に対する魯迅の見方」、P316-319。
6　前掲素帕・莎娃蒂臘「『阿Ｑ正伝』における女性に対する魯迅の見方」、P318。原文は「鲁迅之所以说'女人是害人的东西'、是由于他对中国的宫廷和社会上层阶级中发生的醉心于争权夺利、以及纵容少数有权势的女人对大多数人滥施威的腐败现象而深恶痛绝的缘故。」である。
7　中井政喜「魯迅『祝福』についてのノート（一）－魯迅の民衆観から見る」『南腔北調論集―中国文化の伝統と現在』東方書店、2007年、P1053-1054。
8　前掲中井政喜「魯迅『祝福』についてのノート（一）―魯迅の民衆観から見る」、P1057-1058。
9　前掲中井政喜「魯迅『祝福』についてのノート（一）―魯迅の民衆観から見る」、P1059。
10　同上。
11　中井政喜「魯迅『離婚』についてのノート―魯迅の民衆観等から見る」『言語文化論集』第XXIX巻第2号、P28。
12　前掲中井政喜「魯迅『離婚』についてのノート―魯迅の民衆観等から見る」、P28。
13　前掲中井政喜「魯迅『離婚』についてのノート―魯迅の民衆観等から見る」、P30-36。
14　三綱とは、「君臣の儀、父子の親、夫婦の順なり」という人間として基本的な行動規範のことである。五常とは、「仁、儀、礼、智、信」という人間として尊重しなければならない道理である。
15　「三従」とは、「幼い時は父親に従い、嫁いだあとには夫に従い、年老いたら子供に従うべきである」という女性の道徳であり、「四徳」とは女性として節操を守ることをいう婦徳、言葉遣いをいう婦言、身だしなみをいう婦容、家事をいう婦功を指す。
16　魯迅「关于女人」。初出は『南腔北調集』である。後に『魯迅全集』第4巻に収録されている。人民文学出版社、1981年。
17　魯迅「我之节烈观〔私の節烈観〕」『魯迅全集』第1巻、人民文学出版社、1981年。日本語訳は松枝茂夫訳『魯迅選集』第五巻。
18　魯迅「祥林嫂」『魯迅全集』第2巻、人民文学出版社、1981年。

19　当時の普通の女性とは、封建社会において封建的倫理を遵守し、女性としての社会的、家庭的な働きを果たした女性である。例えば家父長制の下で、封建的倫理に従いながら、婚姻、出産、子育てなどに従事した。しかし例えば、母として息子を産んだ場合、家における地位は高いものがあった。
20　前掲竹内好訳『阿Q正伝・狂人日記・他十二編（吶喊）』、P114-115。
21　前掲竹内好訳『阿Q正伝・狂人日記・他十二編（吶喊）』、P145。
22　前掲竹内好訳『阿Q正伝・狂人日記・他十二編（吶喊）』、P119。
23　前掲竹内好訳『阿Q正伝・狂人日記・他十二編（吶喊）』、P153。
24　魯迅「ノラが家出してからどうなったか」『墳』1923年12月26日講演原稿。
25　同上。
26　同上。
27　同上。

第 7 章
「偽毛唐」の営為から見る近代中国知識人

7.1　はじめに

　『吶喊』所収の作品中で、合計14篇のうち7篇が知識人を主題に描かれている。各作品において知識人にかかわる内容は、その作品の執筆志向によって筆遣いの傾向が違う。しかし知識人の課題が初期小説集『吶喊』で如何に重んじられているかが伺える。それでは、『吶喊』中で展開された知識人の世界は一体どのようなものであったのか。

　「阿Q正伝」では、二種類の知識人が活躍している。一人は趙旦那の息子趙秀才であり、もう一人は銭旦那の長男「偽毛唐」である。趙秀才の人生軌跡について、尾上兼英の指摘によると、彼は一生において封建科挙制度に忠実であり、命を懸けてもその制度に従順な「奴隷」となることを追求した。彼は、その「奴隷」の資格をえるために一生をかけて努力する、守旧派の典型的知識人として造形された。「偽毛唐」は、尾上兼英によれば、「青年時代に進歩的思想の洗礼をうけて古いものの破壊に熱中し、革命が挫折すると忽ち失望して熱を失い、戦列から離れた」種類の人である。彼は科挙制度に縛られずにいられるが、しかし「素朴な民」との間に厚い障壁に隔てられ孤立して、本当の「自己」にも還元できない知識人として描かれている。この種類の知識人は、はじめの時、知識人として封建制度の中から目覚めるが、しかし自分の力不足に失望し、絶望のうちに自救の道を求める種類の知識人であろう。尾上兼英は、直接に「偽毛唐」を論じていないが、「偽毛唐」の人物像と似ている「端午の節句」の人物方玄綽に関して、次のように論じる。(本章の引用文は竹内好訳『阿Q正伝・狂人日記』によるものである。以下も同じ)

方玄綽は内心にたくさんの不満をもっている。しかし、世間というものを見るうちに改革は一朝一夕でできるものではないことを知り、世故智が身について「分に安んじておのれを守る」人間に落ち着く。

辛亥革命前後の時期に生きる知識人に対して、中井政喜はその時期に生きる知識人の思想と言動について詳しく分析を行った。その時期に生きる知識人は、その多くが知識人の〈明〉の思想を生かす特徴があるとの論点を提出した。辛亥革命の時期に活躍していた「偽毛唐」のような知識人の思想について、中井政喜は次のように論じる。

（辛亥革命前後の知識人には）人間の自我と独自性を尊重する個性主義、文化を推進する優れた個性・個人を大衆の力によって埋没させることに反対する個性主義が見られる。

そして1910年代から1920年代初めころの時期における知識人の言動に対する中井政喜の論を、筆者なりのまとめによって述べることにする。辛亥革命前後の知識人には、「民族の独立と圧制からの自由を高く掲げる人道主義的民族観と反奴隷精神（理想としての人間性の主張）」が見られた。1918年以降の『吶喊』時期（の作品）にも、主として、知識人の覚醒、さらに国民の人間としての自立を目指す思想が見られる。それはいわば、反旧社会、反封建の思想であった。つまり、知識人の「個人主義（個性主義）思想は中国変革を念頭におく〈明〉の部分を支える思想の一つである。」しかし、彼ら知識人の思想は周囲の人間に受け入れられず、厳しい打撃を受けた。また1910年代の辛亥革命の挫折によって、こうした知識人は「挫折を体験した改革者」となり、「中国人の伝統的精神的な悪、旧社会の暗黒に絶望し」てしまった。しかし、或る知識人はなお、「中国変革のために自分なりの打開の道を探ろう」とした。一部の知識人は、「改革の理想を捨て」なかったが、結局「自分の理想を踏みにじることによって、旧社会に復讐あるいは自虐的な復讐」の道を選ぶこともあった。しかし或る者は最終的に、1920年代末に、「自己の生きる意欲、価値を肯定することの正しさに確信」をもち、「自分の行動のありかたを自虐的方向」に導く考え方から離れることができた。

「阿Q正伝」における、辛亥革命前後に生きる知識人「偽毛唐」の言動の傾向

は、中井政喜論文の趣旨によって解釈すれば、最初に、中国変革の理想に燃えて、急進的言動を見せ、自らも「明哲の士」、「精神界の戦士」と自負しながら、旧社会のすべての「悪」と戦う姿勢を見せた。しかし周りの知識人や民衆に認められず、彼らの「個性主義」（或いは「個性を尊重」する主張）は無視され、等閑に付された。また実際に、辛亥革命は挫折していった。それに従って、彼らは改革の中心から離脱し、さまざまな方向に「自分なりの問題解決」の道を見出そうとした。魯迅のような終始、中国変革を時代的使命として自覚する知識人は、次第に、周りの人間を指導し改造できる英雄ではないという自己認識を得て、時代改造への無力感を痛感し、ついに「絶望と虚無」の中に陥った。しかし彼らは自分の理想をあくまでも捨てず、「周りの大衆との隔絶を打開しよう」と努力した。しかし彼らは「挫折」を経験したために、「社会に復讐する心情」が出てくるようになる。中井政喜の言う、知識人の復讐の心情は、特に魯迅の場合、「自虐的自己献身的な言動」の方向にも稼働させた。「中国の民衆の潜在的人間的エネルギー———（内曜）を輝かせ、彼ら一人一人が人間として自立してこそ、中国の根源的再興が可能」であるとする考え方が、自虐的献身的な言動に転化した。[9]

中井政喜の論をまとめて言えば、中国変革に対する知識人としての自らの力量の足りなさ、中国変革が民衆に受け入れられぬその精神的状況に絶望した心情が、知識人の〈暗〉の心情としてとらえられた。即ち、中国変革における理想家の役割の限界、すなわち理想家の現在に対する無策という絶望を、魯迅に読み取ることができるとする。中井論文は、前の尾上論文に触れられていなかった、絶望の中に希望を育むという魯迅の〈明〉の心情も『吶喊』時期の魯迅に同時に存在していたという論を提出した。[10]即ち、作品の中には〈暗〉の基底にある「絶望の中で自己および自己の願望を麻痺しきれなかったこと」があった。[11]そのことが、「自虐的自己献身的な」復讐・行動によってかすかに「希望を漂わせる」[12]とみられる。（出所は同上） そのほかの研究者に、魯迅作品における知識人の思想や言動に対する論も多い。例えば、片山智行は、当時の知識人が「封建社会の母胎の中で血が汚れてしまっていると自覚し、何等かの贖罪が必要だと無意識のうちに感じていた」と述べる。片山智行は、「自分が滅ぶべき旧世代の人間であることを承認し、次の世代のために自分が犠牲になるのを覚悟している」と、中井政喜と似た論を述べた。[13]そして永井英美は語り手と知識人としての作中人物との関係に研究の焦点をおいて、作中人物の思想と言動を「批判、排斥、共鳴」する語り手の気持を考察している。しかし、両者のいずれの論も、知識人のある時期のみ

に即して、知識人の一断面に限って、即ち知識人のある一側面のみ論じている。中井政喜論文では、知識人を全面的に、異なる視野からその言動と思想を考察し、より全面的な知識人の人間観、価値観、世界観と自己認識、自覚などから深く探っている。そして、知識人の自己実現の軌跡も深く掘り下げている。特に中井論文における、知識人が民衆との隔絶を打開しようとして行う一連の行為を分析した点、知識人の「個人的無治主義」、知識人の「自虐的復讐観」、知識人の献身が裏切られたことによる復讐観という論は創造的卓見があると思われる。

　しかし筆者は次の点に疑問を持ち、なお追究を進める余地があると思う。中井政喜の論は、魯迅の作品全体を貫いて、或いは一般的に魯迅創作時期（魯迅の創作全部）を貫いて解釈しようとしている。しかし魯迅の前期作品に造形された知識人の、特殊な言動と思想とを十分に分析できているか、解釈できているか、どうか、という疑問である。「阿Q正伝」の登場人物「偽毛唐」の場合、知識人の覚醒と知識人の絶望と、知識人の自己実現への道を探索する軌跡を、中井政喜の言う知識人の思想の、一般的な動向の論で十全に解釈できるかという疑問を持っている。筆者の考えでは、『吶喊』所収の作品「阿Q正伝」に出現する知識人「偽毛唐」の特殊な営為は、中井政喜の論文の内容をさらに一歩発展させ、十全に論述することができる可能性がある。具体的にどのような展開ができるかは、次に分析することにする。大まかに言えば、次の三つの方面から「偽毛唐」を中心に、知識人の思想営為を考察してみたい。（1）知識人の自覚的覚醒、（2）知識人の失望と妥協、（3）絶望の中で自己実現の道を見出し、「中国変革への打開」の道を改めて探ろうとすること。

7.2 「偽毛唐」の人物造形とその覚醒

7.2.1 西洋思想と救国の真理を目指して

　「偽毛唐」という登場人物は、支配階級の地主旦那の家柄を持ち、生まれながら封建的礼教や伝統、科挙の八股文などを学び、封建制度の継承者として培われてきた。地主家庭から出た「偽毛唐」は、趙秀才と同じように、科挙制度によって立身出世する道程に沿うべきであると思われていた。趙秀才の場合は全く封建制度の維持者として、保守的な知識人としての道を選んだ。彼は生まれて以来、四書五経の修得、封建的礼教、封建道徳という封建制度を維持する学問に精進し、

148

秀才にまで進んだ。趙秀才は彼自身の主体的選択が当時の社会環境に一致したがゆえに、標準的な封建制度の「奴隷」的人材として養成された。

　阿Qは途方に暮れて立っていた。
　向こうから男がやってくる。阿Qの敵がまた現れたのだ。これも阿Qの大きらいなひとり、つまり銭旦那の長男である。この男は、以前、城内へ行って、西洋の学校へはいった。それから、どういうわけか、また日本へ行った。半年たって帰ってきたときには、足も西洋人のようにまっすぐになっていたし、辮髪もなくなっていた。[14]

以上の文章から見ると、「偽毛唐」はその出身環境（成長した社会環境）は趙秀才と同じであったとしても、また封建的教育制度に培われたとしても、そののち彼は当時の社会現実から離れ、封建科挙制度から脱出して、「個性主義あるいは個人主義」（中井政喜,2006）の認識に至っていた。つまり、彼は当時の中国の腐朽しかかったところを見出し、中国が世界に遅れたところにも気がついていた。彼は科挙による出世の道を放棄し、自ら城内へ出ていって、西洋思想が学べる洋学堂に進学した。洋学堂では、従来の封建的學校で学べない西洋思想即ち近代思想と自然科学などの科目が開設されている。のちに「偽毛唐」は中国変革の理想を燃やし、思い切って封建的文化土壌から離れて、日本に行って西洋文化を勉強することにした。彼のこれらの行動から見れば、「偽毛唐」は、その思想上では、当時の中国で、封建制度の腐朽した文化、道徳観念の修得を放棄し、中国を西洋化していく知識人としての自覚があり、時代の「先覚者」としての「覚醒者」であると読み取れる。

7.2.2　辮髪を切ること

　それから、「偽毛唐」は行動上でも、当時の封建制度に抵抗する行為を行い、清朝政府の封建制度を維持する象徴である辮髪をも一気に切ってしまった。また、歩き方も封建官僚のようではなく、西洋人のようにまっすぐになっていた。
　辮髪は、清朝においてこれまで中国人全体に重んじられるようになってきていた。辮髪は、本来、清朝が中国支配の象徴として、満州族の風習を中華民族に押し付けたものである。漢民族にとって弁髪は、「奴隷」たることを承認した屈辱のしるしに他ならない。ところが、それがいつの間にか、清朝の大衆に受け入れ

られ、今度は、大衆は辮髪を切った勇気ある反抗者を異端者として排斥した。だから、辮髪は若き「偽毛唐」にとって、呪詛すべき奴隷のしるしであり、そして中国人の時代遅れの「奴隷根性」の象徴でもあると考えられたのであろう。中国では、「断髪明志」ということわざがある。偽毛唐は弁髪を切り、そのことによって自分の西洋化思想を追求する決心を表明した。そして、当時の亡国に瀕した中国を救うために、他国に対する清朝官僚のような奴顔婢膝の歩き方を捨て、背筋をまっ直ぐに伸ばし、堂々たる中国人になる実際的行動をとった。「偽毛唐」のこれらの行動から見れば、彼は覚醒した人間としての、中国変革を求める人間としての明るい形象であり、確かに中国を救う〈明〉の表示であって、当時の中国を時代遅れにさせる封建制度等に公然と抵抗する態度を文章から読み取れる。そして「偽毛唐」は行動によって、自分が封建制度と決別し、中国を近代化する具体的な態度を示した。彼は自分にかかる中国変革の時代的責任を深く自覚していると読み取れる。

7.3　現実による打撃と「偽毛唐」の妥協

　以上のような、「偽毛唐」が西洋文化を学習することも、西洋人の言動を真似することも、辮髪を切ることも、いずれも中国を西洋化・近代化させ、当時の腐朽した封建制度を変革しようとする〈明〉の言動であると言える。このような理想を持つゆえに、彼は公然と封建制度に抵抗することを宣言し、西洋の近代思想を受け入れる意志を表示した。すなわち「偽毛唐」は初めの時、自身が中国における「明哲の士」であり、「精神界の戦士」であるとさえ自負している、と文章から読み取ることができる。

　しかし彼の現実に対する主体的思想は、当時の封建的社会環境下において、離経叛道（経典に述べられた正しい道理に叛き、正しい道理を踏み外すことを指す。ここは封建的諸制度、科挙制度に叛くことを指す—筆者注）の意味を持つものであった。それゆえに、「偽毛唐」は当時の社会全体からひどい打撃を受けることになった。

　まず、清朝時代の封建文化の象徴である辮髪を切ることは、「偽毛唐」と同じ支配階級の人々に激しく反対された。辮髪がないために、路上でひどい「待遇」を受けることがあった。世間が狭いだけに、「偽毛唐」の断髪は物見高い大衆か

らしょっちゅう好奇心と軽蔑の入り混ざった視線で眺められ、陰口も聞かれた。

　半年たって帰ってきたときには、足も西洋人のようにまっすぐになっていたし、辮髪もなくなっていた。そのため、母親は十数回泣きわめいたし、細君は三回井戸へ飛び込んだ。そのうちに、母親はこう言ってふれ廻るようになった。「あの辮髪は、悪者のために、酒で酔いつぶれたところを切られてしまったんです。えらいお役人になれるはずでしたが、今じゃ髪が伸びるまでお預けです。」[17]

　こうして、封建制度の「奴隷」たちは彼の「覚醒」した行為を「馬鹿」の行為としてひどい打撃を与えた。そればかりでなく、彼の西洋化の思想および言動は、被支配階級の下層民衆の阿Qたちにも強い反感と憎悪を呼びおこし、「偽毛唐」と呼ばれ、また「外国と連係する手先」とも呼ばれた。

　阿Qは、その話（以上の引用文の中の偽毛唐の母親の話）を信用しなかった。あくまで「偽毛唐」と呼び、また「毛唐の手先」と呼んでいた。彼に出会うと、必ず腹の中でひそかに罵倒した。ことに阿Qが「深刻に憎悪」したのは、カツラの辮髪であった。辮髪がカツラであるに至っては、人間としての資格がゼロである。彼の細君が四回目の飛込みをやらないのは、これもよからぬ女に違いない。[18]

　以上の文章から、阿Qのような下層民衆は、「彼に出会うと、必ず腹の中でひそかに罵倒」したことが分かる。「偽毛唐」が周りの人々にこのような反発を受けたところから、当時の中国の封建的イデオロギーが、いかに深く大衆の中に根付いていたかがうかがえる。それゆえに、このような強大な土台を根元から動揺させ、根元から変革するには、もしそれ相応の強大な対抗する力がなければ、なかなか実現できないと思われる。

　当時の中国の大衆は、彼ら（「偽毛唐」等を指す）の行為に対して、反応しないだけでなく、彼らを「異端者」の「馬鹿」と見なしていた。従って、「偽毛唐」の「中国変革」への思想および言動は、大衆によって無視され、大衆の誰にも認められなかった。「偽毛唐」の、自分の力によって中国を西洋化・近代化させる理想、中国を亡国の間際から救いだす主体的思想は、虚しく水の泡になった。「偽毛唐」の、時代の「先覚者」であるはずの言動は失敗に帰した。

銭の邸の表門はちょうど開いていたので、阿Qは恐る恐る忍び足にはいって行った。みると、彼はびっくりした。偽毛唐が内庭のまん中につっ立っている。全身まっ黒な、たぶん洋服というものだろう、それを着て、その上に、これも銀の桃を吊るして、手には、阿Qが見舞われたことのあるステッキを携えている。やっと一尺ばかり伸びた辮髪をばさばさに解いて、肩の上まで垂れ、髪を振り乱したところは、まるで画にかいた劉海仙人にそっくりだ。[19]

「偽毛唐」は周りの大衆から手ひどい打撃を受けて以後、彼なりの現実に対する受けとめ方をした。具体的に言えば、彼は、中国変革をしようという理想と当時の中国の客観的現実との大きな落差を体験し、認識した。言い換えれば、「偽毛唐」は、知識人としての自負と客観現実との間に、大きなそして非常に厚い障壁があることを認めた。彼は、大衆の現状の無知蒙昧さと無自覚に対して、改めてどのように対処して大衆に「中国変革」を理解させるかの方法を探らなければならなくなる。そうした厳しい現実を前にして、「偽毛唐」は現実と徹底的に戦う「馬鹿」の言動をとるか、それとも現実に屈服するかという選択に直面する。しかし、以上の文章から見れば、「偽毛唐」は後者のほうであったとわかった。「偽毛唐」は、以前に切ってしまった辮髪がふたたび伸びてくる間に、カツラの辮髪を被った。このことから、「偽毛唐」は自分の意志を堅持せず、知識人として特有の「妥協、卑怯」などの欠陥を見せ、徹底的に現実と戦う勇気を示さなかったと読み取れる。

「偽毛唐」が髪の毛を伸ばす間に鬘をかぶる行為は、一方で、彼が主観的には、指導者的な高みからの「個人主義」あるいは「個性主義」を称揚する立場から退却し、客観現実と妥協的姿勢をとることを意味している。他方でそれは、「偽毛唐」が中国変革の時代的課題について大衆との隔たりを打開する道を考えるようになる標識であろう。その点は「偽毛唐」が西洋思想・近代思想を学ぶしか、また封建制度を打ち砕くしか、中国を救うことができないという真理を、進んで積極的に大衆に説得しようとしたところに見える。しかし「偽毛唐」が説得しようとする対象は、狭い範囲での大衆で、当時の封建制度の提灯を持つ農民の趙白眼のような人間であった。当時の封建的制度の下で、一番被圧迫されている阿Qのような農民大衆、封建制度に対する抵抗力が強烈な農民大衆は「偽毛唐」の説得対象になかったと読み取れる。この点から、当時の辛亥革命の指導者孫文が提唱した「三民主義」の足りなさが伺えるだろう。[20]「偽毛唐」が封建制度の統治者

の象徴である辮髪を伸ばし、鬘をかぶるのを選ぶという行動は、彼が封建制度に妥協し、封建的「奴隷」たちの要求に応じた行動であると読み取れる。

　当時の厳しい現実を前にして、ここに一部の知識人の現実に対する行動の軌跡がうかがえる。「偽毛唐」は当時の知識人として、二つの方面で中国の改革に接近可能の行動を選ぶことができる。一つは封建支配階級に融合し、封建制度を継続して存在させる「奴隷」たちの要求に妥協しながら、中国の改革を模索することである。もう一つは、旧制度に抵抗するエネルギーを潜在的に持っている民衆に中国変革を理解してもらうことである。小説から見れば、「偽毛唐」は以上の二方面とも行動しようとしたところがうかがえる。「偽毛唐」は一方では封建的支配階級の強大さ、強さに無力さを感じ、やむを得ずそれに妥協し、封建支配階級と気脈を通じていたとはいえ、中国変革の理想を放棄していなかった有様が映しだされている。もう一方では、民衆の中で西洋化思想、啓蒙思想を説得しようとするが、しかし当時の民衆の未覚醒さ、西洋思想への蒙昧さを変えることに無力を感じ、また大衆に認められぬと感じた有様がうかがえる。

　「偽毛唐」のこうした言動に対して、語り手の不満や批判の気持を読み取ることができる。「偽毛唐」の動揺する言動に対して批判する語り手の気持ちも、文中に語られている。

　　「禿、驢馬の……」いつもなら阿Qは、腹のなかで悪口を言うだけで、口に出して言わなかったが、あいにく、むしゃくしゃの最中で、仕返しをしたくてうずうずしていた際とて、ついうっかり低い声が口からもれてしまった。[21]
　　意外や、この禿は、ニス塗りのステッキ——つまり阿Qの言う葬い棒——を携えていて、ずかずかと彼の方へ寄ってきた。その瞬間、阿Qは打たれるものと覚悟をきめた。

　以上のように、語り手が「偽毛唐」を直接に軽蔑する呼び方「この禿」（中国語では、強い軽蔑の意味が入っている）を用いて語るところから見れば、語り手は「偽毛唐」の現実に接近する姿勢に不満を表していると読める。

　「偽毛唐」のような知識人は、当時の中国変革を一番指導することが可能であった。しかし彼らの中国を変革する思想は、当時の封建的支配階級に「馬鹿」の思想とされ、また、広範な未覚醒の民衆にまで「馬鹿」とされてしまった。ゆえに、「偽毛唐」たちの「馬鹿」とされた啓蒙思想、西洋化思想および行動も、農

民大衆に及ばなかった有様が描かれていると思われる。一方では阿Qのような中国革命の原動力になるはずの貧農層自体が、未覚醒の状態で、自身の低い運命を改善する明確な意欲がなかったし、革命を指導している知識人自身がその軟弱性と妥協性によって、当時の中国を変革しようとした一連の「馬鹿」とされる言動を貫徹しなかったし、農村に革命を立ち上がらせることもできなかった。悲劇的なことに、「偽毛唐」は当時の社会で、実質上で封建制度を擁護し、または補強しようとしている封建地主階級と、封建軍閥と内通し、封建制度の実質上での「賢人」の役割をするようになった。言い換えれば、「偽毛唐」の軟弱で妥協的言動が封建制度の強化に対して補強の役割を果たした。そこには、当時の知識人としての、致命的な自身の持っている軟弱性、動揺性、そしてその「馬鹿」から「賢人」へと変化する傾向も伺えると思われる。一体どのように変化するのか、次に分析してみる。

7.4　自己実現の道の探求

7.4.1　辛亥革命への応援

　「偽毛唐」のような早くに覚醒した知識人は自分の力による中国変革の試みに失敗し、また中国変革が中国人自身の伝統的国民性の悪によって挫折したと考えた。彼らは、中国を近代化する努力が当時の客観的現実と周りの民衆によって阻まれたととらえた。「偽毛唐」は民衆との間に厚い障壁があることを認識した。そして同時に、彼は自分なりの当時の現実との矛盾を解決する方法を探索する姿勢も見せる。

　従って、辛亥革命が実際に未荘に波及したとき、一時期、自分の中国変革の理想を棚上げして封建的勢力に屈服した「偽毛唐」は、辛亥革命の推進のために精いっぱい奔走していた。前述のように、「偽毛唐」はこれまでの一連の積極的な言動が失敗した結果、自分が周囲の大衆と隔たっていることを痛烈に感じるようになっていた。「偽毛唐」は消極的に封建制度に屈服し、支配階級との隔絶を打開し、融合し協力するようにした。

　封建的制度を徹底的に打ち砕くスローガンを打ち出した辛亥革命は、その名目の点で、「偽毛唐」の中国変革の理想と一致した。それゆえに、「偽毛唐」は、再び自己の理想を実現する夢を燃やした。したがって「偽毛唐」は、積極的に辛亥

革命に参加し、そして革命を指導する立場に自分を置いて、辛亥革命を迎えた。そして「偽毛唐」は、城内の唯一の革命者(阿Qの知っている革命者はもともと二人いたが、一人は半年前に殺された)として、辛亥革命の「御一新」の提唱に応えて、ただちに封建制度を打ち砕く革命のスローガンに呼応することができた。この点から見れば、「偽毛唐」には中国を変革する執念があるとうかがえる。このとき「偽毛唐」は、中国を西洋化・近代化するうえで封建制度が一番大きな障害であると捉えた。また当時の強大で揺るぎない封建勢力の強制によって、自分の理想が実現されなかったとする認識も文章から読み取れる。「偽毛唐」は自身の力の足りなさと、強大な封建制度に苦しんでいた中で、この封建制度を崩そうとする辛亥革命に積極的に参加する思想の軌跡がうかがえる。

7.4.2 革命パートナーの選択

辛亥革命の組織者として、「偽毛唐」は再び周りの大衆との関係を選び取ることに直面している。「偽毛唐」はどのような革命のパートナーを選び取ったのであろうか。次の三方面から、「偽毛唐」の革命に関する思想と行動をうかがうことができる。

一つに、「偽毛唐」は、現在は革命の名の下に行動をしながら、実は封建制度の維持者であった趙秀才と結合して革命の言動を行った。

> 時はまさに「御一新」時代である。従って彼ら（偽毛唐と趙秀才）は、うまが合って、たちまち意気投合の同志となり、相携えて革命への邁進を約した。彼らは研究に研究を重ねた。その結果、静修庵には「皇帝万歳万万歳」と書かれた竜牌があることを思い出して、これを革命の血祭りにあげようと話がきまり、さっそく相携えて庵へ革命しに出かけて行った。[21]

「偽毛唐」は、これまで「仲の悪かった」趙秀才とたちまち「意気投合」の同志となり、そして趙秀才と一緒に革命することにした。彼らが一緒に革命した行動は、ただ静修庵の「皇帝万歳万万歳」の竜の模様のある牌を壊し、それから「観音像の前に供えてあった宣徳焼の香炉」を取ったことにすぎない。これは「偽毛唐」の意味での革命的行動の一つであった。

偽毛唐の二つ目の革命行動は革命の主体を発動するために、彼の想定している革命動力を発動しようとした行動である。これは、彼が革命について演説すると

きの文章からうかがえる。

　その真向かいに、畏まって立っているのが、趙白眼と三人の遊び人で、今まさに謹んで演説を拝聴しているところだった。(中略)
「え……その……」阿Qは、彼が一息つくのを待って、とうとう思い切って勇気を出して、口をきいた。ただ、どうしたわけか、西洋先生と呼びかける言葉は、口から出てこなかった。
　演説を聴いていた四人がびっくりして振り返った。西洋先生も、やっと彼に気がついた。
「何だ？」
「その……」
「出て行け」
「わしも……」
「うせろ！」西洋先生は、葬い棒をふりあげた。
　趙白眼と遊び人とは、口々にどなった。「先生が出て行けと言われるのだ。わからんか」[22]

　以上の文章から、偽毛唐が見出した大衆との関係を打開するもう一つの行動をうかがうことができる。しかし彼が発動し関係づけたい「民衆」は、封建支配階級趙旦那の提灯を持つ趙白眼と、そして趙白眼と同じ立場（封建的「奴隷」）の閑人だけであった。彼ら（趙白眼たち）には、当時の封建制度を覆す思想が少しもなかったし、自分の「奴隷」的地位を変えようとする思想もなかった。[23]「偽毛唐」は、中国農村に生きている貧農階層阿Qのような、中国革命への潜在的原初動力をもっている農民大衆とは関係づけようとしなかったと読み取れる。
　偽毛唐の三つ目の革命行動は、彼が想定している革命組織と関係づけようとする行動である。それは次の語りからうかがえる。

「私は短気なものでありますから、顔さえ見ればこう申しました。黎元洪君（リーユアンホン）、われわれも着手しよう。ところが相手は、きまってこう申しました。ノウ——これは外国語であるから、諸君にはわからない。そうでなければ、とっくに成功しとったのであります。しかし、これこそ彼が用心深い点なのであります。彼は再三再四、私に湖北へ行ってくれと頼むが、私はまだうんと言わない。誰

もこんな小さな県城で仕事をしようなどとは思わんが……」[24]

　周知のように、「偽毛唐」の言う黎元洪は、当時の辛亥革命前の革命者を殺した軍閥頭領であった。辛亥革命の勃発以後、彼（黎元洪）は、辛亥革命の名を被って、実は辛亥革命を邪魔し阻止し、裏で封建制度を維持する最大の反辛亥革命のリーダーであった。「偽毛唐」の選び取った革命パートナーとはこういう黎元洪であったところから見れば、「偽毛唐」の辛亥革命を指導する意図は、封建制度を打ち砕くことには働かず、かえって封建制度を補強し強固にさせるところに働いたと思われる。

　以上の「偽毛唐」の三方面の革命行動は、一方では、「偽毛唐」が当時の一般大衆との隔たりを打開しようとした道であると言える。言い換えれば、彼は、三つの階層の人々（黎元洪、趙秀才、趙白眼に代表される）との関連をつけることによって、これまで深刻に痛感した一般大衆との隔絶を解決する努力をしていた。これらの人々との隔たりを打開することによって、彼の想定している自己実現の道を開こうとしている、と文章から読み取れる。

　しかし他方で、「偽毛唐」の以上のような自己実現の道筋はいずれも、客観的には中国封建社会の制度を維持し補強する方向と一致するがゆえに、中国の変革に進むことができないばかりか、辛亥革命を失敗に導き、その挫折に加担する結果となった。

　以上のように、「阿Q正伝」は、「偽毛唐」をとおして辛亥革命前後の中国の社会現実、知識人の思想および知識人の絶望的な言動のありようをリアルに描き出したのである。

7.4.3　啓蒙者としての失敗者

　もともと中国を変革するとき、「偽毛唐」に代表される中国の知識人たちは、新しい時代の開拓者として民衆に大きな期待をもたれている。彼らは、西洋の知識を熱心に勉強し、啓蒙思想[25]の下で、一番早く封建文化に対して抵抗し、時代の先導者として出現している。以下のような「偽毛唐」の一連の啓蒙的言動から、その当時の経過と残酷な社会的現実をうかがうことができる。

　まずはじめに、「偽毛唐」は、まず封建的文化に対して強く抵抗し、積極的に中国を西洋化させるのに奔走し、封建制度と決別して、中国を鎖国情勢から開放する情熱にあふれていた。しかし、彼らの啓蒙的思想や行動は、封建支配階級の

一番の打撃の標的となり、封建主義の恨みの対象ともなり、また民衆に「馬鹿」とされてしまった。ゆえに、彼らの啓蒙の道は屈折し難航した。啓蒙的行動の第一歩の、漢民族の覚醒と自立、「中国を民主主義化」することに挫折をした「偽毛唐」も、古い封建制度を覆す姿勢を堅持できなくなった。「偽毛唐」は絶望し、やむを得ず再び封建制度の象徴である辮髪の鬘をかぶり、「自主的、進歩的」な思想から「保守的、退隠的」に生きるようになった。ここに、「偽毛唐」の当初の啓蒙思想と徹底的に背離し、封建制度の実質上での擁護者で、まるで被支配階級にとっての「賢人」の役割をはたしていたあり様がよく映されている。

　そして辛亥革命が起こり、「偽毛唐」は実際にその啓蒙運動を組織するとき、彼を中心にした非常に狭い範囲でその啓蒙思想を広げようとする。彼の啓蒙する対象は、趙白眼のような、封建支配階級の提灯持ちのような人間である。彼ら（趙白眼）には、その思想の底に、封建制度を覆す要素が少しもなく、また世界的視野を持っていなかった。このように「偽毛唐」は、阿Qのような農村に広範的に存在した貧窮の農民大衆との隔離を打開しようとせずに、啓蒙運動を行おうとする。当時の農村の現実において、封建社会を支配する地主階級は大勢としてやはり保守的思想を持ち、啓蒙思想に強く抵抗し、ひいては啓蒙運動を阻止しようとした。封建的「奴隷」的身分にあった多くの農民は、依然として西洋化思想の門外にあり、彼らは依然として「奴隷」的身分を守りながら生きていた。反対に、「賢人」、「馬鹿」、「奴隷」のそれぞれの側面が混ざりこんでいる阿Qのような被抑圧階級の農民大衆は、広範に未覚醒で未啓蒙のまま生きていた。「偽毛唐」の啓蒙思想は結局、彼自身を含めて、覚醒した知識人階層と封建制度の擁護者である封建支配階級やその提灯を持つ人間に広がった、もしくは広がる可能性があっただけであった。

　「偽毛唐」の以上の自己実現の道は、いずれも当時の客観的現実において中途半端に終わった。啓蒙思想は、当時の中国の客観的現実を変えることができないままで、中国を西洋化・近代化させる道はますます遠のいた。そういう厳しい現実の前に、「偽毛唐」は後に再び中国の「鎖国的、退隠的、保守的」な状態と妥協しなければならない。

　「偽毛唐」自身も当時の社会現実をよく認識し、このなかなか変えられぬ現状についてもよく認識していた。にもかかわらず、辛亥革命の時、そのような絶望的な現実を前にして、「偽毛唐」は自分なりの「自己実現」の道を選んだのである。「阿Q正伝」は「偽毛唐」のこういう思想の軌跡と言動の軌跡を如実に描き

出した。「偽毛唐」の一連の「中国を変革」する行動の変化の軌跡から、当時の中国知識人の思想と言動の有様が伺われ、また当時の中国の現状を変えられぬ絶望的な現実をありのままに反映していると思われる。

これも「阿Q正伝」に描かれている失意の、絶望的な知識人の実態であろう。「偽毛唐」が辛亥革命時にとった大衆との隔たりを打開する方法は、本当の革命的要求を持つ民衆との隔たりを埋めることができないばかりでなく、中国変革の主力となる潜在力を持った農村の貧窮する下層農民との隔たりをますます拡大したと思われる。したがって、辛亥革命を指導した知識人は、その軟弱性と妥協性および政治的把握力に力不足であったために、中国革命を指導できなかったことを示唆している。

7.5 おわりに

本章は主に「阿Q正伝」の登場人物「偽毛唐」の人物像に焦点をあて、その自己実現の道の展開について考察したものである。主として三つの方面から考察した。

（1）「偽毛唐」の自覚的覚醒。（2）妥協と屈従。（3）歪んだ自己実現の道。すなわち知識人として描かれる「偽毛唐」は、最初には、中国の時代遅れのところを認識し、封建制度の腐朽を認識したがゆえに、中国を変革する夢を抱き、封建支配体制に強く反抗した。しかし彼の一連の抵抗する言動はまず、封建制度に忠実である「奴隷」たちから激しい打撃をこうむり、「奴隷」たちに「馬鹿」的行動とされてしまい、この強大な封建的勢力に抑圧された。ゆえに、次第に当時の厳しい現実の前に、「偽毛唐」は進んでこれまでの「馬鹿」的な行動を堅持しなくなり、当時の封建制度の実質上での擁護者である封建支配階級と封建軍閥勢力と合流して、封建社会を補強する言動をし、被圧迫民衆に尊敬される「賢人」の働きをするようになってしまった。

「偽毛唐」は初め支配階層に属する者として、自分の憧れる西洋思想も学習でき、西洋の学問の模倣もできるし、当時の亡国の間際に陥っている中国の現状をよく認識した。ゆえに、「偽毛唐」自身でも自分が当時の中国を変革するには、まず中国を西洋化し、民衆の思想を啓蒙せねばならぬ責任を自覚的に担おうとしているところが伺える。即ち、「偽毛唐」自身でも、当時の封建的制度や封建的

文化が中国を西洋化する道での一番の妨げであることも認識したうえで、「馬鹿」と見なされた言動をしたのである。しかし封建的支配階層の支配を覆そうとする「偽毛唐」は、自分の属している封建的支配階層からひどい打撃を受け、また未覚醒の民衆に認められことがなく、現実において絶望的、退却的な道のりを選ばなければならなかった。彼は最後に、辛亥革命時において、徹底的に封建主義と断絶できず、本来の自分の意志と理想から離れ、とうとう農村の下層民衆と隔絶してしまった。「偽毛唐」の主観的自己実現の道の選択の経過においては、「偽毛唐」は、中国の当時の客観的現実と歴史的潮流の動きに対して、知識人としての自らの理想を裏切る言動をした。

　「偽毛唐」の以上のような思想と行動での変化の軌跡は、当時の中国の一般知識人たちの言動の状況である。つまり、「馬鹿」と見なされる道を離れ、現実の「奴隷」や「賢人」などの働きをするようになる「自己実現」の道の状況であると言える。これは当時の中国がなかなか改革できない絶望的な現実であると言える。

　「阿Q正伝」は、そこに生きる知識人たちが当時の絶望的現実を前にして、彼らの中国変革のための啓蒙思想と啓蒙運動が彼等自身に如何に作用したのか、そしてこのような客観現実を前にして、その主観的思想がいかに動揺したのか、をリアルに描いている。

1　尾上兼英「魯迅の小説における知識人」『魯迅私論』汲古書院、1988年、P34。
2　前掲尾上兼英「魯迅の小説における知識人」、P37。
3　中井政喜「『孤独者』をめぐって」『魯迅探索』汲古書院、2006年、P217。
4　前掲中井政喜「『孤独者』をめぐって」、P218。
5　中井政喜「魯迅の〈個人的無治主義〉に関する一見解」『魯迅探索』汲古書院、2006年、P179。
6　前掲中井政喜「『孤独者』をめぐって」、P234-235。
7　前掲中井政喜「『孤独者』をめぐって」、P234。
8　前掲中井政喜「『孤独者』をめぐって」、P248。
9　中井政喜「初期文学・思想活動から一九二〇ごろに至る魯迅の民衆観」『魯迅探索』汲古書院、2006年、P137。
10　前掲中井政喜「初期文学・思想活動から一九二〇ごろに至る魯迅の民衆観」、P137。
11　前掲中井政喜「初期文学・思想活動から一九二〇ごろに至る魯迅の民衆観」、P7。中井政喜のいう〈暗〉とは、「典型的には、『狂人日記』のように一見して暗い印象を与えるものをさしておく」という。
12　中井政喜「魯迅の〈明〉について」『魯迅探索』汲古書院、2006年、P6。
13　片山智行『魯迅―阿Q中国の革命』中公新書、1996年、P103。
14　前掲竹内好訳『阿Q正伝・狂人日記・他十二編（吶喊）』、P113。
15　出典は『孝経・開宗明義章』。原文は「身体髪膚受之父母、不敢毀」である。大体の意味は、

中国古代では、人間は生まれながら、体についているすべてのもの、例えば、髪の毛、皮膚、五感だのを損なうことができないと規定している。というのは、これらのものは父母から授かり、神様が下さったものであるとされている。一旦損なうならば、親不孝だといわれる。だから、人は常に「髪の毛を切ることによって、或ることに対する自分の決心を表明する」のである。

16　前掲中井政喜「魯迅の〈明〉について」。
17　前掲竹内好訳『阿Q正伝・狂人日記・他十二編（吶喊）』、P113。
18　同上。
19　前掲竹内好訳『阿Q正伝・狂人日記・他十二編（吶喊）』、P144。
20　孫文の「三民主義」は当時の時代に遅れた中国を変革するために、「民主」、「民権」、「民生」を提唱した。しかしそれらを提唱実施するとき、中国の狭い範囲だけでその主張を広げた。中国の農村に生活する農民大衆にまで行われていなかった。「偽毛唐」の言動は当時の現状をあるがままに映しだしている。
21　前掲竹内好訳『阿Q正伝・狂人日記・他十二編（吶喊）』、P140-141。
22　前掲竹内好訳『阿Q正伝・狂人日記・他十二編（吶喊）』、P144-145。
23　ここの「偽毛唐」の行動も、辛亥革命を発動している指導者孫文が提唱した「三民主義」の足りなさと全く同じであると思われる。未荘での革命を組織していた「偽毛唐」もただ封建制度を擁護している当時の小生産者を革命の発動対象として発動しようとしていた。
24　前掲竹内好訳『阿Q正伝・狂人日記・他十二編（吶喊）』、P145。
25　当時の先進的知識人が提出した「自主的而非奴隷的、進歩的而非保守的、進取的而非退隠的、世界的而非鎖国的、実利的而非虚文的、科学的而非想像的」という提言を指す。

第 8 章
阿Qの革命
―絶望に至る覚醒の道―

8.1　はじめに

　「阿Q正伝」は全九章からなっている。その中の第七章「革命」、第八章「革命禁止」と第九章「大団円」の三章の内容は、阿Qの革命にかかわる文章である。確かに革命は阿Qの生活する中国の典型的な農村未荘に、なみなみならぬ震動を引き起こした。これまで、阿Qの革命に関する先行研究は、「阿Q正伝」論の中で最も数が多い。大体、辛亥革命に対する厳しい批判に的を絞って、論を展開している。最後の三章の内容は、未荘における辛亥革命の真実のあり様を描いた。私たちはその中に、ただ混乱と強奪、投機と法螺そして新旧各派の御一新の醜劇を見て取ることができる。ある革命はもしそれが革命というのに値するならば、そこには当然いくつかの悲壮な光景と、何人かの積極的革命的な人物が存在するはずである。しかし、「阿Q正伝」の中に我々が見ることができるのは、「病態人生と灰色の情景」とだけである。

　日本人研究者の下出鉄男は、進化論に基づき、「阿Q正伝」に内包されている啓蒙思想を分析した。下出鉄男は次のように言う。人類社会は「過去」「現在」「将来」へと進むべきであるが、しかし「不治の飢餓病」にかかった将来なき阿Qは、最後に処刑される時、いささかのごまかしもなく、自分が置かれている「現在」という現実が「狼の目」のようであることを認識した。即ち阿Qは覚醒したが、彼が直面せざるを得なかったのは「暗黒と虚無」の現実であった。「将来」なき阿Qは「絶望的な反抗」しかできない、逆に言えば、阿Qの最期の絶望的な「挣扎」(抵抗、あらがい)は、魯迅自身のあらがい、すなわち「挣扎」の中の啓蒙の意志を照らし出すことができる、と下出鉄男は論ずる。

　ほかに、阿Qの革命イメージに対して厳しく批判をする研究者も多くいる。鄭

振鐸は革命党になった阿Qに対して「阿Qのような人にしても、革命党になったとは……[7]」という不満を表した。また日本の研究者片山智行は、「阿Qにとっての革命とは、これまでの支配者から物を奪うことにすぎない[8]」と述べた。にもかかわらず、阿Qの中にある革命性に対して、片山智行は、「阿Qが革命に向かう可能性があること」を認めている。語り手は「少なくとも、卑劣な知識分子に比べると、『馬馬虎虎[9]』の阿Qのほうに（革命の）希望があるとみなしている[10]」とも述べた。「阿Q正伝」の主題に対して、片山は、「辛亥革命がついに阿Q一匹を血祭りにあげただけの茶番劇にすぎなかったことを物語っているのである。（中略）（作品の）奥に、作者の辛亥革命にたいする深刻な風刺が横たわっている。ここに、辛亥革命を真の革命になしえなかった作者の悔恨と悲憤が籠められている[11]」という作品の最終的な意義を明示した。

　要するに、多くの研究者たちが「阿Q正伝」の主人公阿Qの革命を巡って、様々な論を展開してきた。阿Qは中国の時代遅れの「農民の典型[12]」であり、何もわからずに革命に参加した。それが辛亥革命の失敗した根本的な原因であろうと批判した研究者がいる。また、阿Qの中の「革命の因子」を発動させず、阿Qのような革命可能な民衆を捨てた辛亥革命の指導者を厳しく批判した研究者も多かった。そして急進的な研究者（銭杏邨）は、未覚醒の状態で革命に参加しようとした阿Qを、20年代末の時代の情勢から全面的に否定した。さらに阿Qのような人物は中国の前進途上での妨げであり、それゆえ阿Qを描いた作家魯迅をも全面的に否定した。

　つまり研究者たちはそれぞれ卓見のある見解を提起した。しかし多くの場合、人物阿Qのある側面に対してのみ論を展開している。もし「阿Q正伝」が時代遅れの人物阿Qをただ革命に参加させようとし、その後、最後に処刑されたことだけを描いたのだとするならば、確かに無意義で、茶番劇に過ぎなかったのであり、「阿Q正伝」の傑作としての作品評価が出てこないと思われる。

　筆者は、「阿Q正伝」の作品の全体的な意味の中で阿Qの革命行為を考察することが、これまでの諸研究においては足りなかったと考える。研究者下出鉄男と片山智行はそれぞれの視野において、阿Qの革命行動を少し作品の主題と結びつけて論述したが、筆者の考えでは、阿Qの革命行為が含まれている作品的意義は以上の両者の論をもとにもっと延長することができると思われている。この作品において、阿Qのような人物が革命に参加しようとし、最後に銃殺された本当の作品的意義は一体何であったのか。革命が最後に失敗した根本的な原因は、本当に

革命を指導している側に咎があるのだろうか。研究者たちが阿Qの革命的主体性から十分に考察したかなどに対して、筆者は疑問を持ち続けている。筆者は以上のような問題意識を持って、「阿Q正伝」における阿Qの革命行為に対する文章をさらに深く掘り下げたい。そして、阿Qの革命行為の「阿Q正伝」における全体的意義を分析したい。

8.2　革命へのイメージ

　ここでは、もともと封建的制度と封建道徳規範の下で培われた阿Qが、革命に対してどのようなイメージを持っていたのか、また阿Qのイメージの中の革命にはどのような変化があったか、について分析してみる。

8.2.1　革命が来る前

　以前、阿Qは、城内で革命党を処刑するのを自分の眼で見たことがあった。小説の第六章の「中興から末路まで」の中にそれにかかわる文章が語られている。阿Qは自分の城内での見聞を未荘の人びとに語る時、聴き手の顔を赧（あか）らめさせた。そして次のように言う。

　　「おめえたち、首をちょん切るの、見たことがあるか」と阿Qは言った。「へん、すごいぞ。革命党をやっつけるんさ。すごいのなんのって…」首を振り振り、彼は真正面にいる趙司晨の顔に唾を飛ばした。この話は、聴き手を肌寒くさせた。ところが阿Qは、じろりと周囲を見回したかと思うと、急に右手をあげて、首を伸ばして阿Qの話に夢中で聴き入っているひげの王のぼんのくぼを目がけて、さっと振り下ろすと「バサリ！」
　　ひげの王は、びっくりして飛び上がった。同時に、電光石火の早さで首を引っ込めた。聴き手もぞっとしたが、喜びもした。その後、ひげの王は、長いこと頭の具合がおかしかった。そして二度と阿Qのそばへ近寄ろうとしなかった。ほかの連中も同様であった。当時、未荘の人々の目から見た阿Qの地位は、趙旦那の上とはいえないまでも、ほぼ同等と称しておそらく言いすぎでないと思われる程度には達していた。[13]

この文章から読み取れるのは、阿Qが当時起こりつつある革命について何事も知らなかったことである。阿Qにとっての誇りは自分が革命者の処刑場面を見聞したことである。阿Qは革命者の処刑現場の観客の一人にすぎず、また耳にただ「革命党」という言葉を聞いただけのことである。したがって、革命党の処刑は阿Qにとって、ただ未荘の人の前で珍しい見聞として示す材料であり、他人に自分の偉さを見せ、その優越感を示すだけのものであろう。このくだりから「賢人、馬鹿、奴隷」[14]の登場人物、「賢人」の言動が思い浮かぶ。阿Qは観客としての身分で、そして革命者を処刑する場面を無意識に支配者の面を被って、大衆に「面白がって」いる姿勢で話し、「革命」を怖がる「奴隷」たちに一服の麻酔剤（処刑をぞっとする娯楽とするような）を与える作用をした。そういう意味で、阿Qのこの言動は無意識のうちに封建制度を補強し、封建制度に忠実な「奴隷」たちにその精神上から「主人」である封建制度に対する不安を慰める働きを果たした。ゆえに阿Qのこういうところは、「賢人」のような役目を果たしている。「賢人、馬鹿、奴隷」の中で、「馬鹿」が「奴隷」のために窓を開けてやる行動したのに、逆に「奴隷」たちに追い払われてしまった場面がある。阿Qが革命者処刑の場面を面白がっている姿勢は、「賢人、馬鹿、奴隷」の中の「見舞客」の「賢人」の姿勢とよく似ている。即ち、阿Qが革命者処刑の場面で同情せずに面白がっている姿勢は、無意識のうちにその聴衆（処刑の話を聞く聴衆趙白眼たち）の不安を鎮める薬となった。そのおかげで聴衆は、自分の属している封建制度をよりよいものである、と信じ、その「主人」の封建制度に抵抗しなくなる。阿Qの話はそうした働きをしていると言える。阿Qは無意識に封建体制を補強する役割を担ってしまっていた。阿Qのこうした革命者処刑に対する主観的意識が、無意識のうちに大衆に対して封建体制を補強する役割を果たしているという印象をもたらす。
　阿Qは、「革命党というのは謀反だ、謀反は自分に都合の悪いものだ、という意見を、何でそうなったかわからぬが」抱いていて、したがってこれまでも革命党を「深刻に憎悪」して来ている。阿Qが革命党を「深刻に憎悪」するという主観的認識は、彼自身の思考した結果ではなく、長い間の封建的政策の慣習・教訓から出てきた封建制度の「奴隷」的思考であると読み取れる。当時の阿Qの現状からすると、農村の最低層である彼の境遇よりひどい者はいない。そのような境遇にいる阿Qも、自分の状態に満足している。即ち最低層に陥っていても、今までの抑圧された状態、あるいは「過去」からの搾取された状態を維持するという考えは、「奴隷」的考えであろう。この点について、魯迅はかつて批判したこと

がある。「私はいまひとつ分からないのだが、中国人はなぜ古い事に対して、心が安寧で気持ちも和らぐのだろう、他方、新しい機運に対しては、すぐにも拒絶反応を起こす。既成の事にはそんなに不満を抑えて丸く収めるのに、新興のことにはなぜこんなに完全を求めて責めたてるのか。」と魯迅は言う。つまり、これまでの中国の社会状況に慣れた阿Qの「革命」に対するイメージは、最初、革命の内容に鈍感で、革命党員処刑を賞賛する麻痺した状態であるばかりでなく、無意識に封建制度を補強する「賢人」のような働きをしてしまった。そして、革命党を憎悪する阿Qのイメージは、封建制度によって培われた「奴隷」的な考え方であると読み取れる。阿Qが封建社会の思想にいかに深い影響を受けていたかが分かる。

8.2.2 革命が来たとき

「宣統三年九月十四日――すなわち、阿Qが巾着を趙白眼に売り渡した日――真夜中ごろ、（挙人旦那の持ち船）一隻の大型の黒苫船が趙家の河岸に横づけ」になった。その船は「一大不安を未荘にもたらす」ことになった。閑人の調べによると、「革命党が入城する」ので、「挙人旦那が未荘の村に避難して」来たのだ、と言う。その噂を聞いた阿Qは、自分の憎悪している革命が、「意外にも、百里四方にその名を知られた挙人旦那さえ」縮みあがらせるのを知って、彼はいささか「恍惚」たらざるを得なくなってきた。まして「未荘の有象無象があわてふためく様子を見ては、ますます愉快にもなり」、「革命も悪くないぞ」という考えが出てきた。阿Qは革命が一体何のことか、無知の状態で、ただ未荘の人間の慌てる様子を見て、革命がそれほど大きな影響力があることについて「意外」であると考えている。彼の革命への「ふらふら」した感じも、ただ、挙人旦那、趙旦那「さえ」革命にそんなにおびえることと、未荘の村人が革命を怖がっていることから来ただけである。革命の本当の意義が何であるかが分からず、そして自分の陥っている被搾取状態に無自覚であることも明らかである。にもかかわらず、阿Qの革命に「ふらふらし」ている動きも、「革命も悪くないぞ」というつぶやきも、そしてそのあとの「謀反だ、謀反だ」という叫ぶ声も、みな彼自身が意識していないうちに「馬鹿」的な言動となった。つまり、阿Qの今までの純粋な封建制度的「賢人」と「奴隷」的な考えの底に、なお「馬鹿」の思想的要素、すなわち思うままに行動に移す要素が働いていることがうかがえる。この点が、今までの研究者たちの指摘する、「阿Qの革命的因子」ではないだろうか。しかし、阿

Qが革命に対して「ふらふら」することは、彼自身にも革命の指導者にも、理性的に意識されなかった。すなわち阿Qは「謀反だ、謀反だ」の本当の意味を理解し、自分の「奴隷」的身分に覚醒して叫んだわけではない。それは、彼の体から本能的に起きた革命への反応に過ぎなかったと言える。したがって彼はついに封建体制に抵触する軽率な言動をし、「謀反だ、謀反だ」という「馬鹿」の言動を発した。「謀反」という彼の無自覚の言葉は、確かに未荘の「奴隷」たち（その中には趙旦那を含む、未荘の村民）を脅かす非「常識」な言動であった。それ故に阿Qは、やがて革命後、革命の名をつけた旧支配階級や封建社会の警察に強盗の冤罪で逮捕され、処刑されて、未荘の村民にも「悪い」人間と見なされた。

8.2.3 「革命者」としての阿Q

　革命に憧れる阿Qは、一時はあたかも自分が革命党のようになり、未荘のみんなが彼の捕虜になったように感じた。そして、「ほしいものは何だっておれのもの」という夢も見た。趙旦那が革命を恐れる様子を見て、阿Qはさらに自分が趙旦那の位置を奪い取って、趙旦那のものを自分のものにするという、「主人」になる夢を見た。それは確かに研究者汪衛東のいう通り、阿Qの革命のイメージは根本的に「私欲中心」[17]であり、私欲を満足するためのものであった。それがゆえに、阿Qの「革命者」の私欲の夢想は実際とははるかに離れていたため、彼の憧れる革命者が獲得するはずの革命の果実は、現実の社会で一つも実現できなかった。彼の革命者となる夢想はただ一瞬のように過ぎてしまった。「次の日、彼はおそく起きた。街へ出てみたが、何ひとつ変わっていなかった。相変わらず腹もへる。思い出そうとしても、何も思い出せなかった。」ここに述べられた通り、革命は彼の思う通りではなかった。阿Qは「不満になった」であろう。しかし阿Qは、「それにしても得意になれなかった。いやしくも革命したからには、こんなことであっては」ならないと考え、彼の自尊心は傷つき始めたと思われる。

　阿Qが革命党になった後のイメージは、「奴隷」としての阿Qが「主人」になる夢を実現することであると読み取れる。さらに詳しく言えば、もともと被抑圧的な窮地に陥れられ、社会の最低層に位置する阿Qは、自分の「奴隷」的身分の不当性を自覚しなかったし、自分の属する「主人」の封建制度や、封建制度の擁護者「賢人」を疑わずに信じ込んでいた。そればかりでなく、この不当性をもたらした「主人」や「賢人」の地位にあこがれていると考えられる。この点から見れば、阿Qの中では、その「奴隷」と「主人」や「賢人」との間に結ばれた連結

関係が、その習慣と思考が、どれほど強固であるかが分かる。それは揺るぎなくて、崩れそうもないものであることがわかる。

揺るぎない封建制度は、「革命」によって「何ひとつ変わっていなかった。相変わらず腹もへる」と感じる。これは阿Qの革命に対する失望の表われである。さらにひどいことに、阿Qの革命願望は「偽毛唐」によって禁止された。革命を禁止された阿Qの、革命に対してのイメージは「白兜白鎧の破片」[18]となったに過ぎなかった。

こうした阿Qの「革命」へのイメージの文章から、彼の革命への主観的認識の軌跡を追跡することができる。簡潔に言い表せば、「阿Q正伝」の初めから終わりまでの文章に投映するのは、封建社会で「賢人」、「馬鹿」、「奴隷」などの役割を果たすあらゆる阿Qの姿である。「賢人」、「馬鹿」、「奴隷」の姿は阿Qの中にそっくり映しだされる。阿Qは、一方では、封建制度の維持者である「賢人」と「奴隷」の役目を果たしながら、他方では、無意識に「馬鹿」の行動をしていると思われる。そして、夢想の中で、自分を安楽にする「主人」となる夢を見ている。阿Qの革命に対する夢想は相矛盾する混沌としたものである。阿Qは「奴隷」的夢想、「賢人」的および「主人」的夢想もあわせ持ち、無意識に「馬鹿」的な考えをも持っている。そして阿Qは自分の身に染みついているこの「賢人」的、「主人」的、「奴隷」的および「馬鹿」的夢想に無自覚であり、はっきりと認識していない。これは当時の中国民衆の中での革命の実態であり、辛亥革命当時の現況である。この絶望的な現実に基づいた、現実における「革命」後の政治権力によって、阿Qは冤罪を着せられ、最終的に命を食われてしまったのである。

8.3　阿Qの「奴隷」的革命動機

8.3.1　「奴隷」的革命動機

以上に述べたように、阿Qは、革命者になることが自分にいろいろな利益をもたらすと考えている。阿Qは「革命者になる」夢を見始めた。すなわち阿Qの革命の動機は次の三つの方面から伺える。

まず第一に、これまでの自分の「奴隷」的な地位の向上を図ることである。阿Qは、趙旦那との間に上下関係があるため、真っ先に自分の下層民の地位を変えることを考えている。自分も趙旦那のような村人の中で偉いと思われる人物にな

りたがっている。しかし、趙旦那に趙姓を名乗ることを禁止された。したがって、まず自分が上層民に入るための障害物を取り除く考えを持った。彼は趙旦那を殺害することを望む。それから、これまで自分が下層民の位置も保つことができなくさせた人物小Dを、殺害したがる。というのも、小Dは、阿Qから趙旦那の家での安定した日雇い仕事を奪った人物であるから、すなわち自分の「奴隷」的な地位も失わせてしまったからである。上層社会への道の障害物趙旦那と、下層民でいられる地位を保つ道の障害物小Dを取り除くことが、阿Qの第一の革命目的となる。したがって、「革命者」になったら、阿Qはあたかも自分が趙旦那のようになり、仕事に「自分じゃ手を出さないで、小Dの奴に運ばせてやる。早く運べ。おそいとガーンといくぞ……」と想像している。

　阿Qの以上の革命動機は、趙旦那を殺したいことも、小Dを殺したいことも、封建社会の中の被圧迫的な自分の「奴隷」的位置を認識していないうえでのものである。阿Qはどの革命動機においても「奴隷」の自分と趙旦那との間にある被圧迫と圧迫との不当性を認識できないでいる。それゆえに、阿Qはかえって自分が封建社会の維持者、圧迫階級の趙旦那に成り代わりたがる。また、阿Qは封建社会の被圧迫者「奴隷」でありながらも、この「奴隷」の位置を保とうとし、さらにあわよくば革命によって封建的上層階層に成り代わろうとする「奴隷」的動機に支配されていることが分かる。ここから、当時の中国社会で提起された啓蒙の思想と辛亥革命の運動が、阿Qのような民衆には何の積極的な影響も与えていないことが読み取れる。啓蒙思想は、覚醒していない人間の基底にある時代遅れの意識を啓発せず、民衆の思想を基底から目覚めさせることもなかったことがうかがえる。そのため、啓蒙思想を指導的思想とする辛亥革命が、失敗の運命に陥ったことを小説は映しだす。

　阿Qの「奴隷」的革命動機の第二は、財産を獲得することである。阿Qは自分が「革命党」になったら、すぐに考え出したのが、「さて…ほしいものは何だっておれのもの」、人の財産を奪うことについても、「あたりまえさ。ほしいものは何だっておれのもの…」と想像する。これらの文章から、革命とは阿Qにとって財産を獲得することであるという読みができる。そして阿Qだけでなく、当時の未荘社会でのすべての人までそのように思っている。まず挙人旦那が革命におびえて、自分の財産を未荘に運び隠して、村へ避難するという噂の記述がある。そして趙旦那は、「Qさん……ちかごろ……ちかごろ……もうかるかね」という聞き方をした。趙白眼は、革命党のくちうらを探りたいらしく、恐る恐る次のよう

に言った、「阿……Ｑさん、おいらのような貧乏人は、大丈夫だろうな……」。そして、「趙旦那の親子は、家へ帰ると、燈（ひ）ともしころまで相談しあった。趙白眼は家へ帰ると、腰から巾着をはずして細君に渡し、行李の底へしまい込むように命じた」こうした文章から、未荘社会の人間の中における革命の意義が何であるかが分かる。それ故に阿Ｑも「革命者」になることを通じて、財産獲得の夢を見たのである。阿Ｑの夢は、「分取り物…躍り込んで行って、箱をあけてみると、出るわ出るわ。馬蹄銀、銀貨、モスリンの単衣…まず秀才のかみさんの寧波（ニンポー）寝台を地蔵堂へ運んでくる。それから銭の家の家財道具…」という文章から、わかるだろう。ここから中国農民の根底に潜む「私欲中心」と「奴隷」的考えの弱点も書かれているのである。阿Ｑは自分の属している封建制度に対して、制度そのものに対する不満がないだけでなく、彼の考えの根底には封建制度の擁護者に対するあこがれを持っている。彼は、自分の「奴隷」的地位を根本的に社会的に変えるという思想がないばかりでなく、自分のこれまでの「奴隷」的身分を保障するような夢想を持っている、即ち、封建社会のどん底に位置する「奴隷」から、より高い身分を持つ「奴隷」になるという動機も伺えるのである。なぜかと言えば、阿Ｑは当時困窮したときにおいて、その低い身分の「奴隷」的生活を維持できず、さらにこれまでの「奴隷」的生活をも保証できなかったからである。つまり阿Ｑが財産を獲得する動機には、「奴隷になりたくてもなれない時代」[19]から「当分安全に奴隷になりおおせている時代」[20]になってほしいという「奴隷」的な動機の側面もあったからである。

　阿Ｑの「奴隷」的革命動機の第三は、女を獲得することである。三十歳になった阿Ｑは今まで、一人の女にも好かれていなかった。正常な性欲がある彼は、女と恋愛したがる。今までの彼は「『かならず男をひっかけたがっている』にちがいない女に行きあうと、いつも注意して」みたが、相手がさっぱり笑いかけてこなかった。そして「彼と話しをする女の言葉も注意して聴いてみたが、別にあやしげな事柄に触れて」こなかった。女たちは、ことごとく「猫をかぶって」いると彼は考えた。だから彼は今まで一回だけこっそりと「芝居小屋の人ごみの中で、女の尻を抓（つね）ったこと」があった。つまり、女と恋愛する経験がなかった阿Ｑは、「革命者」になったら、今までの惨めな自分を裏返して、「すきな女は誰だっておれのものさ。」ということにしたい。そして、未荘の女は自分の好きなように選ぶことができる。「趙司晨の妹は、おたふくだ。鄒七嫂の娘は、まだ二、三年早い。にせ毛唐のかかあは、辮髪のない男と寝やがって、ふん、ろくでなし

だ。秀才のかかあは、瞼にできものの痕があるし…呉媽は、そういえば長いこと見かけないな。どこへ行ったか——惜しいことに大足だが」などと考える。阿Ｑの以上のような、女を獲得しようとする動機は、一方では、彼の性的欲求のためであると言える。他方で、彼の考えの中には、「不孝に三あり、跡継ぎなしを最大とする」という封建社会の家族制度の観念によるものがあると思われる。つまり、阿Ｑは自分が家柄も家族もない貧しい農民であっても、自分に跡継ぎがほしいという封建制度の「奴隷」的考えをもっていたと読みとれる。

8.3.2 「三民主義」と啓蒙思想の実質

　以上の革命に対する三つの動機は、阿Ｑが革命に参加する動機における主観的意義であると言える。つまり、阿Ｑは革命を通して、今まで自分が持てなかった「権力」、「財産」、「女」を手に入れたいだけである。それは確かに研究者片山智行が指摘する、「阿Ｑにとっての革命とは、これまでの支配者からものを奪うことに過ぎない」[21]という通りであろう。言い換えれば、阿Ｑは封建制度の維持者である「主人」になりたがり、封建制度の擁護者の「奴隷」として手に入れられないもの、より良いものを、手に入れようとする気持ちが読み取れる。彼のこれらの動機は、実際の行動によって実現できないことを敢えてするような「馬鹿」的な考え方である。阿Ｑのこれらの革命動機は、当時の啓蒙者が提唱した、改革のために犠牲的献身的精神を持つべき革命者からはるかに離れてしまっている。そのうえ、辛亥革命の提唱者は、阿Ｑのような下層農民の要求を無視した。したがって、革命の指導者が提唱している革命と阿Ｑの想定している革命とは交差しなかった。阿Ｑのような基本的生存条件に乏しい下層農民にとって、指導者もない革命動機に、革命とその思想への献身的精神がないのは当然であった。すなわち、阿Ｑのほうから見れば、阿Ｑの主観上での革命動機はいずれも彼の夢想上でのものである。「奴隷」が「主人」になっても、その思想の根底はやはり「奴隷」である。彼の夢想が「地位、財産、女」を獲得するところから見れば、阿Ｑの夢想はせいぜい「奴隷」よりもっと地位が高い趙旦那のような「奴隷」になることに過ぎなかった。その実質は封建体制という「主人」の擁護者に過ぎなかった。要するに、阿Ｑの中には、自分の「奴隷」的身分をその根底から解放する考えがなかった。言い換えれば、革命の本当の使命「封建制度を覆す」ことは念頭になかった。またその革命の最終的な目的が自己を含めて封建的被圧迫下の人間を解放することであることをも認識できなかった。他方で、革命の指導者から見れば、

彼らは明確に「三民主義」[22]を提出した。それを実行するとき、孫文の「民族主義」（異民族王朝清を打倒し、帝国主義を排除する）は当時の中国国民の愛国心を高揚させ清朝を打倒することができた。しかし封建的支配階級の力と帝国主義の影響力は温存された。「民権主義」は、民主共和の体制を作ろうとしたが、しかし西洋諸国の民主制の体制の欠陥（貧富の差が極めて大きい等）があり、また中国の封建的支配階級から強い反撃を受けて、「民権主義」は中国に根付かなかった。最後の「民生主義」を実行するとき、孫文が提出した「平均地権」の綱領は、当時の最下層の農民の要求や利益と緊密に結び付けて、実行することがなかった。この点から見れば、孫文の「民生主義」は、農民大衆の革命闘争の綱領となることができなかった。孫文の「三民主義」は、中国革命の主力となる可能性のある農民大衆の革命意欲を発動できなかった。

　また当時の啓蒙思想という点から見れば、孫文は「民生主義」を提出し、中国での資本主義を発展させるべきだと主張した。しかし、孫文は西洋のようなブルジョア化を避けようとし、また国民への啓蒙思想の普及をそれほど重視していなかった。当時、梁啓超を代表とする人びとは、西洋の学術と論理の紹介を熱心に行った。その啓蒙思想の主な内容は、当時の封建的制度と対立するブルジョア階級の人生観や社会観念や、西洋の学術に基づくものであった。啓蒙者たちの提唱する啓蒙思想は当時の国民に広範な影響を与えたと言えるが、しかしその範囲は都市の青年知識人であり、農村に生活している農民大衆にはほとんど及ばなかった。そうした有様が「阿Q正伝」に描かれていると思われる。

　辛亥革命時の指導者と啓蒙者たちは、当時の客観的現実を前にして、農村に生活する農民大衆の利益を考慮し、またその広範な農民大衆に啓蒙思想を押し広げることに無力であった。彼らは当時の中国の民衆の基本的生存条件と思想の改革にも無力であり、阿Qのような農民大衆に潜在する「革命的因子」の発掘もできぬままでいた。ゆえに、彼らの指導する辛亥革命は農村の現実をほとんど変えずに終わるのであり、当時の封建的制度を根底部から動揺させることができなかった。「阿Q正伝」は以上のような現実をそのまま描き出していると思われる。

8.4　阿Qの「奴隷」的革命行動

　阿Qの自尊心（プライド）が傷つけられ始めてから、阿Qは心中、革命が自分

の思う通りのことではない、とぼんやりと考え始めた。しかし、阿Qは「ふと思案が浮かんだ」ようで、革命の行動を考えたのであろう。彼は「のそのそ歩くうちに、いつのまにか静修庵の前まで」来た。この文から、阿Qの中の「思案」が、実際に革命の行動をすることであったと読み取れる。小説の中で、阿Qの指導者なしの「革命行動」が三回書かれている。一回は静修庵へ行くことである、二回目は辮髪を巻き上げたこと、三回目は「偽毛唐」に革命志願の告白をしたことである。

　まず一回目の「革命行動」の文章を見てみよう。

　「おまえ、また何しに来たの？」尼さんは、びっくりして言った。
　「カクメイだぞ……知っているかい……」阿Qは、あいまいな口調で言った。
　「カクメイ？　カクメイはもう済んだよ……おまえたち、私たちをどうカクメイするのさ」尼さんは両目を赤く腫らしている。
　「えっ……」と、阿Qは腑に落ちない。(中略)
　「誰が……」阿Qはますます腑に落ちない。
　「秀才と毛唐だよ」
　あまりの意外さに、阿Qは茫然となった。阿Qの鋭気のくじけた（後略）[23]。

　以上の、「阿Qは、あいまいな口調」で言った「カクメイだぞ……知っているかい……」という文章から、阿Qの中にある「革命についての」行動が、実は誰が誰を革命するかの不確実性が分かってくる。もともと阿Qの中の「鋭気」は彼の革命行為にしたがって、彼の中に潜む「革命的因子」に転換する可能性があった。しかし革命の進行が彼の思う通りでなかったから、阿Qのその「鋭気」は次第に「腑に落ちな」くなり、「ますます腑に落ちな」くなってきた。革命にだんだん失望してくる阿Qの気持ちが表れてくる。したがって、「あまりの意外さに、茫然となった。鋭気のくじけた」という文章から、阿Qの高い自尊心が続けて傷つけられたとする読みができる。この時阿Qは、趙秀才と「偽毛唐」が静修庵で革命する前に、「両人が彼を迎えに来なかったのを怨ん」だ。彼は心の中で、「さては奴らは、おれが革命党になったのをまだ知らないな」と二人を罵倒した。

　阿Qのこの始めての革命行為は、日雇い農民の阿Qの主観的考えに基づいて、「強者が弱者をいじめる」という形で現れた革命行動であり、当時の辛亥革命が主張している「ブルジョア階級が封建制度を覆す」という革命運動[24]の実際と内容

からかけ離れていた。そのため、未荘の地主の旦那方が静修庵の竜牌を壊す革命行動にしろ、阿Qの「静修庵へ行く」という革命行動にしろ、実際においてはそれほど意味がなかった。しかしそれらは未荘においては「革命行為」という意味があったのであった。そして阿Qは実際に起こった「革命」が彼の想定している「革命」とは違っていて、彼に失敗に終わったと感じさせたものである。

続いて、阿Qの二回目の革命行動を見てみよう。

　未荘にも改革がなかったわけではない。（中略）秀才が辮髪を巻きあげたというビッグ・ニュースは、彼はとっくに承知していたが、自分にもまねができるということには考え及ばなかった。いま、趙司晨もそうだと知って、はじめてまねる気になり、実行の決心をした。彼は、竹の箸で辮髪を頭の頂きに巻きつけ、しばらくためらった末、ようやく思い切って外へ出てみた。[25]

彼はこういう「革命の格好」をして、街を歩いていったが、しかし予想と違って、人々からうらやましい目で見てもらえなかった。人々は「彼の方を見たが、何とも言ってくれな」かった。阿Qの自尊心（プライド）が二回目の衝撃を受けた。というのは、彼は想像上で、革命行動が少なくとも彼の自尊心（プライド）を満足させ、他人に自分が人としてあつかわれるようにさせる働きがあると考えていた。実際には、彼の存在はいつもの通りに民衆にとって無関心なものであり、以前のように民衆に無視されていた。ここで阿Qは、自分が人として民衆に認めてもらえない失敗観を一瞬の間に感じ取ったと思われる。その根拠はその次の文章からうかがえる。「彼の生活は、謀叛の前に較べて決して悪くはな」く、「人も彼に一目置いて」いるし、「商店も現金をよこせ」などと言わなかった。だが阿Qは、「それにしても得意になれなかった。いやしくも革命したからには、こんなことであってはならない。」と考える。以前、彼の想像していた、「そうなると未荘の有象無象が見ものだろうて。土下座して『阿Q、お助け！』と来るだろう。」という現象が、現れなかった。こうした理由もあることから、上記のように、彼には人として当時の民衆に認めてもらえなかった失敗感も生じたのだろう。つまり、前に述べた通りに、阿Qの革命行動はその実質上から見れば、「奴隷になりたくてもなれない時代」[26]の惨めな「奴隷」から「当分安全に奴隷になりおおせている時代」[27]の「奴隷」になりたいという、「奴隷」的な行動にすぎなかったからである。

阿Qは、内心不満で、時々刻々自分が落ち目にあるのを感じた。またその後で、阿Qの革命に参加する願望も「偽毛唐」に禁止されてしまった。「白兜白鎧の人が彼を誘いに来るあては、絶対になくなってしまった。（中略）遊び人たちが言いふらして、小Dやひげの王などにまで馬鹿にされるなんてことは、そもそも第二の問題だ」と阿Qは考えていた。この文章から、阿Qの中のいわゆる自尊心（実は自己欺瞞による）が、もう第一のことではなく、第二のことになっているという変化が読めるだろう。

阿Qの三回目の革命行動は、「西洋先生」（「偽毛唐」）に自分の革命志願を告白したことである。阿Qは前の二回の革命行動をしたが、結果が自分の思う通りのものにならないし、現実が依然として厳しいと感じた。阿Qは「さっそく出かけていって、にせ毛唐（革命党）に相談するよりほかには、もう道はないのだ」と考え、三度目の革命行動に足を運んだ。

　　西洋先生は、彼（阿Q）に気がつかなかった。ちょうど目を白くむいて演説に油が乗っているときだったから。（中略）「え……その……」阿Qは、彼（偽毛唐）が一息つくのを待って、とうとう思い切って勇気を出して、口をきった。ただ、どうしたわけか、西洋先生と呼びかける言葉は、口から出てこなかった。演説を聴いていた四人がびっくりして振り返った。西洋先生も、やっと彼に気がついた。
　　「何だ？」
　　「その……」
　　「出て行け」
　　「わしも……」
　　「うせろ！」西洋先生は、葬い棒をふりあげた。[28]

以上の文章からわかるのは、当時の革命の組織者の発動する革命が、阿Qのような下層民があこがれている「革命」と交差しなかったことである。阿Qの側から見れば、彼は革命の本来の意義を理解できていないけれども、しかし彼の未覚醒での「革命に参加」という「馬鹿」的行動が彼の中に無意識に起こっていた。これは「素朴の民」の「反抗の原初形態」（中井政喜、2006）であると思われる。革命の組織者「偽毛唐」の側を見れば、当時の中国にある「反抗の原初形態」を無視し、阿Qのような下層民にある「素朴の民」の「反抗の原初形態」を組織し

なかった辛亥革命の指導者側の実態が見られる。

　革命の前において、阿Ｑはどんなに劣勢の状態に陥っても、心の中で第一なのは自尊心（プライド）であった。そのため、今、彼はなんとかして自分を満足の状態にさせたいのである。これは、今まで自分を支えてきた自尊心がひどく衝撃を受けたからであろう。阿Ｑの心理的過程において、以前の自尊心に満ちていた気持ちは今の「失望」の気持ちに変化してきた。今の阿Ｑは自尊心によっても、「精神的勝利法」によっても、彼の失望の気持ちを変えられないようになった。

　　こんな味気ない思いをしたことは、かつてなかったような気がした。辮髪をぐるぐる巻きにしたのさえ、無意味なことに思われて、馬鹿らしくなった。腹いせに思いきって垂らしてやろうかとも考えたが、それもやりかねた。（中略）（彼は）思えば思うほどに癪にさわって、しまいに煮えくりかえるように腹が立った。彼は、いまいましそうに首をふって、つぶやいた。「おいらに謀叛させないで、自分だけ謀叛する気か。こん畜生のにせ毛唐め――よし、謀叛してみろ。謀叛は首をちょん斬られるんだぞ。恐れながらと訴えてやるからな。てめえなんか、城内へ引っぱって行かれて、首をチョンだ――親子もろともだ――バサリ、バサリ」[29]

　以上の阿Ｑの三回の革命行動の軌跡から、彼の革命への考え方の変化の軌跡もうかがえる。阿Ｑは、自分も趙秀才や趙白眼のような封建制度下の「奴隷」的「人材」[30]になりたいし、周りの人間にうらやましがってもらいたい気持がうかがえる。つまり、阿Ｑはその種の「奴隷」的「人材」になる資格を得たいのであろう。しかし、彼のこの「理想」が失敗するに従って、彼の革命行動と革命に対する心情も変化しつつあった。

　それは、始めの「鋭気のくじけ」ることから、「革命に不満になる」ことを経て、最後の「革命に怒る」という気持ちの変化である。「西洋先生」（「偽毛唐」）に革命を禁止された後、阿Ｑが自分の不満を追い払うために、思い切って「偽毛唐」の革命を「訴えてやるからな。城内へ引っぱって行かれて、首をチョンだ――親子もろともだ――バサリ、バサリ」という「馬鹿」的な言動を起こすという気持ちの変化がある。他面から言えば、民衆の革命願望を拒む革命は、民衆を「反革命」にならせてしまう。その点に対して、下出鉄男は、阿Ｑのところに革命の「両義性」[31]があると指摘した。確かに「怒号の文学が出現すると、反抗はまもな

く始まる。彼らはすでにとんでもなく憤慨しており、(中略)反抗に立ちあがり、仇を討とうとする。[32]」阿Qもそうであっただろう。

8.5 「大団円」の作品的意義

　以上の文章から、当時の革命指導者が、革命の原動力になれる可能性がある阿Qのような農民大衆を組織しなかったばかりでなく、阿Qのような民衆の革命願望を了解せず、農民大衆を革命隊伍として考慮しなかったことが分かる。さらに、辛亥革命の指導者がただ、都市の民衆（都市プロレタリアートと小生産者）を組織し、彼らの革命的闘志を発動しただけで、広範な農村にいる農民大衆の阿Qたちを革命隊伍に組織しなかったことがわかると思われる。

　「阿Q正伝」の第七章の「革命」、第八章の「革命禁止」、第九章の「大団円」の三章は主に阿Qの革命をめぐって述べた内容である。もともと革命の原初動力となる可能性がある農民阿Qが、革命を禁止され、革命の犠牲者になり、もともと革命の指導者を弾圧し殺害した封建的支配者が、結局「革命者」になってしまった[33]という「阿Q正伝」に投影する辛亥革命の実情が書かれている。このような絶望的な革命的現実の描写が「阿Q正伝」に反映し、戯画化されて描き出されていると思われる。

　以上で述べたように、革命のとき、「奴隷」的、「賢人」的、そして「馬鹿」的考えと言動が、阿Qの一身に集中して次々と現れる。阿Qの革命はあくまでも「奴隷」が「馬鹿」的な行動によって、もっと地位が高い「奴隷」、或いは「主人」のような「奴隷」になりたいための革命であると思われる。したがって、阿Qの革命願望も、革命動機も、革命行動も、失敗に終わるほかなかった。最後の三章の中で、阿Qは盗人の冤罪で捕えられた時、彼の中の「賢人」的な考えが時折に出現して、彼の中の不満や不安を鎮めた。そして処刑されるときにも、彼の中の「賢人」的考えが出てきて、自分の殺される恐怖感を鎮める。また処刑される間際に、「賢人」阿Qは「二十年目には生まれかわって男一匹……」と、思いまどううちに、生まれて一度も口にしたことのない死刑囚の決り文句を「師匠いらず」に口から飛び出させる。[34]

　以上に述べたように、革命のとき、阿Qは、「賢人」的、「馬鹿」的、「奴隷」的そして「奴隷式の主人」的考え方や言動を次々と取り、その軌跡のはてに破滅

第 8 章　阿 Q の革命　　177

することになった。次の文章を見てみよう。

　　阿 Q は処刑される最後、喝采した人々の方をもう一度眺めた。その刹那、彼
　の思考は再び旋風のように頭のなかを駆け巡るような気がした。（中略）
　「助けて……」[35]

　阿 Q は、自分が処刑される場面を見物に来た群衆の眼から、その恐ろしさを感
じとりその群衆の眼が狼の目よりもっと恐ろしく感じられた。群衆の眼に見える
冷たさ、革命に対する愚昧さ、麻痺、そして革命に無知であることも感じた。そ
して阿 Q は、自分の夢想の「革命」があくまでも「奴隷」的考え（私欲の充足）
であり、自分の夢想の中の「革命」がとうてい自分の現実の「奴隷」的な身分を
変えたり、実際の処刑から自らを救うことができない、と感じたことが読み取れ
る。したがって、彼は狼の目を見る度に、さらに恐ろしく感じ、処刑直前に、自
分と周囲との隔絶感にも恐怖をもった。阿 Q はこの隔絶感を打開する方法も分か
らぬまま、とうとう、「助けてくれ」という声を出そうする行為に隔絶感を転化
しようとしたと思われる。そのときの阿 Q の叫び出そうとする行為は、阿 Q がさ
まざまの厳しい現実に向きあいはじめ、そこから自分を救いえないための絶望的
行為であると思われる。言い換えれば、阿 Q の「助けてくれ」と叫び声を出そう
とする行為は、自分の中にある「奴隷」的考えと、自己欺瞞の精神的麻酔剤
（「精神的勝利法」とプライド）の悪を認識し得たと言えないが、しかし、彼が自
分の絶望的人生を認識する前兆であると言える。そして、少なくとも、阿 Q の叫
びだそうとするこの行為自身は、今まで「賢人」、「馬鹿」、「奴隷」を一身に集め
てきた阿 Q の中で、この三者の有機的バランス、揺るぎない関連性が変化する可
能性も含まれる。かすかながらも、「賢人」、「馬鹿」、「奴隷」的存在が統合的に、
揺るぎない関連性として存在している中国の現状が変化することを示す予兆、可
能性も含まれていると思われる。
　しかし最後の「大団円」というのは、革命に対するその「賢人」的、「馬鹿」
的、「奴隷」的な阿 Q の言動の「大団円」であると読み取れる。それは、辛亥革
命が発生したとき、民衆が、以上のような矛盾しあう考えを持ち、革命の本質に
未覚醒のままの実態にあった「大団円」である。さらに進んでいえば、それは、
辛亥革命を組織する指導者が直面する、なかなか変えられない絶望的な中国の現
実であると思われる。

以上のような絶望的な革命環境において、阿Qは指導者もなく、革命の実質的な意義を理解できないままでいる。従って、阿Qは無意識に幾度かの「馬鹿」的な言動（例えば、「謀反だ、謀反だ」と呼んだ声、趙旦那を殺害したいという考え、「偽毛唐」の行動を政府に告発してやろうとする考え、最後の処刑時の「助けてくれ」と叫ぼうとしたこと等）をしたとしても、彼は破滅から逃れられなかったであろう。阿Qのこれらの「馬鹿」的な言動は彼の思想上での覚醒した言動と言えないが、しかしそれは彼の五感上での反抗であり、「素朴の民」の「反抗の原初形態」となることができたはずであった。しかし当時の指導者の無視によって、阿Qとともに破滅させられてしまったのである。これこそは当時の中国が直面していた絶望的な現実であると思われる。

8.6　おわりに

　本章は、革命の環境における阿Qの革命に対するイメージと動機、行動を一つ一つ分析してみた。以上のような三つの方面をエッセイ「賢人、馬鹿、奴隷」（『野草』）との関連において、阿Qの革命に対する主観的把握が如何に当時の客観的な革命的現実を反映しているかを分析してみた。最初に、「革命がそんなに面白くなかった」ところから、「内心不満で、時々刻々自分が落ち目にある」のを感じるようになり、そして「心のうちに、悲しみがこみあげ」て、「思えば思うほど腹が立」つようになった。最後に、処刑される革命者の立場におかれ、はじめて現実と向き合い、現実の厳しさに恐怖感を感じるあまり、身体上から本能的な抵抗の声「助けてくれ」という叫びを出そうとする過程を分析してみた。

（１）まず、革命が未荘に訪れる前に、阿Qの革命党に対するイメージの文章を考察した。そのイメージから、阿Qが「封建制度」に対して無意識的な「賢人」（革命者の処刑の場面を、情け容赦なく娯楽としてあつかい、封建制度の下で生活している「奴隷」の趙白眼や小Dたちの苦痛をやわらげるような話をしたこと）のまなざしを持ち、またそのほか「奴隷」[36]的心情、「馬鹿」[37]的「非常識」[38]などがありありと投影していた。

（２）阿Qの革命への動機は、簡単に言えば、「地位、財産、女」を手に入れることである。そのいずれも彼の中の「主人」に対する「奴隷」的動機から出た考えである。つまり「奴隷になりたくてもなれない時代」[39]の貧窮の「奴隷」

から「当分安全に奴隷になりおおせている時代」の「奴隷」になりたいという「奴隷」的な妄想であると思われる。彼の主観的革命動機はあくまでも彼の勝手な夢想であり、彼の無意識での「馬鹿」的な行動によって封建社会から打撃を受けてしまったと読み取れる。

（3）阿Qの革命行動は、彼の「革命」に対する「奴隷」的主観的把握に基づいた革命行動である。一言で言えば、「主人」の封建制度に対する「奴隷」的資格を得るために行った行動であると思われる。即ち、「静修庵へ革命に行く」ことも、「竹の箸で辮髪を頭の頂きに巻きつけ」ることも、「偽毛唐」に革命の意志を告白することもみな、彼の属する「主人」の封建社会での安定した「奴隷」になる資格を得るためであると思われる。阿Qがこれらの「奴隷」的な性格の革命行動をしたとき、時折に、彼の中にある「馬鹿」的言動が表出されている。しかし彼の無意識の「馬鹿」的考えと行動は、当時の実際の革命の動向や社会環境の動きと不可避な衝突がおきて、彼の壊滅的な失敗を迎えたと読み取れる。阿Qの革命に対しての一連の行動には、彼の中の「賢人」的、「馬鹿」的、「奴隷」的、そして「主人」的な考えと言動が集中的に表出されている。つまり、以上の三者が次々と阿Qに現れ、阿Qが処刑されることによって、その考えと言動も阿Qとともに破滅した。あれらが「大団円」の中で破滅してしまったという解釈ができると思われる。

そして辛亥革命について言えば、辛亥革命は阿Qのような下層農民を指導し参加させなかった。こうした辛亥革命は、封建的支配階級の勢力に利用され、挫折していく。当時の啓蒙思想と革命の綱領が民衆の中に浸透していなかったことが分かる。もともと革命党員を殺害してきた封建的支配者黎元洪や地主階級の趙秀才が革命党の名を着て、阿Qのような被抑圧階級の下層農民が、かえって革命隊伍に参加することを拒まれた。啓蒙思想家と辛亥革命の指導者が封建的支配階級に利用されて、革命の理想が実現されず、絶望的な失敗の窮地に陥ったことが読み取れる。

最後の部分で、群衆の眼は今までの阿Qが出会った狼の目よりもっと恐ろしいという文章がある。阿Qの処刑を賞玩しに来た群衆の目、すなわち阿Qの処刑を喝采しに来た群衆の眼が、狼の目より「もっと恐ろしい目」であるという言葉は、阿Qが最後に感じたことをそのままに描き出したと思われる。それは全く、今までの阿Q自身と同じような、群衆の愚昧さと麻痺であった。それは「近づきもせず、遠のきもせず、いつまでも彼の後をつけて」、彼の肉を食おうとかかり、魂

にかみついたという。阿Qは、以前、城内で革命者の処刑をみた時の自分と全く同じような愚昧さと麻痺を、今の群衆から感じとっている。その際、彼は初めて現実の厳しさに非常な恐怖を感じ、とうとう「助けてくれ」という声を叫び出そうとした。阿Qは当時の現実や辛亥革命の本質を理解でき認識できたとは言えない。しかし彼は最後の最後に、初めて「賢人」の保護なしに裸で現実と向き合うことができた。それこそ、彼をこれまで未覚醒の状態から、覚醒への道に導き出す契機であると思われる。だからこそ、阿Qが最後に「馬鹿」的な「助けてくれ」と叫ぼうとした行為は、非常に有意義なものであると思われる。というのは、阿Qが初めてその身体上での反応をそのまま表出させることによって、まず身体上から当時の客観的厳しい現実に対する抵抗の声を出そうとしたからである。

従って、阿Qの最期の叫び声を出そうとする行為こそ、「阿Q正伝」全文の有意義なところであると思う。それは魯迅の引用する高長虹の言葉を借りると以下のようである。

> 黒く沈んだ暗夜、全ての人は死んだ如くに熟睡し、もの音一つせず、何の動きもない。何と退屈な長い夜が、こうして何百年、何百年もの時が過ぎて、暁の光の来ない暗夜は明けることはない。(中略)そこで数名が暗黒の中から醒め、互いに呼び合う:(中略)我々は立ちあがろう。大いに叫ぼう。時が来るのを待っていた全ての人は立ちあがろう。(中略)この様に叫べば、微弱でも、東や西、南や北からじわじわと強くて大きい声が聞こえて来るし、我々より更に強大な応答がある。一滴の泉水が江河の源流となれるのだし、微小な始まりが偉大な結果を生みだせる。[41]

阿Qは処刑されたかもしれないが、しかし幸いなことに、彼は生命の最期の時に自分の麻痺と愚昧さの恐ろしさを感じとり、身体上から抵抗の反応を出した。確かに魯迅の引用の言葉に言う通り、阿Q一人の叫ぼうとする行為はほんのわずかであるが、もしたくさんの人が、覚醒できないままにしても、身体上での反応をそのまま出して、抵抗の声を一斉にあげるとしたら、当時の絶望的な中国現実が変わらないわけではないと思われる。たとえ一点の光明をさがし出せても、その光明は次第に広がるとしても、「半径が1なら円周は3」の円周率の定理のように、周辺のさらに涯なき暗黒をはっきりと現す可能性もある。[42]しかし涯なき暗黒が分かることは、阿Qの最後の「馬鹿」的な声を出そうとする行為による価値であると思われる。

第 8 章　阿 Q の革命　　181

1　『書経』に出る言葉「咸与維新(みなとも)たなり」である。一切は革新せねばならぬ、という意味であり、「維新」という語の語源。
2　銭理群等『中国現代文学三十年』「魯迅（一）」、北京大学出版社、1998年、P29-43。
3　下出鉄男「阿Qの生について—置き去りにされた『現在』」、『東京女子大学日本文学』第83号、1995年、P71-85。
4　同上。同論文は概ね次のように述べる。「現在」の社会に生きる人間は、「過去」の封建社会から未来の「黄金社会」に至るために犠牲者になる覚悟があるべきであると言う。だからこそ「現在」に行う革命は未来への「黄金社会」へ達する必須な項目である。「革命」は決して珍しくもないが、ただそれが現れて始めて社会は改革され、人類は進歩する。アメーバーから人類に、野蛮から文明になれたのもすべて革命でないものはない。だから、「現在」に生きる人間は、早めに覚醒すべきで、祖先を超えた新しい人間へと続く進化の道程における絶え間ない更新の犠牲的な努力を尽くすべきである。
5　「助けてくれ」と叫ぼうとしたことが、阿Qの「挣扎」（抵抗、あらがい）である。
6　前掲下出鉄男「阿Qの生について—置き去りにされた『現在』」、P71-85。
7　鄭振鐸「吶喊」、初出は『文学週報』第251期、1926年。後に李何林編『魯迅論』（北新書局発行、1930年10第4版）に収録されている。
8　前掲片山智行『魯迅—阿Q中国の革命』、P151。
9　ここの「馬馬虎虎」が、中国語の成語で、「似たり寄ったり」という意味である。
10　前掲片山智行『魯迅—阿Q中国の革命』、P148-149。
11　前掲片山智行『魯迅—阿Q中国の革命』、P151。
12　封建制度の下で培われた農民で、その思想が封建的道徳規範に従い、封建的体制に何の抵抗もなく、遵守する農民である。1920年代末から、中国革命が農村で進展しはじめるときにも、時代の動向に鈍感であり、時代遅れと評価される。
13　前掲竹内好訳著書『阿Q正伝・狂人日記・他十二編（吶喊）』、P144-145。
14　魯迅「賢人、馬鹿、奴隷」『野草』、1925年。『魯迅全集』第3巻、人民文学出版社、1981年。
15　魯迅「这个与那个〔これとあれ〕」『国民新報副刊』、1925年、魯迅雑文集の『華蓋集』に収録。原文は「我独不解中国人何以于旧状况那么心平气和、于较新的机运就这么疾首蹙額；于已成之局那么委曲求全、于初興之事就这么求全责备？」である。
16　宣統は清朝の最後の年号。これは旧暦で、新暦に直せば、1911年11月4日に当たる。つまり、10月10日、武昌に辛亥革命が勃発してから25日後で、この日、紹興ではこれに呼応して革命に立ち上がった。
17　前掲汪衛東「阿Q正伝—魯迅国民性批判の小説形態」。
18　革命党の服装である。その意味は、当時の清朝の統治を覆して、明朝の末代皇帝「崇禎」のために復讐する意味が込められている。
19　魯迅「灯下漫筆」、『墳』1925年。後に『魯迅全集』第1巻に収録されている。人民文学出版社、1981年。
20　同上。
21　前掲片山智行『魯迅—阿Q中国の革命』、P151。
22　指導者孫文が「三民主義」を辛亥革命の目的として打ち出した。すなわち、「民族、民権、民生」である。民族主義とは、異民族の支配を打倒し、帝国主義の圧迫を排除して、民族の自立と平等を図ることである。民権とは、中国の数千年にわたる専制的封建制度を覆し、民主共和の国家を立てることである。民生とは、国民に貧富ない、身分の差別のない社会を立てることである。
23　前掲竹内好訳『阿Q正伝・狂人日記・他十二編（吶喊）』、P140。
24　当時の実際の革命運動とは、革命的なブルジョア階級がその軟弱性と妥協性のために、「ご一新」の下で封建的色彩が濃い軍閥と内通し、形式上での「封建制度を覆す」という呼びかけの下で、皇帝制だけを排除し、実際にはその内実はやはり依然として封建的体制を維持し、封建的軍閥勢力が支配するようになる革命の実際を指す。封建的地主階級が依然と

して有力な支配階級で、阿Qのような下層農民は以前よりさらに圧迫され、依然として革命隊伍の門外に排除されていた。

25 前掲竹内好訳『阿Q正伝・狂人日記・他十二編（吶喊）』、P142。
26 前掲魯迅「灯下漫筆」である。
27 同上。
28 前掲竹内好訳『阿Q正伝・狂人日記・他十二編（吶喊）』、P144-145。
29 前掲竹内好訳『阿Q正伝・狂人日記・他十二編（吶喊）』、P147。
30 趙秀才は封建制度の文化に培われた封建支配階級の地主階級で、彼の願望は、封建制度をしっかり擁護し、封建制度の下で自分をさらに出世させることである。封建制度に抵抗する思想が一切なく、まるで封建制度を擁護する柱である、彼は、封建制度の「奴隷」的典型的人材である。趙白眼は生まれときから、地主旦那の提灯を持つ人であり、あくまでも趙秀才を擁護する「奴隷」である。彼らは封建制度の実質的は擁護者で、封建制度下の「奴隷」の柱あるいは「奴隷」の人材であると言える。
31 前掲下出鉄男「阿Qの生について―置き去りにされた『現在』」、P82。原文：「死に至る飢餓」に倣って言えば、阿Qの「革命」を促したものは飢餓感＝「不治の飢餓病」から脱せんとする、すなわち、「見える男」である「阿Q」から「見えざる男」に変身せんとするやむにやまれぬ衝動ではなかったろうか。どんなに荒唐無稽であっても、秀才や偽毛唐の取りしきる投機的な「革命」とは異なり、阿Qの「革命」には切実な思いが籠っている。だからこそ、阿Qの思いを蔑ろにした「革命」のあり方が問われねばならぬのだが、飢餓から脱せんとする民衆の盲目的な衝動は革命の動力であると同時に、トロッキーがロシアの経験から汲み取った如く、反革命に転ずるという両義性を持つだろう。
32 魯迅「革命時代的文学」、『而已集』、1927年。
33 辛亥革命の前、武漢市で当時の革命者を弾圧していた黎元洪が、後ほど、革命の指導者になることを指している。それは「阿Q正伝」の原文中の偽毛唐の口にしている「洪君」のことである。
34 前掲竹内好訳『阿Q正伝・狂人日記・他十二編（吶喊）』、P154-155。
35 前掲竹内好訳『阿Q正伝・狂人日記・他十二編（吶喊）』、P154。
36 本文の中に分析した通り、阿Qが村の遊び連中に「革命党を殺す場面」を面白がって述べたとき、封建制度を覆そうとする辛亥革命の革命者に対する同情のなさ、隔絶感が映しだされている。阿Qは、無意識のうちに、封建制度を補強する働きを果す「賢者」となってしまったことを指している。
37 本文の中に分析した通り、阿Qは、謀反が自分の都合によくないと考え、革命者を深刻に憎悪していた。阿Qは自分の被抑圧的地位に安住し、自主的に封建制度に抵抗することがなかった。阿Qは自分の被抑迫の身分を解放しようとする革命者に対して、かえって心から憎悪する。こうしたところに彼の「奴隷」的な心情がうかがえる。
38 本文の中に分析した通り、阿Qは支配者の趙旦那たちも革命に対して大変恐れるのを見て、革命も悪くないぞ、と考える。その後、思わず「謀反だ、謀反だ」と叫びだした。阿Qは、思ったままに叫びだしたが、革命者になれば、銃殺される可能性があることを考えなかった。そうした振る舞いから、阿Qの「馬鹿」的な行動の非常識がうかがえる。
39 前掲魯迅「灯下漫筆」。
40 同上。
41 魯迅「『中国新文学大系』小説二集序」、1935年。『魯迅全集』人民文学出版社、1981年。
42 魯迅「革命時代の文学」『魯迅全集』人民文学出版社、1981年。

終　章

1　「阿Q正伝」の新解釈に着目する意義

　本研究は独自の方法、視点から分析と考察を進めた。それは、『吶喊』時期に魯迅の関心を集中した諸課題が、「阿Q正伝」においてどのように展開したかを考察しようとしたものである。

　『吶喊』時期に書かれた「阿Q正伝」には、当時の中国を変革するための、さまざまな時代的な課題が込められている。換言すれば、「阿Q正伝」における中国変革の諸課題とは、国民性の改革や、民衆の思想改革、当時の未覚醒の人々の暴露、その治療を促す注意、女性の解放、知識人の課題、辛亥革命の実態などであった。「阿Q正伝」はそうした目的を果たす一任を担った。具体的には、前の各章の中でそれぞれ詳しく考察し分析した。

　「阿Q正伝」は、それぞれの課題についてそれぞれの登場人物における主観的生き方と客観的現実との対立する諸項目があり、いずれも作品に織り込まれ絡みあって表出されている。そして、それぞれの表出方法によって、「阿Q正伝」の作品の底には、例えば語り手の志向している小説のプラスの意味が、作品のマイナス的表現の裏に伏流している。本研究は、それぞれわずかながらも姿を現すプラス面（或いはマイナス面）の要素を、どのように読み取りうるのか、を明らかにした。筆者はこうして表現され、姿を見せる諸課題の具体的姿を明らかにし検証した。

　従って、本研究は『吶喊』の小説「阿Q正伝」に含まれている諸課題を研究の柱として立て、作品中に描かれている「各種の人生」の有様を魯迅の書いた随筆「賢人、馬鹿、奴隷」（『野草』）との対照の中で、「阿Q正伝」の作品人物と作品的内容を分析し、系統的総合的に「阿Q正伝」の全体的意味の解釈に繋げてきた。

（言い換えれば、「阿Q正伝」の全体的意味とは、魯迅が認識した当時の中国が直面する諸課題の全体的姿でもあった。）このことにより、従来の断片的部分的な研究では見えてこなかった作品展開の特色や、リアルであり思想的でもある作品構造の在り方を明らかにすることができた。中国現代文学の嚆矢と認められる『吶喊』の時期における中国を変革する独自な思想が、「阿Q正伝」に組み込まれている状況、或いは組み込まれていく軌跡が明らかとなった。例えば、「精神的勝利法」の崩壊の裏に、それとは異なる新たな精神の構築の可能性も潜在していた。死に直面して絶望的に叫びだそうとしながらも、その叫ぼうとする行為の裏面にはかすかな明かりが表出されていることが分かった。「賢人」的な点、「馬鹿」的な点、「奴隷」的な点を一身に集めた登場人物阿Qを処刑する意味の裏には、この「賢人」、「馬鹿」、「奴隷」の有機的バランスが崩れ、堅固な相互の関係性が崩れ、そして揺るぎない封建的旧思想が動揺しはじめる意味が込められていた。こういう意味からすれば、「阿Q正伝」は新思想が腐朽した土台から立ち上がることを暗示することができたと読み取れる。このような作品構造が「阿Q正伝」に浸透していた。本研究は、こうした研究方法を用いて具体的な作品分析を行い、従来の研究とは異なる主観と客観の対立的な解釈を行い、そして「阿Q正伝」が提起する諸課題（当時の中国の直面する諸課題）について新たな全体的解釈を提起することができた。

2　「阿Q正伝」を「賢人、馬鹿、奴隷」との関連における解釈の実現

　筆者は、自分の問題意識を念頭において、先人の研究を踏まえて、初めて「阿Q正伝」を、魯迅の随筆「賢人、馬鹿、奴隷」（『野草』）の登場人物と照らし合わせ、「阿Q正伝」の作品意義を明らかにしようとした。「阿Q正伝」における「賢人」的、「馬鹿」的、「奴隷」的、そして「主人」的なところを一つ一つ考察分析し、「阿Q正伝」の独自な解釈に努めることにした。

1　語り手「私」が、多くの矛盾的性格を一身に集める人物阿Qに対して、どのような気持ちを持つかを考察分析した。「賢人」の成分もあり、「馬鹿」の成分もあり、「奴隷」の成分もある阿Qに対して、語り手「私」は二つの気持

ちがあると考える。一つは、この人物阿Qを自分の仲間のように愛する気持ちである。もう一つは、この人物がその内部にある「賢人」的、「馬鹿」的、「奴隷」的な性格に集中的にとり囲まれて、なかなか抜け出せないところに絶望するがゆえに、「私」の心から「阿Q」という人物を排除しようとする気持ちが読み取れる。

2 次に、「阿Q正伝」の登場人物が活動している舞台の未荘の「主人」的なところを考察してみた。未荘は当時の中国での、一つの典型的な封建的農村社会である。それは、「鉄の部屋」のように、そこで生きている人間の思想と言動を縛っている。この「鉄の部屋」には、さまざまな封建的道徳規範があり、阿Qを含めて未荘の村民にとっての「主人」的な存在である。阿Qは自分の属している「主人」に対して、初めは自分の被抑圧的な低い身分において、屈辱を受けても、劣勢状態に陥っても、「精神的勝利法」のおかげで、この「主人」を少しも疑わずに抵抗しないでいる。小説は阿Qのような「奴隷」たちが、「鉄の部屋」のような「主人」のもとで安住している有様が書かれている。そして、阿Qをはじめとする未荘の人間が自分の属している封建的道徳規範や身分制度の間に結ばれている連結関係がどれほど強固であるか、どれほど崩れそうもないかも書かれている。この「奴隷」と「主人」との間にある主従関係が崩れそうもないのが当時の絶望的な中国の現実であり、「鉄の部屋」のように人間の覚醒を隔てている絶望的現実である。しかし、小説の構造から見れば、「阿Q正伝」はただこの絶望的な現実を描き出す小説だけではないと思われる。阿Qは、この「主人」の下の「奴隷」的な身分も失い、未荘で生活していけなくなるにつれて、次第に「鉄の部屋」での生活の不自由さを感じ、最後に自分の属している「鉄の部屋」のような「主人」の恐ろしさをも感じるようになったという作品構造が伺える。阿Qは最後に、封建的道徳規範で培われていた未荘の村民の目が狼の目よりも恐ろしく感じ、自分の絶望的な境遇も感じた。阿Qはその際、現実にいまだに未覚醒であっても、身体上での恐怖が生じるにつれて、恐怖のあまり、いきなり「助けてくれ」と叫ぼうとした。阿Qは最後の時においても、自分を閉じ込める「鉄の部屋」のような「主人」の悪を認識し得たとは言えない。しかし「奴隷」である阿Qは身体上で非常恐怖を感じ、「助けてくれ」という実際的身体的な叫びをあげようとした。そこに彼を閉じ込める「鉄の部屋」のよ

うな「主人」の封建的道徳規範が崩れる可能性を帯びていた。このような作品の意義が小説「阿Q正伝」の根底部に流れていると読み取れる。

3 次に、登場人物阿Qが、なぜその「主人」(封建制度の下でのいろいろな行動規範)の下で安住できるのか、という原因を考察してみた。阿Qが「主人」の下で安住できる原因は、彼の中に「賢人」がいるからであると考えられる。阿Qの中には、いつも彼の生活と思想を支えている「賢人」のように存在する自尊心(プライド)と「精神的勝利法」がある。そのため阿Qが劣勢状態に陥って生きるとき、「精神的勝利法」が彼に精神上での慰めを与え、自分の劣勢状態に陥った「奴隷」的身分を彼に忘れさせることができる。したがって最初の時、阿Qは自分が屈辱を受けても、趙旦那に怒鳴られても、「精神的勝利法」と自尊心のおかげで自分の陥った苦境に抵抗せず安住できる。阿Qの中の「精神的勝利法」や自尊心(プライド)と、彼の「奴隷」的部分の間に、一つの保護と被保護、慰安と被慰安、麻酔と被麻酔の関係が結ばれている。このセットの関係がバランスよく同時に阿Qの中に共存している。したがって、阿Qはいつも「奴隷」としての阿Qに安住し、自分の属している「主人」に抵抗せずにいられた。阿Qは自分の中の「精神的勝利法」や自尊心(プライド)の悪が認識できないばかりでなく、かえって「精神的勝利法」や自尊心(プライド)を「賢人」のように大事にしている。何かあったら、すぐ内心にある「精神的勝利法」や自尊心(プライド)に頼っているのである。「阿Q正伝」は、阿Qの「奴隷」的生き方と、「賢人」のような「精神的勝利法」が揺るぎなく結びついている有様を描き出し、阿Qの「奴隷」的生きかたも永遠に持続する状態であることを描き出していると思われる。これは阿Qの絶望的な人生であり、変える道がないかのように描き出されている。しかし、小説の構造から見れば、小説は全く阿Qの絶望的人生を描き出すことだけが目的ではないと読める。阿Qが未荘での日雇い仕事を失い、次第に生活に困るにつれて、彼の中の「賢人」もその姿を潜めるようになってくる。そして最後に、阿Qが処刑されるとき、「精神的勝利法」が完全に彼の中で消滅するという軌跡が小説から読み取れる。「精神的勝利法」の保護を失った阿Qは、初めて同情心もなく、情け容赦もない群衆の目にさらされる感覚を味わう。そしてやむを得ず初めて自己欺瞞なく外界と直面する。「賢人」の保護なしで、裸で当時の厳しい社会的現実を初めて感じ、初

めて恐ろしい感じを持つことになると書かれている。そのとき、阿Qは「精神的勝利法」によらず、現実と向きあって、自分の「奴隷」的身分、絶望的な苦境に向かい合い、とうとう絶望の恐怖に陥り、「助けてくれ」と叫ぼうとした。とはいえ、阿Qが最後に叫ぼうとした行為は、完全に自分が頼り切っている「賢人」の「精神的勝利法」と自尊心（プライド）の危害性を認識したと言えるわけではない。しかし彼の「馬鹿」的な叫ぼうとする行為は、彼の中に蟠踞している「精神的勝利法」と「奴隷」的身分とが結びつく相互関係を崩す可能があると思われる。もしも「奴隷」的阿Qが外界に恐怖を感じ、その場合「賢人」に頼るのではなく、「馬鹿」的な声で叫びだすのなら、彼の「奴隷」的な身分はいつか解放されることができるだろう。それこそ「精神的勝利法」と自尊心（プライド）が「阿Q正伝」においてもつ作品的意義を明らかにする。

4　次に、阿Qの恋愛的悲劇の原因分析を行った。封建的農村社会の未荘に生活している阿Qは、「家」を重視する封建的文化の下で、三十歳近くになっても、恋愛の経験がなかった。阿Qの唯一の求愛行動は、封建的倫理に反するものとして村の支配層によって手ひどく打たれ、失敗に終わった。本章は阿Qの恋愛悲劇をもたらした原因を性格的心理的側面から分析した。阿Qはまず封建的「男女道徳観」と封建的婚姻制度に対して、何の疑いもなく厳格に遵守する「奴隷」である。彼は、「男女に別あり」という封建的道徳規範を「一から十まで」信じ込んでいる。そして、封建的婚姻制度についても、「不孝に三あり、後なしが最大となす」という婚姻観念を遵守している。つまり、阿Qは、封建男女道徳観と封建的婚姻制度に対して従順な標準的な「奴隷」である。

それにもかかわらず、封建的婚姻制度の下で、結婚に見込みのない阿Qは本能の衝動の下で、その恋愛の気持ちをそのまま表して、突然女中の呉媽の前に跪き、「おらと寝よう」という話をした。阿Qのこの「馬鹿」的な行動はまず、彼の外部において、「奴隷」の呉媽に拒絶され、同時に封建的婚姻制度の「奴隷」でもあり擁護者でもある趙旦那たちからひどい打撃を受けた。さらに、阿Q自身にある「奴隷」的な性格によって抑圧され、阿Qは恋愛の失敗に陥った。阿Qの「馬鹿」的な行動は、情け容赦なく彼を含めた「奴隷」たちからの打撃を受けた。しかしそれにもかかわらず、阿Qの自分の身

体による実際の行動は、当時の社会で揺るぎない封建的婚姻制度を崩していく一縷の希望があると思わせる。そして阿Qの自分の身体の感覚による実際上の行動は、彼自身のうちに厳しく堅持する「奴隷」的思想を打ち破る希望があると思われる。したがって、阿Qの求愛行動は表面から見れば、悲劇的に見える。しかしその裏面において、阿Qの「馬鹿」的な求愛行動は当時の封建的婚姻制度を動揺させる性質を帯びていると思われる。それこそ、阿Qの恋愛悲劇が「阿Q正伝」に描かれている作品の意義であろう。

5 「阿Q正伝」における悲劇的人物は阿Q一人だけでなく、二人の典型的な「奴隷」的女性、尼さんと女中の呉媽も悲劇的人物である。彼女らは封建的貞操観にしっかり縛られ、封建的節烈観の「奴隷」である。具体的に言えば、彼女らは一方では、封建制度の家父長制と女性道徳観に忠実であり、それに従う「奴隷」的性格を持っていることである。もう一方では、彼女らは時には、わずかの抵抗を見せることもあったが、いずれも、自分の「奴隷」的身分を変えたいのではなく、かえって自分の遵守する貞操観と節烈観の違反者に対して強く抵抗しただけである。一言で言えば、彼女らは封建的「貞操観」と「節烈観」の下での自分の「奴隷」的身分を守るために、反抗の行動に出るものであると伺える。従って、彼女らの抵抗はあくまでも「奴隷」対「奴隷」の抵抗であり、彼女らと当時の封建的道徳規範や封建制度の間に結びついた「奴隷」と「主人」との主従関係は少しも動揺せず、さらに言えば、かえってこの主従関係を補強するようになった。小説では、尼さんたちがその思想上において、自分の「奴隷」的な身分を認識しなかった有様が如実に描き出されている。言い換えれば、当時の中国での女性解放という啓蒙思想の下で、女性解放の絶望的な局面がリアルに映しだされている。にもかかわらず、小説は、尼さんたちの単純な「奴隷」的な面を反映しているのみではない。小説の構造から見れば、小説は彼女らを絶望的な人生そのままで書き終わるのではないと読み取れる。もしも、尼さんの「跡継ぎなしの阿Q」という「馬鹿」的な泣き声、呉媽の「ヒャアー」という「馬鹿」的叫び声が、同じ身分の「奴隷」の阿Qに対してとともに、彼女らを圧迫し縛っている「主人」の封建的「貞操観」「節烈観」に向かって、無意識にしろ、本能的に身体的に反応して叫び出した部分があるとすれば、彼女らの当時の絶望的な「奴隷」的な低い身分が変わる可能があると思う。こういう点を「阿Q正伝」

から読みとることができると思われる。

6 「阿Q正伝」における登場人物「偽毛唐」が知識人として描かれていた。彼の言動は当時の社会での知識人の思想動向と生活様式を反映している。「偽毛唐」は啓蒙者たちの呼びかけの下で、熱心に西洋思想と西洋文化を勉強し、封建的文化に強く抵抗して自分の人生観を打ち立て、西洋的価値観を学ぼうとした。最初の「偽毛唐」の思想およびその行動は当時の中国での覚醒した知識人の言動であると読み取ることができる。「偽毛唐」は、最初に、封建文化の腐朽と時代遅れを認識し、封建文化が当時の中国を滅亡させる最大の主要な要素であると認識したゆえに、それに激しく抵抗する行動を見せた。しかし「偽毛唐」の一連の抵抗する言動は、当時の封建文化の「奴隷」たちに「非常識」とされ、強い打撃を受けた。さらに言えば、「偽毛唐」の封建文化に対する反抗行為は、封建文化の擁護者でもあり、「奴隷」でもある人々によって「馬鹿」的な行為であると見なされた。そのとき「偽毛唐」は、当時の知識人に特有の軟弱性と妥協性を持っていたがゆえに、強大な封建的支配階級と封建制度の「奴隷」たちの手ひどい打撃の下に、挫折をした。結局、彼は、思想上において封建勢力に屈服し、封建勢力との隔たりを緩和する道を選んだ。そのとき、「偽毛唐」は思想上において「賢人」的な態度をとり、行動上において「馬鹿」的な一面を縮小するようにした。小説において、当時の中国の知識人が厳しい現実に対して、どれほど絶望的な苦境に直面しているか、そして、どれほど自ら絶望的な自己実現の道を選び取るかを如実に描きだしている。知識人として自負する「偽毛唐」は、辛亥革命勃発の嵐をきっかけに、自己実現の道を探ろうと努力した。彼の選ぶ自己を実現する方法は歪んでいるが、しかし当時の辛亥革命の指導者の一側面をうかがうことができる。まず、「偽毛唐」は辛亥革命の指導者のひとりとして、中国を変革するのに、壮大なかつ卓見ある革命的綱領に賛同した。しかしさらに自分自身は当時の社会に実在している封建制度の擁護者「賢人」の生き方を選び取った。それゆえ辛亥革命の変革の方向が強大な封建的勢力と帝国主義に強く圧迫されるにつれ、次第にもともと依拠すべき西洋思想と啓蒙思想から離れるようになった。その結果、封建的支配階級の勢力と合流し、中国変革を阻止する封建的軍閥と連合する方向に進み、封建社会の擁護者「賢人」的な役目を果たすようになってしまったのである。「偽毛唐」は、その

思想上において、当時の中国を変革する道に絶望し、中国を変革する自分の夢も崩れ、絶望の中に揉まれている状態であると読み取れる。そのときの「偽毛唐」は、自分の中の「馬鹿」的な面を隠し、「賢人」の面を見せ、「軍閥」と結合する方向に進もうとした。それこそ当時の中国の知識人の絶望的な生き方の実態であると思われる。もしそのときの「偽毛唐」が引き続き「馬鹿」的な面を堅持したならば、また「賢人」に対してそして「主人」の封建制度に対して引き続いて抵抗したならば、当時の知識人の絶望的な局面を希望へと導く可能性があったと思われる。しかし「偽毛唐」はその反対側の「賢人」の役割を果たそうとし、最後に「賢人」になってしまった。これこそ、当時の知識人の、解決の糸口のない絶望的な窮地であろうと思われる。しかし「偽毛唐」が失敗した背後には、同時に、次のような理想も潜在していたことが、伺われる。「自らは因襲の重荷を担い、暗黒の水門の扉を肩に支えて、彼らを広々とした光明の場所へ放してやり、今後、幸福な生活を送れるよう、人間らしい人間として生きられるようにしてやるのである。」(「我們現在怎様做父親」、1919・10、『墳』）本来の中国変革の意志と理想の呼びかけが、「阿Q正伝」の文章の全体の流れの下において、伏流していると読み取れる。

7 恋愛にも失敗し、生計も窮地に陥った阿Qは、ますます未荘で生きるのが難しくなった。阿Qの中の「賢人」（「精神的勝利法」）も次第にその顔を潜め、精神上から阿Qを慰められなくなった。生計のことで途方に暮れる阿Qは、最後に革命にあこがれるようになった。阿Qは革命のとき、彼の中の「賢人」的なところ、「馬鹿」的なところ、「奴隷」的なところ、そして「主人」みたいなところが一斉に集中し表出してきた。まず、革命が未荘に訪れようとしていたとき、阿Qは自分の属している、彼にとっての「主人」のような存在である封建制度の側に立って、自分の「主人」に対して「奴隷」的なところを示した。そのため、彼は革命者を「深刻に憎悪」していた。そのときの阿Qは封建制度の忠実な擁護者で、「奴隷」であると読める。それから、阿Qが冤罪で捕まり、町で群衆に見せしめにされ、処刑されるとき、彼の中の「賢人」的なところが表に現れる。そのため、「人として、生まれた以上、引き回しにされること、たまには、首をちょん切られることだって、ないわけではない」という考えによって自分を慰めた。そして、阿Qは革命が一体

何であるかもわからずに、ただ趙旦那が革命に大変おびえる様子に対して、「馬鹿」的に急に大声を出して、「謀反だ、謀反だ」と言った。また、殺される間際に恐ろしくて「助けてくれ」と叫びそうになったことは、みな彼の中の「馬鹿」的なところである。そして阿Qは、自分が革命者になることにあこがれて、夢想上で、革命者になったら、趙旦那のように地位と財産と女を享有する「主人」になりたいという、阿Qの中の「主人」的なところも現れ出る。以上の「賢人」的、「馬鹿」的、「奴隷」的そして「主人」的な各面が、一斉に阿Qの身に集中して現れる。まるで、「賢人」、「馬鹿」、「奴隷」とその「主人」の形象による、大団円である。そして、阿Qの革命の諸章を通して、彼の中のそれらの部分がバランスよく融合し出現して、そして最後に「阿Q正伝」の終章第九章「大団円」に集中的に表れる。そしてそれらの各面は一斉に「大団円」において破滅消滅し、「大団円」という章名と相応するようになると読み取れる。これこそ、「阿Q正伝」の最後の章「大団円」の持つ意味であると思われる。「阿Q正伝」の最後の三章が主に阿Qの革命をめぐって書かれているが、この最後の三章が「阿Q正伝」における作品的意義を最も深く示した。中国を変革する大きな時代的意義を持つ辛亥革命は、当時の中国に実在する絶望的な現実に対して、根底部から揺り動かすことが困難であったことが伺える。なぜかと言えば、当時の清朝政府の支配者たちは、みな鎖国的な思想を抱え、中国がどれほど時代に遅れて深刻な状態になっても、たとえ外国に侵略されて、どれほど亡国の間際に陥っても、精神上で自国が文明古国であるとして傲り、精神上でのごまかしの誇りの世界に浸っていた。また、彼らはなかなか啓蒙思想、西洋思想を受け入れようとしないという絶望的な局面を見せていたからである。また民衆の側面から見れば、民衆は阿Qのように、「賢人」、「馬鹿」、「奴隷」及び「主人」の各面を同時に抱えているがゆえに、なかなか未覚醒の状態を変えることができなかった。こういう社会的形態が民衆から政府にまで蟠踞しているがゆえに、なかなか変革できない絶望的な社会体制となり、また中国の当時の絶望的な現実ともなっていたと思われる。

このような絶望的中国の現実に対して、真っ先に覚醒し、変革を先導している辛亥革命の指導者と西洋思想の啓蒙者たちは、積極的に当時の中国を変革しようとさまざまに努力した。彼らは、力を尽くして西洋先進諸国の社会観と思想を中国に紹介し、封建制度に対する戦いの闘志を中国の青年たちに伝

え、その運動が高揚するように、理想的な革命的綱領（孫文の三民主義）を提出した。しかし当時の中国ブルジョア階級の力は弱小であり、そのため当時の民衆を革命の主力として発動しようとした。しかし革命の指導者は民衆（実際は都市での小生産者、青年たち）を発動したが、農村に生活する阿Qのような存在を含む広範な農民大衆を発動しなかった。そして、啓蒙者たちが革命を宣伝する対象は、当時の中国の青年と知識人に及んだだけで、阿Qのような農村に生活している広範な農民大衆には及ばなかった。また他方で、当時の中国における変革の主体という点では、阿Qのような「賢人」的、「馬鹿」的、「奴隷」的、「主人」的な性格を一身に集めた人間が社会にあふれて、彼らは辛亥革命のような目前にある中国変革の途上において大きな妨げとなる可能性もあった。

　結論として、「賢人」的、「馬鹿」的、「奴隷」的な各面が統合的に阿Qに存在しただけでなく、さらには、当時の全民衆の中にも蟠踞していた。さらに言えば、当時の中国国民のほぼ全体に共通して存在していた。このような絶望的な社会形態の下で、未覚醒のままでいる民衆の状態自体が、中国の西洋化の道、国民啓蒙の道での一番大きい障害であったと思われる。それが当時の中国を絶望的窮地から救えなかった最大の要因であると思われる。
　しかし他面において、この絶望的な社会形態が崩れる可能性がないわけではないと小説から読み取れる。その可能性が民衆たちの中に存在している。つまり、当時の絶望的な厳しい社会形態に対して、民衆がそれを認識し覚醒できる可能性は少なく、思想上で認識し覚醒し得なかったとしても、それに替わって、実際の行動上において彼らは身体上から反応もできるし、身体上での体験もできる。もし、身体上で何か感じたら、彼らは実際にすぐに反応する可能性がある。例えば、阿Qは革命が面白いと思ったとき、すぐに行動上で「謀反だ、謀反だ」と叫びだし、引き回しのとき周りの狼のような目を恐ろしく感じて、身体上ですぐに反応し、すぐに「助けてくれ」と叫ぼうとした。もしも阿Qのような「馬鹿」的なところが出現したら、民衆の中に蟠踞している「賢人」「馬鹿」「奴隷」という揺るぎない社会形態が動揺し、崩れる可能も出現する可能性があると思われる。もし、民衆のみなが、一斉に「阿Q」のように「助けてくれ」と叫びだそうとしたら、中国の絶望的現実も変わる可能があり、中国も救われるだろう。したがって、阿Qが最後の叫び声をあげようとした行為は、「阿Q正伝」において非常に大きな

意味を持っている。阿Qの最後の「馬鹿」的な叫び声が当時の中国を救う最後の希望であると言っても過言ではないだろう。

当時の旧中国で阿Qのような人間像について、魯迅は次のように語る。「彼ら（阿Qたち）は羊であると同時に凶獣である。自分より凶暴な獣に出会ったら、羊のようになるし、自分より弱い羊を見た時は、凶獣のようになる」と言う。もし阿Qが本当に権力者になったら、多分魯迅の言う凶獣になるだろう。というのも阿Qの自己尊大と妄想は、日々に求めている夢であるから。魯迅の論を借りれば、「黄金世界が出現するまで、この二種の性質を同時に持つのは免れないようである。しかし現れたときの状況を見れば、勇敢か卑怯かの大きな差がでてくる。残念なことに、中国人は羊には凶獣の相を現し、凶獣には羊の相を現す。だからたとえ凶獣の相を現していても、やはり卑怯な国民なのだ。こんなことでは、きっとおしまいになる」。

したがって、当時の中国を救うには、「他のものを持って来る必要はない。青年たちが、この二種の古伝の用法をひっくりかえして使えば、それで足りる。相手が凶獣の時は凶獣のようになり、相手が羊の時は羊のようになる。そうすればどんな悪魔であろうと、彼らはそれぞれの地獄に戻るしかなくなるであろう。」そうなったときに、中国は近代化思想に達する道ができるだろう。

3　本研究のオリジナリティのところと今後の課題

本研究のオリジナリティのところをまとめて言えば、まず、本研究は今までの先行研究になかった研究方法で「阿Q正伝」を解釈したところである。この研究方法は、以上に述べた「賢人、馬鹿、奴隷」と全面的な対照の下で、「阿Q正伝」に描かれる「各種の人生」を考察し分析することを通じて、「阿Q正伝」という作品の全体的意義を明らかにしたものである。もう一つの点は、主体客体、あるいは主観客観という二項対立分析方法で「阿Q正伝」に描かれている「各種の人生」生き方を考察し分析してことである。もっと明確に言うならば、「阿Q正伝」に描かれている「各種の人生」が当時の客観的現実をいかにそれぞれに主観的な把握をしているかを考察してみた。そしてその「各種の人生」はみな自分の主観的生き方で生きられなくなり、最後に破滅の窮地に陥った。そのことによって、「阿Q正伝」の作品的意義、すなわちその訴えようとした内容（中国の諸問題を

直視し、中国変革の道に進むこと、国民性の悪を改造すること）が提示され、しかも将来の黎明の可能性がほのかに暗示された。

　本論文は、「阿Q正伝」の人物像を魯迅の作品「賢人、馬鹿、奴隷」（『野草』）の人物像と比較対照し、主客二元論を用いて登場人物のそれぞれの主観的世界を考察した。主に、当時の厳しい現実に対する、それぞれの登場人物の主観的把握を考察の対象とした。彼らの中に映し出される現実が、実際に当時の実在している客観的現実と外れているがゆえに、彼らは誰しもそれぞれの悲劇的運命から逃れられない。考察の際、主人公阿Qが、当時の客観的に実在している封建的制度や封建的道徳規範に対して、彼の主観的なゆがんだ把握によって、阿Qの多重的性格、矛盾しあう行動が出現したことを示した。阿Qの精神構造面でも、恋愛の行動でも、革命での一連の言動でも、いずれも客観的な現実に対する外れた反映として現れる。具体的に言えば、阿Qの性格には、「賢人」的なところもあれば、「奴隷」的な部分もある。また「馬鹿」的なところもある。阿Qは、こういう複雑な、またお互いに矛盾する多重的性格があるがゆえに、彼はその一生において実在の現実から遊離し、仮想の世界に逃避して生活する場合があった。しかし小説は阿Qの性格の矛盾性、多重性を紹介するだけではない。小説には、客観的現実が人物の内心世界にも反映される、ある場合にはゆがんで反映され、当時の現実のありようをリアルに映し出す。このように理解することによって、「阿Q正伝」の全体的意義を把握することができると思われる。本研究は主として「阿Q正伝」の各人物像を「賢人、馬鹿、奴隷」との比較対照し、当時の現実を反映する各人物の内面も探求した。

　本研究がどういう理由で竹内好の日本語訳の「阿Q正伝」を引用のテキストとして用いたかの理由は、序章に述べたとおりである。本研究は、中国語「阿Q正伝」のテキストを十分検討し、そのうえで引用するテキストを、主として日本語訳「阿Q正伝」（竹内好訳）に依拠し、「阿Q正伝」という作品の意義をあきらかにしようと考えた。今後、十種類の日本語訳の「阿Q正伝」のテキストを比較し、各テキストの特質を明らかにし、中国人にどのようなテキストが日本語版として「阿Q正伝」研究にふさわしいかということを考察し明らかにする仕事が残されている。それは本研究において、「阿Q正伝」の本文の意味を明らかにし得たからこそ、可能になってくる研究であると考えられる。本研究を踏まえて、今後そうした研究をも視野に入れて進んでいきたいと考えている。「阿Q正伝」の解釈と読みはさらにほかにさまざまに可能であると思われる。例えば、「阿Q正伝」

に対して、バフチンの対話理論で「阿Q正伝」を分析する可能性もある。バフチンの対話理論を用い、人物の主客二元論を分析することも可能であると思う。しかし、本研究は、上記のようなその他の有力な研究方法に言及し、さらにそれを採用することはできなかった。今後は、そうした有力な研究方法も検討し、さらに深く「阿Q正伝」の研究を押し進めることができれば、と希望している。

　また、観点を変えれば、「阿Q正伝」は1920年代初めの魯迅の作品であり、その後、魯迅は中国革命の過程を経験しながら、革命の在り方にも、国民性の意義についても、その考え方を歴史とともに変化させていったと思われる。「阿Q正伝」において表明された魯迅の思考が、中国民衆に対する見方が、中国変革の展望が、どのようにその後変化していったのかも、今後の筆者の研究の進展において、大きな課題として存在すると考える。

1　思想上において、西洋思想と啓蒙思想を持ちながら、それを隠し、実際には封建的支配層と妥協していくのが、「偽毛唐」の中の「賢人」的なところである思われる。
2　原文：「他们是羊、同时也是凶兽、当遇见比他更凶的凶兽时便现出羊样、遇见比他更弱的羊时便现凶兽样。」「在黄金世界还未到来之前、人们恐怕总不免同时含有这两种性质、只看发现的时候的情形怎样、就显出勇敢和卑怯的大区别来。可惜中国人但对于羊显凶兽相、而对于凶兽则显羊样、所以即使显着凶兽相、也还是卑怯的国民。这样下去、一定要完结的。（中略）要中国得救、也不必添加什么东西进去、只要青年们将这两种性质的古传用法、反过来一用就可以了：对手如凶兽时就如凶兽、对手如羊时就如羊！那么无论什么魔鬼、就都只能回到他自己的地狱里去」。魯迅「忽然想到（七）〔ふと思い到って（七）〕」、1925年。『魯迅全集』第三巻、人民文学出版社、1981年。
3　同上。

参考文献一覧

序　章
魯迅「『吶喊』自序」『魯迅全集』第1巻、人民文学出版社、1981年。
茅盾（沈雁氷）、「『吶喊』を読む」『文学週報』第91期、1923年。
査国華、楊美蘭編『茅盾論魯迅』山東人民出版社発行、1982年。
茅盾「阿Q相」、『申報・自由談』1933年。
茅盾『茅盾散文集』天馬出版社、1933年。
鄭振鐸（西諦）「阿Q正伝論」『文学週報』第251期文学研究会機関誌、1923年。
李何林『魯迅論』北新書局発行、1930年。
田中実『読むことの倫理をめぐって─文学・教育・思想の新たな地平』右文書院、2003年。
張天翼「論阿Q正伝」『文芸陣地』第6巻第1期、1941年。
陳則光「阿Q典型形象及其歴史意義」『魯迅研究』上海文芸出版社、1980年。
馮雪峰「論『阿Q正伝』」『馮雪峰論魯迅論文集』第一巻、人民文学出版社、1953年。
何其芳「論阿Q」『魯迅逝世20周年講話』『文学芸術的春天』作家出版社、1964年。
彭定安『魯迅述評』湖南人民出版社、1982年。
林興宅「阿Qの性格システムを論じる」『魯迅研究』、1984年。
銭理群『心霊的探尋』『生活・読書・新知三聯書店』北京出版発行、2014年。
汪暉『阿Q生命的六個瞬間』華東師範大学出版社、2014年。
汪衛東「阿Q正伝─魯迅国民性批判的小説形態」『魯迅研究月刊』、2011年。
伊藤虎丸『魯迅と日本人─アジアの近代と「個」の思想』朝日新聞社、1983年。
内田樹『レヴィナスと愛の現象学』文春文庫、2011年。
内田樹『他者と死者─ラカンによるレヴィナス』文春文庫、2004年。
林守仁（山上正義）『支那小説集阿Q正伝　国際プロレタリア叢書』四六書院、1931年。
増田渉『阿Q正伝』角川文庫、1961年。
片山智行『魯迅─阿Q中国の革命』中公新書、1996年。
加藤慧『魯迅小説の物語論的研究：『吶喊』から『故事新編』へ』、『博士論文集』、一橋大学社会文化研究科2002年。
中井政喜『魯迅探索』、汲古書院、2006年。
中井政喜「魯迅『祝福』についてのノート（一）─魯迅の民衆観から見る」『南腔北調論集──中国文化の伝統と現在』東方書店、2007年。
中井政喜「魯迅『離婚』についてのノート─魯迅の民衆観等から見る」『言語文化論集』第ⅩⅩⅨ巻第2号。
中井政喜「『労働者シェヴイリョフ』との出会い」『魯迅探索』汲古書院、2006年。

第1章
茅盾（沈雁氷）「『吶喊』を読む」『文学週報』第91期、1923年。
茅盾（沈雁氷）「阿Q相」『申報・自由談』、1933年。
査国華、楊美蘭編『茅盾論魯迅』山東人民出版社発行、1982年。
鄭振鐸（西諦）「阿Q正伝論」、『文学週報』第251期文学研究会機関誌、1923年。
高華平『中国文化典籍選読』華中師範大学出版社、2007年。
李何林編『魯迅論』北新書局発行、1930年。
茅盾『茅盾散文集』天馬出版社、1933年。
李何林『魯迅〈国民性思想〉討論集』天津人民出版社、1982年。

汪暉『阿Q生命的六個瞬間』華東師範大学出版社、2014年。
銭理群『心霊的探尋』、『生活・読書・新知三聯書店』北京出版社発行、2014年。
銭理群、温儒敏、呉福輝『中国現代文学三十年』北京大学出版社、2014年。
張夢陽『魯迅の科学思惟−張夢陽論魯迅』漓江出版社、2014年。
張夢陽『阿Q与世界文学中的精神典型問題』『阿Q—70年』、北京十月文芸出版社、1992年。
李長之『魯迅批判』北新書局、1936年。
張天翼「論阿Q正伝」『文芸陣地』第6巻第1期、1941年。
汪暉『反抗絶望—魯迅的精神結構与〈呐喊〉〈彷徨〉研究』上海人民出版社、1991年。
艾蕪「論阿Q」『自由中国』（副刊）『文芸研究』第1期、1941年。
金宏達、「『阿Q正伝』研究に関する疑義『関于〈阿Q正伝〉研究的質疑』」『華中師範学院学報』、1980年。
馮雪峰「論『阿Q正伝』」、『馮雪峰論魯迅論文集』第1巻、人民文学出版社、1953年。
何其芳「論阿Q」、『文学芸術的春天』作家出版社、1964年。
王西彦『阿Qとその悲劇を論じて』新文芸出版社、1957年。
彭定安『魯迅述評』湖南人民出版社、1982年。
陳則光「『阿Q正伝』二題」『魯迅作品教学初探』天津人民出版社、1979年。
陳則光「阿Q典型形象及其歴史意義」『魯迅研究』上海文芸出版社、1980年。
魯迅「阿Q正伝の成因」『華蓋集』『魯迅全集』人民文学出版社、1981年。
林興宅「阿Qの性格システムを論じて」『魯迅研究』、1984年。
李怡、鄭家建等編集『魯迅研究』高等教育出版社、2010年。
張夢陽『魯迅的科学思惟—張夢陽論魯迅』漓江出版社、2014年。
李欧梵著、尹慧珉訳『鉄屋中的呐喊』人民文学出版社、2010年。
李林栄『犁与剣—魯迅文体与思想再認識』漓江出版社、2014年。
汪衛東「阿Q正伝—魯迅国民性批判的小説形態」『魯迅研究月刊』、2011年。
汪暉『阿Q生命的六個瞬間』華東師範大学出版社、2014年。
井上紅梅「支那革命畸人伝」『グロテスク』、1929年。
増田渉『阿Q正伝』角川文庫、1961年。
林守仁（山上正義）『支那小説集阿Q正伝　国際プロレタリア叢書』四六書院、1931年。
竹内好訳『阿Q正伝・狂人日記・他十二篇（呐喊）』岩波文庫、2000年。
竹内好「作品の展開—阿Q正伝」『魯迅入門』『竹内好全集』第2巻、筑摩書房、1981年。
下出鉄男「阿Qの生について−置き去りにされた『現在』」『東京女子大学日本文学』第83号、1995年。
中井政喜「魯迅の『祝福』についてのノート（一）—魯迅の民衆観から見る」『中国文化の伝統と現代−南腔北調論集』山田敬三先生古稀記念論集、魯迅篇、東方書店、2007年。
尾上兼英『魯迅研究』第5号、汲古書院、1988年。
木山英雄「阿Q正伝について」、『東大中文学会会報』第12号、1957年。
丸山昇『魯迅−その文学と革命』平凡社、1965年。
伊藤虎丸『魯迅と日本人—アジアの近代と「個」の思想』朝日新聞社、1983年。
中井政喜『魯迅探索』汲古書院、2006年。
丸尾常喜『魯迅「人」「鬼」の葛藤』岩波書店、1993年。
加藤慧『魯迅小説の物語論的研究：『呐喊』から『故事新編』へ』『博士論文集』一橋大学社会文化研究科、2002年。
増田渉訳『阿Q正伝』岩波文庫、1956年。
竹内好等『現代中国文学』河出書房新社、1970年。
伊藤虎丸『魯迅と日本人』朝日選書、1983年。

広野由美子『批評理論入門』中公新書、2005年。
川本栄三郎「阿Q正伝の物語り文法」『Artes Liberales』第45号、岩手大学人文社会科学部、1989年。
J・ヒリス・ミラー著、伊藤誓、大島由紀夫訳『読むことの理論』法政大学出版局、2000年。
内田樹『寝ながら学べる構造主義』文芸春秋、文春新書、2002年。
宮城音弥『精神分析入門』岩波新書、1959年。
斉藤知也『教室で開かれる〈語り〉―文学教育の根拠を求めて』教育出版、2009年。

第2章
魯迅『吶喊』、『魯迅全集』第1巻、人民文学出版社、1981年。
朱暁進「魯迅与民俗文化」『魯迅研究月刊』、2001年。
銭理群等『中国現代文学三十年』北京大学出版社、2014年。
関愛和『中国近代文学史』中華書局、2013年。
林増平『論中国民族資産階級的軟弱性―近代中国資産階級芻論（一）』電子版、2014年。
李長之「『阿Q正伝』之芸術価値新估（『阿Q正伝』の芸術価値の新評）」『魯迅批判』北新書局、1935年。
徐典「小議資産階級的軟弱性和妥協性―以辛亥革命為例」『高等教育―歴史学専門領域』、2014年。
白居易『白居易集箋校』上海古籍出版社、1988年。
陳涌「魯迅小説的現実主義を論ず」『文学評論集第二集』中国作家出版社、1956年。
陳漁等『孟子』吉林人民出版社、2007年。
張燕嬰『論語訳注』中華書局、2006年。
柯丹丘『荊釵記・執柯』吉林文史出版社、1997年。
高華平『中国文化典籍選読』中国華中師範大学出版社、2007年。
丸尾常喜『魯迅「人」「鬼」の葛藤』岩波書店、1993年。
丸尾常喜「阿Q人名考補遺（六則）」『野草』第43号、中国文芸研究会、1989年。
片山智行『魯迅−阿Q中国の革命』中央公論社、1996年。
白井宏「『阿Q正伝』の教材化と中国における解釈」―『中学課本魯迅小説匯釈紹介』名古屋大学教育学部附属中高等学校紀要、1985第30集。
河合隼雄『無意識の構造』中公新書、2014年。
檜山久雄『魯迅―その文学と戦い』第三文明社、2008年。
竹内好訳『阿Q正伝・狂人日記・他十二篇（吶喊）』岩波文庫、2000年。
斉藤知也『教室で開かれる語り』教育出版株式会社、2009年。
伊藤誓等訳『読むことの倫理』法政大学出版局、2000年。
田中実「文学・教育・思想の新な地平」『『読むことの倫理』をめぐって』株式会社右文書院、2003年。

第3章
魯迅『魯迅全集』中国当代現代名家精品系列、内モンゴル人民出版社、2013年。
茶陵『魯迅と阿Q正伝』台北、1981年。
沙蓮香『中国民族性（2）―中国人性格的文化研究』三聯書店（香港）有限公司、1999年。
張秀楓編選『魯迅雑文選集』二十一世紀出版社、2013年。
李欧梵『鉄屋子中的吶喊』人民文学出版社、2010年。
李沢厚『中国近代思想史論』生活・読書・新知三聯書店、2008年。
竹内好訳『阿Q正伝・狂人日記・他十二篇（吶喊）』岩波文庫、2000年。
竹内照夫訳「曲礼・上」『礼記』明治書院、1971年。
丸尾常喜『魯迅「人」「鬼」の葛藤』岩波書店、1993年。

第4章

鄒永常「阿Q・精神的勝利法・認知重建」北京魯迅博物館編『魯迅研究月報』第6期、2005年。
唐弢『論魯迅小説的現実主義—記念魯迅誕辰一百周年』『魯迅的美学思想』人民文学出版社、1984年。
汪暉『阿Q生命的六個瞬間』華東師範大学出版社、2014年。
茅盾「読『吶喊』」『文学週報』第91期、1923年。
朱彤『魯迅作品の分析』第二巻、東方書店、1954年。
張夢陽『魯迅的科学思惟』漓江出版社、2014年。
汪衛東「阿Q正伝—魯迅国民性批判的小説形態」『魯迅研究月刊』、2011年。
竹内好『阿Q正伝・狂人日記・他十二篇（吶喊）』岩波文庫、2000年。
尾上兼英『魯迅私論』汲古書院、1988年。
加藤慧『魯迅小説の物語論的研究：『吶喊』から『故事新編』へ』『博士論文集』一橋大学社会文化研究科、2002年。
木山英雄「『阿Q正伝』について」『東京大学中文学会会報』第12号、1957年。
中井政喜『魯迅探索』汲古書院、2006年。
川本栄三郎「『阿Q正伝』の物語り文法」『Artes Liberales』第45号、岩手大学人文社会科学部、1989年。
下出鉄男「阿Qの生について—置き去りにされた『現在』」『東京女子大学日本文学』第83号、1995年。

第5章

黄宝輝「在生命無意識与集体無意識之間掙紮—従阿Q的'恋愛的悲劇'説開去—」『湖北孝感学院学報』第24巻第1期、2004年。
魯迅『魯迅雑文選集』二十一世紀出版社、2013年。
汪暉『反抗絶望』三聯書店出版社、2008年。
銭理群等「説不尽的阿Q」『中国現代文学三十年』北京大学出版社、1998年。
木山英雄「阿Q正伝について」『東京大学学報』、1957年。
竹内好『阿Q正伝・狂人日記・他十二篇（吶喊）』岩波文庫、2000年。
竹内好『魯迅』未来社、1977年。
増田渉『阿Q正伝』岩波文庫、1956年。
李国棟『魯迅と漱石の比較文学的研究—小説の様式と思想を軸にして』明治書院、2002年。
竹内好等『現代中国文学』河出書房新社、1970年。
中里見敬『中国小説の物語的研究』汲古書院、1996年。

第6章

魯迅「家庭為中国之根本」『南腔北調』『魯迅全集』第4巻、人民文学出版社、1981年。
魯迅『南腔北調・関于女人』『魯迅全集』第4巻、人民文学出版社、1981年。
魯迅『墳・我之節烈観』『魯迅全集』第4巻、人民文学出版社、1981年。
汪暉『反抗絶望』三聯書店出版社、2008年。
蔣星煜「論阿Q周囲的几个人物」『1913—1983年魯迅研究学術論文資料匯編』第4巻、中国社会科学院文学院研究所魯迅研究室編集、1987年。
素帕・莎娃蒂臘、顧慶斗編訳「『阿Q正伝』における女性に対する魯迅の見方」『魯迅研究年刊』陝西人民出版社、西北大学魯迅研究室編集、1985年。
中井政喜『魯迅探索』汲古書院、2006年。
中井政喜「魯迅『祝福』についてのノート（一）—魯迅の民衆観から見る」『南腔北調論集—中国文

化の伝統と現在』東方書店、2007年。
永井英美「魯迅作品『離婚』論」『日本中国学会会報』第57集、2005年。
今泉秀人「『副祝』試論―『語る』ことの意味―」『野草』第70号、2002年。
河合隼雄『無意識の構造』中公新書、2014年。

第7章
魯迅『吶喊』『魯迅全集』第1巻、人文文学出版社、1981年。
魯迅『南腔北調・〈自選集〉自序』『魯迅全集』第4巻、人民文学出版社、1981年。
陳涌「論魯迅小説的現実主義」『人民文学』、1954年。
楊洪承『廃墟上的精霊：前現代中国知識分子思想文化的理路』人民出版社、2006年。
毛沢東「新民主主義論」『毛沢東選集』第2巻、人民文学出版社、1991年。
朱暁進『歴史転換期文化啓示録』人民文学出版社、1984年。
王瑶『魯迅作品論集』人民文学出版社、1984年。
朱正『魯迅略伝』人民文学出版社、1982年。
銭理群『与魯迅相遇』三聯書店、2003年。
王暁明『無法直面的人生―魯迅伝』上海文芸出版社、2001年。
尾上兼英「魯迅の小説における知識人」『魯迅私論』汲古書院、1988年。
中井政喜「『孤独者』をめぐって」『名古屋大学中国語文学論集』第三集、名古屋大学文学部中国文学研究室、1979年。
中井政喜「魯迅の〈個人的無治主義〉に関する一見解」『言語文化論集』第Ⅹ巻第1号、名古屋大学総合言語センター、1988年。
中井政喜「初期文学・思想活動から1920年ごろに至る魯迅の民衆観」『大分大学経済論集』第32巻第4号、大分大学経済学会、1980年。
片山智行『魯迅―阿Q中国の革命』中公新書、1996年。
竹内好訳『阿Q正伝・狂人日記・他十二編（吶喊）』岩波文庫、2000年。
中井政喜「魯迅の〈明〉について」、初出は『名古屋大学中国語文学論集』第1集、名古屋大学文学部中国文学研究室、1976年。

第8章
魯迅『魯迅全集』人民文学出版社、1981年。
魯迅『魯迅雑文選集』二十一出版社、2013年。
范文瀾「戊戌変法的歴史意義」『范文瀾歴史論文選』中国社会科学出版社、1979年。
王富仁『中国反封建思想革命的一面鏡子―「吶喊」「彷徨」綜論』北京師範大学出版社、1986年。
鄭振鐸（西諦）「阿Q正伝論」『文学週報』第251期文学研究会機関誌、1923年。
高華平『中国文化典籍選読』華中師範大学出版社、2007年。
李何林編『魯迅論』北新書局発行、1930年。
汪衛東「阿Q正伝―魯迅国民性批判的小説形態」『魯迅研究月刊』、2011年。
白井宏「『阿Q正伝』の教材化と中国における解釈―『中学課本魯迅小説匯釈』の紹介」名古屋大学教育学部附属中高等学校紀要、1985年。
下出鉄男「阿Qの生について―置き去りにされた『現在』」『東京女子大学日本文学』第83号、1995年。
竹内実『魯迅遠景』田畑書店、1978年。
竹内好訳『阿Q正伝・狂人日記・他十二篇（吶喊）』岩波文庫、2000年。
竹内好『魯迅』未来社、1977年。
中井政喜『魯迅探索』汲古書院、2006年。

増田渉『阿Q正伝』岩波文庫、1956年。
丸山昇『魯迅と革命文學』紀伊國屋書店、1994年。
片山智行『魯迅―阿Q中国の革命』中公新書、1996年。
丸尾常喜『魯迅「人」「鬼」の葛藤』岩波書店、1993年。
竹内好等『現代中国文学』河出書房新社、1970年。
中里見敬『中国小説の物語の研究』汲古書院、1996年。
木山英雄『文学复古与文学革命』北京大学出版社、2004年。

終　章

査国華、楊美蘭編『茅盾論魯迅』山東人民出版社、1941年。
陳則光「阿Q典型形象及其歴史意義」『魯迅研究』上海文芸出版社、1980年。
馮雪峰「論『阿Q正伝』」『馮雪峰論魯迅論文集』第1巻、人民文学出版社、1953年。
陳兆福、丁仁武「論国民性表現的層次与角度―『阿Q正伝』文本思想再解読」『山東文学』第7期、2006年。
何其芳「論阿Q」『文学芸術的春天』作家出版社、1964年。
林興宅「阿Qの性格システムを論じる」『魯迅研究』、1984年。
銭理群『心霊的探尋』生活・読書・新知三聯書店、2014年。
李濱英「従『阿Q正伝』看魯迅的国民性思想」『学術交流』第4期、1997年。
汪暉『阿Q生命的六個瞬間』華東師範大学出版社、2014年。
易竹賢「関于"国民性"問題的探討」『中国現代文学研究』、1981年第2期。
汪衛東「阿Q正伝―魯迅国民性批判的小説形態」『魯迅研究月刊』、2011年。
林守仁（山上正義）『支那小説集阿Q正伝―国際プロレタリア叢書』四六書院、1931年。
増田渉訳『阿Q正伝』角川文庫、1961年。
竹内好訳『阿Q正伝・狂人日記・他十二篇（吶喊）』岩波文庫、2000年。
内田樹『他者と死者―ラカンによるレヴィナス―』文春文庫、2004年。
片山智行『魯迅―阿Q中国の革命』中公新書、1996年。
加藤慧『魯迅小説の物語論的研究：『吶喊』から『故事新編』へ』『博士論文集』一橋大学社会文化研究科、2002年。
中井政喜『魯迅探索』汲古書院、2006年。
中井政喜「魯迅『離婚』についてのノート―魯迅の民衆観等から見る」『言語文化論集』第XXIX巻第2号。
中井政喜「魯迅『祝福』についてのノート（一）―魯迅の民衆観から見る」『南腔北調論集―中国文化の伝統と現在』東方書店、2007年。
中井政喜「『労働者シェヴイリョフ』との出会い」『魯迅探索』汲古書院、2006年。

あとがき

　本書は、私が2017年3月16日に山口大学から博士学位を取得した時の学位論文である。本研究の執筆課程において、まず、基盤演習とプロジェクト演習で指導に当たってくださった先生がた、学位審査委員の村上林造先生、吉村誠先生、有元光彦先生から終始懇切にして周到なご指導を賜った。まず以上の先生がたに謹んで感謝の意を表させていただく。

　私は2015年3月に中国現代文学研究を研究分野として山口大学に留学した。指導教官の村上林造先生と初めて出会った時の情景は、今でもありありと覚えている。その時、既に42歳だった私は、これから始まる博士課程後期の学習と研究にとても不安で、戦々恐々としていた。その時、村上先生は私に「日本に来た以上、しっかりと勉強しなさい。このまま何もわからないで帰国してしまったら失敗だよ」という励ましをくださった。その言葉は、その後ずっと私の研究を支え、無限の力を与えてくださった。また研究途上において、研究の方向に立ち迷い、いくら考えてもヒントが出ず、前進することができず、諦めたいという気持ちになったとき、先生はいつも私を励まし、勇気をくださった。先生は、「冉秀さんの研究はこれで一段落し、とりあえずまとまったが、魯迅や魯迅作品の研究は実は今から開始されるのです。まだまだ研究の道は長いです、これから先、今よりもっと深く、もっと広く研究を展開し、一人前の魯迅研究者になってください」と言われた。私はこれからの一生をかけて、先生のご希望通り頑張りたいと思う。

　次に感謝いたしたい恩師は、その時まだ名古屋大学大学院国際言語文化研究科にお勤めだった中井政喜教授である。私は魯迅作品の研究の中で出てくる問題点、疑問点をメールで中井先生にお伺いした。この三年間に、おそらく千通以上もの往来メールにて中井先生のご指導とご助言に恵まれてきた。先生は、一回も会ったことのない私に、大きな関心と援助を下さり、数年来学術方面で私に助けてくださった。私は、その偉大な精神に深く感激させられた。心から先生のご健康を祈願するほか、これからもっと刻苦奮闘し、学問に努力する先生の御恩に報いたいと思う。以上のことから、私は本研究を中井先生にも捧げたいと思う。また、

心から中井先生に深い感謝を捧げ、敬意を表したい。

　魯迅は、藤野先生は魯迅の学問に非常に関心を寄せていたと陳述している。魯迅の藤野先生に感謝したい気持ちに、私は深い感銘を受けた。幸運に、私も百年前の魯迅が「藤野先生」を書いた時と同じ気持ちを、自分の身で体験することができた。私も魯迅と同じく、自分の教え子に大変なご尽力を下さり、無私の心で教えてくださった村上先生に、また現在までも一回もお目にかかったことがないまま、無私の心で私に指導して下さった中井先生に、最大の敬意を表し、深くお礼を申し上げたい。お二人の恩師の高尚な人格、学問に対する真剣な態度など、先生方から学ぶべきところは一生かかっても学びきれないと分かっているが、それでも、少しずつお二人の恩師を目指して、自分の学術能力を高めたいと思う。

　私は、もともと魯迅作品研究を研究テーマにする予定だったが、村上先生のアドバイス通り、まず魯迅の代表作「阿Q正伝」の作品研究に、魯迅探求の入り口として取り組んだ。

　今までの魯迅研究では、魯迅のエッセイ「賢人、馬鹿、奴隷」の登場人物を視座として、阿Qをはじめとする作中人物の人生を分析し、考察した研究は一つもない。それゆえ、本研究は、「阿Q正伝」に描かれている「各種の人生」を、「賢人」、「馬鹿」、「奴隷」のそれぞれの人物像と照らし合わせ、その人物性、作品性あるいは作品的意義を探ろうと試みる。その際、まず、「賢人、馬鹿、奴隷」(『野草』)におけるそれぞれの登場人物の性格を分析した。それから「賢人、馬鹿、奴隷」の作品的意義に照らし合わせて、「阿Q正伝」を分析し、そこに描かれる各種の人物像と、内容の最終的な意義と目的を探った。

　その結果、本研究には、従来の研究水準を超え得た部分があると考える。「阿Q正伝」は、封建社会の「各種の人生」がどれほど絶望的な社会環境の中で過ごされているか、如実に描いている。「阿Q正伝」において、それぞれの登場人物はみな、「賢人」、「馬鹿」、「奴隷」という三者によって構築され、三者の有機的なバランスをもって構築される社会体制の中に生きている。阿Qのような「奴隷」的民衆は、屈辱を受けても、圧迫されても、いつも精神勝利法と自尊心（プライド）によって、「主人」の封建的未荘文化に一切抵抗せずに生きることになる。彼らは、「鉄の部屋」のような封建的文化に閉じ込められ、啓蒙思想や革命思想に対して未覚醒のままに、彼らの圧迫される「奴隷」的身分を守り、そして未覚醒の状態で自分の「奴隷」的身分から目をそらしている。それは当時の中国における社会体制の、崩れそうもない絶望的な状況である。語り手は、そのよう

な絶望的な中国の国家と国民の状況に直面し、その全体像と抱える諸問題を、「阿Q正伝」の中で把握し表現しようとしたと思われる。

　本書の結論において、「阿Q正伝」はこの絶望的な社会体制が崩れる可能性がないわけではないことを示す。その糸口は阿Qが最後にあげようとする「助けてくれ」という叫び声にあると思われる。それは、阿Qにおける「馬鹿」的な行為であり、それがこの絶望的な現実を救える最後の希望であると読み取れる。もし当時の中国の「奴隷」たちが、未覚醒であっても、阿Qのような身体上から「馬鹿」的要求に従って、皆が叫び出したなら、社会体制は動揺し始めるであろう。そうであれば、中国は絶望的状況に陥ったままではない。そのような意味で、「阿Q正伝」は最後に、中国の将来のかすかな黎明を暗示していると思われる。つまり、阿Qの最後の叫ぼうとする行為が、わずかながらにも中国が変革に赴き得る希望と可能性を暗示しているのである。

　本研究は、1920年代初め、「私」が当時の中国社会に対して考察した諸問題、とりわけ中国変革における諸問題を、「阿Q正伝」において全体的に表現したものと考える。当時の中国が抱える諸問題を、本研究はさまざまの角度から読み解こうとし、分析を進め、以上のように論考を押し進めて、上記の結論に達した。

　これからの研究はどうすべきか。私は、村上先生のおっしゃったとおり、引き続き広大で複雑な魯迅の作品世界を探っていきたい。「阿Q正伝」はただ魯迅の作品の一歩だけであるから、これから出発して、今後は魯迅の小説集『吶喊』『彷徨』『故事新編』へと一歩一歩研究を進めていきたい。また少しでも、村上林造先生、中井正喜先生のような、真剣な学術研鑽の後姿を仰ぎ見ながら、一生をかけて努力し続け、先生のご希望通りに合格的な文学研究者になればと思う。

　以上のように、本研究は、最初の研究テーマの決定から、内容の組み立てまで、村上林造先生からのご指導のおかげで、また中井先生のご協力のおかげで、順調に進んだのである。先生が、私の入学時から博士号取得まで、どれほど心血を注いてくださったかは以上のわずかな言葉では到底言い尽くせない。またこれまで助けてくださったほかの先生方にも、謹んで感謝申し上げる。

　最後に、本書発刊の機会を与えてくださった日本僑報社の皆様に、深く感謝の意を表したい。

2019年5月

冉　秀

著者　冉 秀（ぜんしゅう）

　1973年10月中国貴州省生まれ。中国・重慶交通大学外国語学院専任講師。

　山口大学大学院東アジア研究科博士後期課程を修了し、博士（学術）学位を取得。魯迅の作品研究に関する学術論文は、日本の学術誌の『世界文学』『東アジア研究』『日本学研究』など7本発表し、また中国の学術機関誌『西南農業大学学報』『重慶理工大学学報』『重慶交通大学学報』『文学教学与研究天地』『前沿』などに8本を発表した。

「阿Q正伝」の作品研究

2019年12月31日　初版第1刷発行
著　者　冉 秀（ぜんしゅう）
発行者　段 景子
発売所　株式会社日本僑報社
　　　　〒171-0021 東京都豊島区西池袋3-17-15
　　　　TEL03-5956-2808　FAX03-5956-2809
　　　　info@duan.jp
　　　　http://jp.duan.jp
　　　　中国研究書店 http://duan.jp

©Ran Xiu 2019　　Printed in Japan.　ISBN978-4-86185-281-7　C0036

「ことづくりの国」日本へ

新疆世界文化遺産図鑑〈永久保存版〉 関口知宏

日中文化DNA解読 小島康誉 王衛東

日本語と中国語の落し穴 尚会鵬

日本人論説委員が見つめ続けた激動中国 久佐賀義光

日中友好会館の歩み 加藤直人

二階俊博 ――全身政治家―― 村上立躬

石川好

日本人の中国語作文コンクール受賞作品集

① 我們永遠是朋友 〈日中対訳〉
② 女児陪我去留学 〈日中対訳〉
③ 寄語奥運 寄語中国 〈日中対訳〉
④ 我所知道的中国人 〈日中対訳〉 段躍中編
⑤ 中国人旅行者のみなさまへ 〈日中対訳〉
⑥ Made in Chinaと日本人の生活

中国人の日本語作文コンクール受賞作品集

① 日中友好への提言2005
② 壁を取り除きたい
③ 国という枠を越えて
④ 私の知っている日本人
⑤ 中国への日本人の貢献
⑥ メイドインジャパンと中国人の生活
⑦ 甦る日本！今こそ示す日本の底力
⑧ 中国人がいつも大声で喋るのはなんでなのか？
⑨ 中国人の心を動かした「日本力」
⑩ 「御宅（オタク）」と呼ばれても
⑪ なんでそうなるの？
⑫ 訪日中国人「爆買い」以外にできること
⑬ 日本人に伝えたい中国の新しい魅力
⑭ 中国の若者が見つけた日本の新しい魅力
⑮ 東京2020大会に、かなえたい私の夢！

段躍中編

日本僑報社　書籍のご案内

「忘れられない中国滞在エピソード」受賞作品集
① 心と心つないだ餃子　段躍中編
② 中国で叶えた幸せ　段躍中編

日中対訳　忘れられない中国留学エピソード　段躍中編

人民日報で読み解く第2回中国国際輸入博覧会　人民日報国際部

日本各界が感動した新中国70年の発展成果　温故創新　劉軍国

日本人70名が見た感じた驚いた新中国70年の変化と発展　段躍中編

わが七爸（おじ）周恩来　周爾鎏

忘れえぬ人たち「残留婦人」との出会いから　神田さち子

中国式管理　世界の経済人が注目する新マネジメント学　曾仕強

日中未来遺産　中国「改革開放」の中の"草の根"日中開発協力の「記憶」　岡田実

日本人が参考にすべき現代中国文化　長谷川和三

「日本」、あるいは「日本人」に言いたいことは？　大森和夫　大森弘子

「世界の日本語学習者」と歩んだ平成の30年間　大森和夫　大森弘子

「了」中国語のテンス・アスペクトマーク"了"の研究　劉勲寧

東アジアの繊維・アパレル産業研究　康上賢淑

中国工業化の歴史―化学の視点から―　峰毅

中国はなぜ「海洋大国」を目指すのか　胡波

屠呦呦　中国初の女性ノーベル賞受賞科学者　「屠呦呦伝」編集委員会

中国政治経済史論　毛沢東時代　胡鞍鋼

中国政治経済史論　鄧小平時代　胡鞍鋼

新しい経済戦略を知るキーポイント中国の新常態　李揚　張曉晶

「一帯一路」沿線64カ国の若者の生の声　厳暁冰　陳振凱

若者が考える「日中の未来」シリーズ　宮本賞 学生懸賞論文集　監修 宮本雄二
① 日中間の多面的な相互理解を求めて
② 日中経済交流の次世代構想
③ 日中外交関係の改善における環境協力の役割
④ 日中経済とシェアリングエコノミー
⑤ 中国における日本文化の流行

学術研究 お薦めの書籍

（税別）

- **中国の人口変動——人口経済学の視点から**
  第1回華人学術賞受賞　千葉大学経済学博士学位論文　李仲生著　6800円
  978-4-931490-29-1

- **現代日本語における否定文の研究——中国語との対照比較を視野に入れて**
  第2回華人学術賞受賞　大東文化大学文学博士学位論文　王学群著　8000円
  978-4-931490-54-3

- **日本華僑華人社会の変遷（第二版）**
  第2回華人学術賞受賞　廈門大学博士学位論文　朱慧玲著　8800円＋税
  978-4-86185-162-9

- **近代中国における物理学者集団の形成**
  第3回華人学術賞受賞　東京工業大学博士学位論文　清華大学助教授楊艦著　14800円
  978-4-931490-56-7

- **日本流通企業の戦略的革新——創造的企業進化のメカニズム**
  第3回華人学術賞受賞　中央大学総合政策博士学位論文　陳海権著　9500円
  978-4-931490-80-2

- **近代の闇を拓いた日中文学——有島武郎と魯迅を視座として**
  第4回華人学術賞受賞　大東文化大学文学博士学位論文　康鴻音著　8800円
  978-4-86185-019-6

- **大川周明と近代中国——日中関係のあり方をめぐる認識と行動**
  第5回華人学術賞受賞　名古屋大学法学博士学位論文　呉懐中著　6800円
  978-4-86185-060-8

- **早期毛沢東の教育思想と実践——その形成過程を中心に**
  第6回華人学術賞受賞　お茶の水大学博士学位論文　鄭萍著　7800円
  978-4-86185-076-9

- **現代中国の人口移動とジェンダー——農村出稼ぎ女性に関する実証研究**
  第7回華人学術賞受賞　城西国際大学博士学位論文　陸小媛著　5800円
  978-4-86185-088-2

- **中国の財政調整制度の新展開——「調和の取れた社会」に向けて**
  第8回華人学術賞受賞　慶應義塾大学博士学位論文　徐一睿著　7800円
  978-4-86185-097-4

- **現代中国農村の高齢者と福祉——山東省日照市の農村調査を中心として**
  第9回華人学術賞受賞　神戸大学博士学位論文　劉燦著　8800円
  978-4-86185-099-8

- **中国における医療保障制度の改革と再構築**
  第11回華人学術賞受賞　中央大学総合政策博士学位論文　羅小娟著　6800円
  978-4-86185-108-7

- **中国農村における包括的医療保障体系の構築**
  第12回華人学術賞受賞　大阪経済大学博士学位論文　王峥著　6800円
  978-4-86185-127-8

- **日本における新聞連載 子ども漫画の戦前史**
  第14回華人学術賞受賞　同志社大学博士学位論文　徐園著　7000円
  978-4-86185-126-1

- **中国都市部における中年期男女の夫婦関係に関する質的研究**
  第15回華人学術賞受賞　お茶の水大学大学博士学位論文　于建明著　6800円
  978-4-86185-144-5

- **中国東南地域の民俗誌的研究**
  第16回華人学術賞受賞　神奈川大学博士学位論文　何彬著　9800円
  978-4-86185-157-5

- **現代中国における農民出稼ぎと社会構造変動に関する研究**
  第17回華人学術賞受賞　神戸大学博士学位論文　江秋鳳著　6800円
  978-4-86185-170-4

中国式管理
世界の経済人が注目する新マネジメント学

曾仕強著　内山正雄訳
A5判 284頁 並製本
3600円　ISBN 978-4-86185-270-1

中国の新常態 ニューノーマル
新しい経済戦略を知るキーポイント

中国社会科学院 李揚・張暁晶著
日中翻訳学院 河村知子・西岡一人訳　3300円　ISBN 978-4-86185-247-3

日本僑報社

TEL　03-5956-2808
FAX　03-5956-2809
Mail　info@duan.jp
http://jp.duan.jp